히이짱! 갑자기 끌어안으면 안 된다고 했잖아. **치사해……**.

타카야시키 사쿠토

어떠한 이유로 '되도록 눈에 띄지 말자'를 신조로 삼고 있는 고등학교 1학년생.
착각 때문에 우사미 자매에게 동시에 호감을 사게 되는데……?!
여차할 때는 행동력이 있는 편.

어서 와~
미안미안
아직 옷 갈아입는 중이었거든

뜻 밖의 표정! 데이트 중에……

쪼옥 해주세요. 아직, 저한테는 안 해주셨잖아요.

쌍둥이 둘 다 『여자친구』 삼아 줄래?

시라이 무쿠
muku shirai

일러스트 치구사 미노리
minori chigusa

커버 및 본문 일러스트_치구사 미노리

목차

프롤로그

휴일 오후, 역앞 게임 센터에서 교제 기념 네 컷 사진을 찍기로 했다.

"사쿠토 군은 어떤 기종이 좋아요?"

"음~…… 솔직히 이런 건 잘 몰라서."

"그럼 저도 잘은 모르지만 일단 저한테 맡겨주세요."

그렇게 말하더니 우사미 치카게가 사쿠토 군, 타카야시키 사쿠토의 오른팔에 조심스럽게 손을 가져다 댔다.

피부는 눈처럼 하얗고, 연분홍빛 입술은 과일처럼 싱그럽다.

리본으로 묶은 왼쪽 옆머리 아래로 보이는 하얗고 작은 귀가 귀엽지만, 그쪽을 잘 보여주지 않는 것은 옆얼굴을 보이는 게 부끄러워서일까. 언제나 사쿠토의 오른쪽에 서는 그녀의 앞머리 사이로 동그랗고 커다란 눈이 보였다.

그렇듯 청초하고 기품 있고 아름다운 것은 물론이고 늘씬한 데다 다른 여자애들과 비교해도 발육이 좋아서 어쩐지 어른스러운 섹시함이 느껴진다.

그런 언밸런스한 매력이, 늘 사쿠토의 가슴을 두근거리게 했다.

설마 이렇게 멋진 애랑 사귀게 될 줄은 꿈에도 몰랐다.

"……? 왜 그러세요?"

"아아, 아니…… 아직도 믿기지 않아서."

"후훗, 저도 그래요."

치카게는 평소 학교에서 늠름한 표정과 태도 때문에 다가가기가 쉽지 않은 분위기를 풍기지만, 지금은 뺨을 붉힌 채 부드러운 미소를 사쿠토에게 보내고 있다.

"이러고 있으니까, 너무 행복해요."

"아니, 그런 뜻이 아니고—— 와악……?!"

"뭐야뭐야~? 무슨 얘길 하고 계셨을까?"

우사미 히카리가 그렇게 말하며 사쿠토의 왼팔을 끌어안았다.

"아, 아직도 믿기지 않는다는 얘길 하고 있었어……."

"……? 이렇게 사귀고 있는 거 말이야?"

히카리는 천진한 미소를 지은 채 그렇게 말했다.

이 발랄한 분위기와 온몸으로 좋아한다고 표현하는 듯한 태도는 그녀의 순진한 마음을 그대로 보여주는 듯했다. 주인에게 어리광을 부리는 강아지처럼 스킨십을 요구해 와서, 사쿠토는 너무 받아주지 않으려 자제하고 있었다.

그렇듯 천진난만한 그녀도 치카게와 마찬가지로 몸매가 좋다. 그렇건만 본인은 아무렇지도 않게 몸을 밀착시키거나 비벼 대서 난감하기 그지없다.

방심할 틈도 없이 사쿠토의 가슴을 계속 설레게 만들기 때문이다.

설마 이렇게 멋진 애와 '도' 사귀게 될 줄이야…….

(하지만…… 꿈이 아니란 말이지…….)

그림으로 그린 듯한 두 미소녀에게 팔을 붙들린, 그야말로 양손에 꽃을 든 듯한 상태다.

요컨대, 타카야시키 사쿠토에게는 생전 처음으로 여자 친구가 생겼다. ──그것도 둘이나.

이야, 최고인데? ──라고 생각하기 전에, 아는 사람에게 들키지 않을까 싶어서 사쿠토는 불안한 듯 자꾸만 주변을 두리번거렸다.

여자 친구가 생긴 건 솔직히 기쁘고, 상당히 설레는 일이라 자랑도 하고 싶지만 아무래도 여자 친구가 둘이다 보니 주변 사람들의 반응이 신경 쓰일 수밖에 없는 것이다.

정말 이래도 괜찮은 걸까.

이렇게 여자애 두 명과 동시에 사귀어도──.

"잠깐, 히이짱…… 갑자기 사쿠토 군을 끌어안으면 안 된다고 했잖아?"

"후흐응, 방심하면 안 되지. ──사쿠토 군, 서운하게 치이짱만 상대해 줄 거야?"

그렇게 말하며 히카리는 미소를 띤 채 사쿠토의 왼팔을 꼬옥 끌어안았다.

"저기, 히카리, 너무 밀착한 것 같은데……."

"맞아, 히이짱. 사쿠토 군이 곤란해 하잖아?"

치카게는 히카리를 나무라면서도 사쿠토의 오른팔을 끌어안은 팔에 힘을 줬다.

"아, 맞아, 저쪽에 재미있어 보이는 게 있었어. 그 기종으로 하자."

"아, 요즘 유행하는 거? 괜찮겠다. ──사쿠토 군, 저걸로 할까요?"

"으, 응……."

히카리가 고른 기종은 4컷 만화처럼 세로로 네 장의 사진이 정렬되는 '포토그레이'라는 거다. 얼굴생김새를 고치거나 하는, 흔히 말하는 '400엔 성형' 기능은 없다.

하지만 그 간단함과 소박함이 절묘하게 좋아서 오히려 세련된 느낌을 낼 수 있어 인기라는 설명을, 사쿠토는 '여자 친구들'에게 들었다.

첫 번째 컷. 가운데에 선 사쿠토를 양옆에서 감싸는 모양새로 히카리와 치카게가 서서, 그의 팔을 꼬옥 끌어안고 있는 모습이 정면 화면에 떴다.

그녀들은 얼굴이 완전히 똑같지만, 그건 이 기계의 특수효과 같은 게 아니다.

미소녀 쌍둥이 자매니 당연한 일이다.

하지만 쌍둥이라고는 해도 두 사람은 성격이 다르다 보니, 서로 다른 표정을 짓고 있었다. 언니인 히카리는 평소처럼 생글생글 웃고 있고, 동생인 치카게는 조금 긴장했는지 뺨이 발그레해져 있다.

15분 차이로 태어난 이 두 사람의 성격이 달라진 건 그 후의 환경 때문일까. 실제로 말투는 물론이고 사고방식도 다른 데다, 각자가 가지고 있는 매력도 달랐다.

　하지만 지금 이 자리에서 하고 있는 생각은 무서울 만큼 똑같았다.

　바로 '사쿠토 군 너무 좋아'라는 생각이다.

　"사쿠토 군, 히이짱한테 너무 붙은 것 같아요."

　조금 전보다 부루퉁한 표정으로 치카게가 사쿠토의 오른팔을 뭉클쭉쭉 잡아당겼다.

　"아니, 그건 히카리가 잡아당겨서……."

　"좀 더 제 쪽으로 붙어주세요. 거침없이, 때는 지금이라는 듯이."

　"아, 알았어……."

　마지못해 때는 지금이라는 듯이 사쿠토가 몸을 움직이려 하자, 이번에는 반대쪽인 왼팔을 뭉클쭉쭉 잡아당기는 게 느껴졌다.

　"사쿠토 군, 치이짱한테 너무 붙었잖아. 좀 더 이쪽으로 와줬으면 하는데."

　히카리는 치카게와 대조적으로 밝은 표정을 지은 채, 사쿠토를 놀리듯 장난스럽게 말했다.

　"아니아니, 지금이 딱 가운데 아닐까……?"

　"아니, 좀 더 내 쪽으로 와줬으면 좋겠어. 으음…… 보란 듯이?"

"아, 알았어……."

마지못해 보란 듯이 사쿠토가 몸을 움직이려 하자, 이번에는 치카게가 가만히 있지 않았다.

"잠깐, 히이짱…… 사쿠토 군을 독점하지 않기로 했잖아?"

"치이짱도 남 말할 입장은 아니지 않아?"

치카게가 눈살을 찌푸리며 따지자 히카리는 여유로운 미소를 띤 채 대꾸했다. 그 뒤로 용과 호랑이——가 아니라 고슴도치와 족제비가 보이는 듯했다.

쌍둥이가 그런 대화를 나누는 동안, 사쿠토는 얼굴이 새빨개져 있었다.

어디를 의식하면 좋을지 감이 오지 않을 만큼 당황스러웠다. 그럴 만도 한 것이 이 기기는, 네 컷 사진기는 들어오기 전부터 좁은 상태였던 것이다.

심지어 팔에 느껴지는 뭉클한 느낌이 갈수록 강해지고 있다.

바야흐로 사쿠토를 건 자매 싸움의 막이 오르려 하고 있다. 이건 심각한 사태다. 두 사람의 남자 친구로서 어떻게든 해야 한다. 그건 안다.

그런데 부드럽다.

상황을 그래프로 그려보면, 쌍둥이 자매의 '말다툼(초)'와 '가슴의 부드러움(뉴턴)'은 비례하고, 원점인 0에서 우측 상단을 향해 끝없는 직선을 그리고 있다.

순간, 사쿠토는 생각했다.

이거 안 되겠어, 이성이 날아갈 것 같아.

그렇게 사쿠토의 본능이 고개를 빼꼼 내밀려던 순간, 결국 의식이 그 자리를 벗어났다——.

——아무튼.

얼핏 보면 사쿠토는 어디에나 있을 법한, 무해한 고등학생. 흔히 말하는 '모브(mob)'다.

사립 아리스야마 학원 고등학교의 입학시험을 치르고 무사히 입학하는 데 성공한 것이 올해 4월. 그로부터 한 달 반 남짓이 지났을 즈음까지 사쿠토는 딱히 각광을 받을 일이 없는 남자 모브로서 친구도 없이, 교실 비품 중 하나처럼 완전히 교실의 풍경에 녹아들어 있었다.

하지만 그것은 '튀어 나온 못은 얻어맞는다'는 속담을 가슴에 새기고 사는 사쿠토가 바라던 바였다.

따라서 같은 반 친구들이 '성이 특이하네~' 정도로만 생각할 뿐, 사쿠토는 아주 순조로운 모브 라이프를 만끽하고 있었다.

——그런데.

어째서인지 이 미소녀 쌍둥이 자매와 한꺼번에 사귀게 된 것이다——.

——사쿠토의 의식이 돌아왔다.

아직도 말다툼을 하는 두 사람을 본 사쿠토에게 어떠한

사명감이 싹텄다.

　지금 이곳에서 해야 할 일은 과거를 후회하는 게 아니다. 이 촬영기 안에서 일어나고 있는 문제를 어떻게든 해결하는 거다.

　이 자매 싸움을 말리고 자신의 위치를 확립하려면——.

　"——알았어. 그럼 이렇게 하자."

　우선 사쿠토는 팔을 쌍둥이의 품에서 빼서 그 부드러운 구속에서 빠져나왔다.

　이제 보다 냉정하게 상황을 판단할 수 있다. 다소 아쉬운 느낌도 들지만, 지금은 어쩔 수 없다며 사쿠토는 자기 자신을 설득했다.

　이어서 비어 있는 쌍둥이의 팔을 서로 엮어서 자매끼리 팔짱을 끼게 했다. 이렇게 방금 전까지 다투고 있던 두 사람을 사이좋은 쌍둥이 자매처럼 보이게 하는 데 성공했다.

　나아가 사쿠토는 그녀들의 뒤에 섰다. 그렇게 두 사람의 얼굴 사이로, 보일까 말까한 수준으로 얼굴을 내민다.

　그러자 놀랍게도.

　사쿠토는 사이좋은 쌍둥이 자매를 따라온 듯한 '덤 같은 느낌'을 연출할 수 있었다.

　이제 다 해결됐다. 사쿠토는 안도의 한숨을 내쉬고서 만족스러운 미소를 지어 보였다.

　"자, 이제 됐지? 자~ 둘 다, 렌즈 쪽을 보시고~……."

　이제 자동으로 사진이 찍히기를 기다리는 일만——.

"이건 아니야아아아————————!"
"이건 아니에요오오오————————!"

——이건 아닌 모양이다.

어쨌든 사진은 "이건 아니"라고 말하던 타이밍에 찍혔다.

다시 찍어야 하나 싶었지만, 이건 이것대로 재미있다는 이야기가 나와서 '사귀기 시작한 기념사진'의 기념비적인 첫 번째 컷으로 채용되었다.

나머지는 어떻게 되었는가 하면——.

'사쿠토, 히카리와 얼굴이 급접근.'

'사쿠토, 치카게를 공주님 안기.'

'결국 셋이서 꽁냥꽁냥.'

——이렇게 세 장이 되었다.

완성된 네 컷 사진을 본 사쿠토는 머리를 싸쥐었다.

뭔가 잘못돼서 이게 유출되기라도 하면 어떻게 될까.

(정말 여자 친구가 둘이라도 괜찮은 걸까……? 위험할 것 같아서 비밀로 하고는 있지만…….)

사쿠토는 쌍둥이 자매를 슬쩍 쳐다보았다.

"잘 나왔다! 희로애락이라기보다는 '분노 기쁨 러브 두근' 같은 느낌이지만."

"으~음…… 히이짱이 더 귀엽게 나온 것 같은데…… 부러워, 한 번 더 찍고 싶어……."

"치이짱 것도 엄청 부러운데 뭘. 역시 공주님 안기는 로
망이라니까——."

그렇게 서로를 부러워하는 쌍둥이 자매를 보며 사쿠토
는 미소를 지었다.

(……뭐, 아무렴 어때.)

본래는 정정당당히 사귀는 게 좋겠지만.

하지만 남들에게 말할 수 없는 비밀을 가지는 것도, 의
외로 즐거운 일일지 모른다.

——아무튼.

사쿠토, 히카리, 치카게—— 이 세 사람은 사귀게 되었
는데, 일이 이렇게 된 경위를 자세히 설명하려면 사쿠토가
이 쌍둥이 자매와 얽히게 된 얼마 전으로 되돌아갈 필요가
있다.

그것은 신록(新綠)의 계절.

벚꽃이 지고 새순이 돋아나던 날의 오후.

중간고사 결과가 복도에 붙었을 때의 일이었다——.

제1화 : 우사미 치카게는 우등생……?

장마가 시작되기 전인 5월 25일 수요일.

4교시 수업이 끝나 갓 점심시간이 되었을 즈음, 복도 벽에 중간고사 순위표가 붙으려 하고 있었다.

순위표는 오래전부터 이 아리스야마 학원 고등학교에 전해지는 관습 중 하나다.

한 학년에 약 240명—— 그 중 상위 50명의 이름과 모든 과목 합계 점수(실기 교과는 제외)가 정기 시험, 실력시험 때마다 공개된다.

소소한 이벤트 같은 것이라 이미 30명 정도 되는 학생들이 모여 있었다.

그때 사쿠토는 이제나저제나 하고 애타게 기다리고 있는 학생들 틈에 끼어, 척 봐도 졸려 보이는 얼굴로 멀뚱히 서 있었다. 체육 수업 후 국어 종합 수업은 힘들어도 너무 힘들다. 게다가 사람이 하도 많아 산소 결핍에 빠질 것만 같다. 괜히 뜸 들이지 말고 빨리 좀 하지.

하품을 하며 기다리고 있자, 순위표 앞에 있던 타치바나 후유코가 주변에 있는 학생들에게 눈총을 날리며 말했다.

"촬영금지! SNS 등에 올리는 것도 금지다!"

타치바나는 사쿠토의 담임은 아니지만 수학과 학생지도를 맡고 있는 교사다.

직무에 충실하고 성격이 엄격한 미인 교사로 일부 학생들은 남몰래 하이힐을 신은 구둣발에 밟히고 싶은(?) 사람으로 꼽기도 했다. ──어디까지나 일부 학생들의 바람이다.

"그럼 순위표를 공개한다!"

드디어 순위표가 펼쳐졌다.

50위, 49위, 48위── 뒤에서부터 1위가 있는 방향으로, 순서대로 공개됐다.

그러자 술렁거리는 소리가 복도 끝까지 퍼져나갔다. 그 목소리에 이끌리기라도 한 듯이 교실에서 학생들이 우르르 나와서 복도는 더더욱 혼잡스러워졌다. 타치바나와 다른 교사들이 좀 전에 말했던 주의 사항을 거듭 외쳤지만, 학생들의 목소리에 묻히고 말았다.

떠들썩한 분위기 속에서 순위표를 끝까지 확인한 사쿠토는 하품인지 안도의 한숨인지 모를 것을 내뱉었다.

(8위라…… 뭐, 일단 10위 이내니, 8위면 나쁘지 않네.)

결과를 알았으니 오래 있을 필요는 없다. 냉큼 학생 식당으로 향하려던 참에──.

"타카야시키 군, 지금 시간 좀 있나요?"

귀에 익은 소녀의 목소리가 들려왔다.

일단 얼굴은 아는 사이라 사쿠토는 놀라지 않고 뒤를 돌아보았다.

하지만 그 직후, 간이 철렁해졌다.

——우사미 치카게. 이 아리스야마 학원에서는 꽤나 유명인이다.

다른 중학교 출신이지만 중3때 같은 학원에 다녔던지라 그럭저럭 면식은 있었다. 그 무렵부터 미소녀라고 생각은 했지만, 고등학교에 입학한 뒤로는 더더욱 예뻐져서 1학년 중에서도 특히 눈에 띄는 존재가 되었다. 외모로 치면 아마 학년 1위가 아닐까.

학년 1위라는 말이 나와서 말이지만, 그녀는 수석 합격자이기도 하다. 이번 중간고사에서도 학년 1위였다는 것은 좀 전에 순위표를 통해 확인했다.

미모와 두뇌——.

사쿠토도 그 둘이 모두 빼어난 그녀에게 관심이 없지는 않았다. 다른 반이 된 것은 아쉽지만 같은 외부 입학생끼리 친해지고 싶다고도 생각했다.

그런 우사미 치카게가 어째서인지 날카로운 눈빛으로 자신을 노려보고 있다.

내가 무슨 잘못이라도 했나? 혼날 만한 짓은 아무것도 안 했을 텐데, 라고 사쿠토는 생각했다. 그녀는 화가 난 듯한 얼굴로 천천히 다가왔다. 미인이 화를 내니 박력이 상당하다.

일단 사쿠토는 살짝 미소를 띤 채 가볍게 오른손을 들어 보였다.

"안녕, 우사미 양."

"안녕……이란 말이 나오세요?!"

"으, 으응…… 왜 그렇게 씩씩거리고 있어?"

"누, 누가 씩씩댔다는 거예요……?"

씩씩거리고 있는 사람이 씩씩거리지 않았다는 소릴 씩씩거리며 하고 있다고 해야 할까.

"그럼 씩씩……이 아니라, 무슨 일이야?"

"그건 제가 할 말이에요! 뭐죠, 저 순위표에 적힌 결과는?!"

우사미는 언짢은 얼굴로 허리에 손을 얹은 채 말했다. 학년 8위라는 결과에 불만이 있는 걸까.

"8위였는데, 그게 왜? 우사미 양은 1위였지? 축하해."

사쿠토는 계속해서 미소를 지은 채 차분한 투로 말했지만, 우사미는 또다시 씩씩 화를 내며 대꾸했다.

"축하한다는 말이 나오냐고요!"

"뭐? 1위면 축하할 일 아니야?"

"제, 제 이야기가 아니에요!"

우사미는 역삼각형이 된 눈으로 사쿠토의 눈을 쳐다보았다. 사쿠토도 물끄러미 마주보았다. 그녀는 무슨 말이 하고 싶은 걸까. 왜 화를 내는 걸까.

잠시 침묵이 흐른 후, 우사미는 짧은 한숨을 내쉬었다.

"……어째서죠?"

분노가 가신, 어쩐지 아쉽다는 투로 물어왔다.

"……? 뭐가?"

우사미는 씩씩한 표정을 지어 보이며 답했다.

"……어째서, 진심을 다하지 않은 거죠?"

완전히 허를 찔리는 바람에 사쿠토는 당황했다.
"저기…… 진심을 다하지 않았다니?"
"왜 진짜 실력을 발휘하지 않았냐고요."
"으음…… 무슨 소리야?"
"마음만 먹으면 1위를 할 수 있었을 텐데, 그러지 않았던 이유가 뭐죠? 혹시 일부러? 일부러 대충한 건가요?"
질문을 하는 우사미의 말투는 명백하게 따져 묻는 것처럼 들렸다.
"대충했다니, 무슨 소릴 하는 건지 잘 모르겠는데……."
사쿠토는 주머니에 손을 집어넣으며 쓴웃음을 지어 보였다. 우사미는 그 이상 추궁하지 않고 조용히 사쿠토의 눈을 들여다보았다. 이번에는 사쿠토가 시선을 피할 차례였다.
"아니, 이래 봬도 열심히 한 편인데, 문제 수가 많아서…… 결국 시간이 모자랐어."
"……시간이 모자라요?"
"그래, 아리스야마 학원의 세례를 받았다고나 할까. 역시 중학교 때랑은 다르네."
사쿠토는 어깨를 으쓱해 보였지만 우사미는 의심 어린

눈빛을 거두지 않았다. 일단은 제대로 커뮤니케이션을 시
도해 봐야 하려나——.

"맞아!"

"……? 뭐, 뭐죠?"

"카라아게 정식."

"네? 카라아게 정식……?"

우사미는 순식간에 얼빠진 표정이 되었다.

"학생 식당의 오늘의 메뉴. 이게 또 상당히 맛있거든."

"그게, 뭐 어쨌다는 거죠……?"

"괜찮으면 같이 가지 않을래? 내가 살게."

그렇게 사쿠토는 환한 미소를 지어 보였다. 순간, 우사
미의 얼굴이 새빨개졌다. 그러더니 꼬물꼬물 몸을 배배 꼬
며 리본으로 묶은 옆머리를 손가락으로 지분거리기 시작
했다.

"저는, 도시락이 있어서, 그게…… 타카야시키 군과 점
심을 먹고 싶은 마음은 있지만…… 그렇기는 하지만……."

갑자기 그녀의 분위기가 바뀌어서 사쿠토는 위화감을
느꼈다.

어째서 쑥스러워하는 걸까. 아닌 게 아니라 좀 전까지
화를 내고 있었는데.

"으음, 학생 식당 싫어해?"

"그게 아니라, 커플이라면 둘이서 점심을 먹는 것도 괜
찮을 것 같지만……."

그런 쪽으로는 생각을 못 했다. 사쿠토는 턱에 손을 가져다 댄 채 말했다.

"아하…… 우사미 양하고 학생 식당에 가려면 커플이어야만 하는구나……."

나직하게 중얼거리자 어째서인지 우사미는 당황하기 시작했다.

"네에?! 그건, 그러니까, 그건가요?!"

"……그거?"

"그러니까, 그게…… 타, 타카야시키 군은 저랑 커플이 되고 싶은 마음이 있다는 건가요?!"

사쿠토는 앞으로 고꾸라질 뻔했다.

"아~ 아냐아냐…… 조건이라고 해야 할지, 난이도가 높구나 싶어서. 커플이 아니면 학생 식당에 초대해선 안 된다는 거지?"

냉정하게 답변하자 그녀는 더더욱 얼굴이 빨개져서 화가 난 듯 소리쳤다.

"나, 남녀가 같이 점심을 먹는다는 건, 그런 뜻이에요!"

"그, 그런가아……?"

사쿠토는 도무지 이해가 안 됐다. 하지만 무슨 소릴 하려는 건지는 대충 이해했다.

남녀가 단 둘이 친근하게 점심을 먹고 있으면, 당사자들의 관계성은 둘째 치고 다른 사람들의 눈에는 커플로 보일 가능성이 크다는 말을 하고 싶은 것이리라.

(그렇게 신경 쓸 필요는 없을 것 같은데⋯⋯.)

일단 그렇게 생각했지만, 사쿠토는 다시 생각을 바꿨다.

확실히 학생 식당에서 단둘이 있으면 눈에 띌 테고, 커플로 보일 위험성도 있다. 그것도 우사미 치카게라면 더욱 눈에 띌 거다. 이상한 소문이 나기라도 하면 곤란하고, 그건 '튀어 나온 못은 얻어맞는다'는 속담을 가슴에 새기고 사는 사쿠토가 바라는 바가 아니다. 역시 초대하지 말았어야 했나.

"우사미 양은, 사람들한테 오해받고 싶지 않은 거지?"

"그건 그렇지만⋯⋯ 연애 만화 같은 데서는 확실히 사람들에게 오해를 사서 그대로 커플이 되는 패턴도 있으니까⋯⋯."

"갑자기 같이 점심을 먹자고 해서 미안해."

"아, 하, 하지만! 그것도 싫지는 않다고 해야 할지~⋯⋯ 어? 미안하다고요?"

"그럼 다음에 기회가 되면 또 같이 먹자고 할게──."

그렇게 말하며 사쿠토는 우사미에게 등을 돌렸다.

너무 경솔했던 걸지도 모른다. 상대가 우사미라 그런 게 아니라 이럴 때는 순서에 따라, 제대로 단계를 거쳐야만 하는 걸 거다. 느닷없이 같이 식사를 하자고 할 게 아니라, 가볍게 이야기를 나눌 수 있는 관계가 되는 게 먼저인 것이다.

그렇게 생각을 고친 사쿠토가 걸음을 뗀 순간──.

"잠깐만 기다려 주세……——꺄악!"

사쿠토는 우사미의 비명소리에 놀라 뒤를 돌아보았다가
"어엇——" 하고 신음했다.

어째서인지 그녀는 균형을 잃고 앞으로 넘어지려 하고
있었다. 허둥지둥 가슴으로 받아내자 그녀의 왼쪽 귀와 옆
얼굴이 통, 하고 가슴팍 한가운데에 닿았다.

"——엇차! ……후우~ 큰일 날 뻔했네. ……우사미 양,
괜찮아?"

"네, 네에~……."

"……? 왜 그래?"

"저기, 그게…… 뒤에서 밀어서……."

우사미의 뒤를 보니 순위표로 몰려든 학생들의 뒷모습이
보였다. 아마 자기도 모르게 그녀에게 부딪힌 모양이다.

그리고 그 순간 사쿠토는 상황을 이해했다. 무의식중에
왼손은 그녀의 허리로, 오른손은 머리로 뻗어 끌어안은 듯
한 자세가 되어 있었던 것이다.

품 안에서 우사미의 체온이 느껴진다. 매끈한 감촉의 찰
랑찰랑한 머리카락에서 여자 특유의 달콤한 향기가 나서
심장이 쿵쾅거렸다.

우사미가 스스로 설 수 있게 된 걸 확인한 후, 사쿠토는
곧장 떨어졌다.

"그, 그럼 조심해!"

"아…… 네에~……."

뺨을 붉힌 채 멀거니 선 우사미를 두고 사쿠토는 빠른 걸음으로 그곳을 떠났다.

* * *

(우사미 양이라…….)

학생 식당에서 카라아게의 튀김옷을 젓가락으로 찌르며 사쿠토는 좀 전에 있었던 일을 되돌아보고 있었다.

사고라고는 해도 그녀를 끌어안는 모양새가 되고 말았다. 불쾌하지는 않았을까. 남자 친구도 아니고, 친하지도 않은 남자한테 그런 짓을 당했는데——.

"그거, 1반의 우사미 양 얘기지?"

문득 등 뒤에서 여학생의 목소리가 들려와서 사쿠토는 움찔했다.

"작년 전국 중학교 3학년 통일 시험에서 1위한 사람이 우리 학교에 입학했잖아?"

"뭐, 수석 합격이었던 데다 이번 중간고사도 1위였으니…… 우사미 양일지도 몰라."

조금 전에 있었던 일에 관한 이야기가 아니다.

사쿠토는 조용히 한숨을 내쉰 후, 잠시 뒤에서 들려오는 이야기 소리에 귀를 기울였다.

"평균 97점이라니 굉장하지 않아? 외부생이잖아?"

"어디서 들은 얘기인데, 평범한 공립 중학교를 나왔대."

""""진짜……?!""""

뒤에는 여학생 네 명이 있었다. 말하는 걸 들어보니 내부생(内部生) 1학년인 듯했다――.

아리스야마 학원은 유치원, 초, 중, 고등학교로 되어 있고, 학생 중 대부분은 에스컬레이터식으로 진학한 이들이다. 그러한 내부 진학자를 내부생이라고 부른다. 반대말은 외부생―― 다시 말해서 우사미와 사쿠토처럼 고교 입시를 치러 중간에 편입한 학생들을 그렇게 부른다.

비율로 보면 전체의 약 80퍼센트가 내부생이고 외부생은 약 20퍼센트쯤 된다.

그런 외부생과 내부생 사이에는 눈에 보이지 않는 벽이 있다.

이 넓은 학생 식당을 둘러보아도 내부생으로 보이는 그룹, 외부생으로 보이는 그룹으로 나뉘어 앉아있는 것이다.

내부생에게는 내부생으로서의 긍지가 있고, 외부생에게는 외부생으로서의 자부심이 있다. 그러한 것들이 충돌해 이렇듯 미적지근한 벽이 구축된 것이리라.

그런 가운데 우사미 치카게의 존재는 지극히 눈에 띄었다.

수석 합격한 외부생, 학년 1위.

이것이 무엇을 의미하는가 하면, 지금까지 철저하게 학력을 향상시켜온 내부생들보다 갑자기 툭 튀어나온 외부생이 한 수 위라는 뜻이다.

약 240명의 신입생 중 1등이 외부생이라는 상황은 그리 바람직하지 않다. 심지어 외모까지 수려하다. 남학생과 복도에서 대화를 나눈 것만으로 엉뚱한 소문이 나도 이상할 게 없을 정도다──.

지금도 저 내부생들은 우사미에 관해 이야기하고 있다.

하지만 역시나 말투를 들어보니 호의적인 분위기는 아닌 듯했다──.

"흔히 말하는 천재란 건가? 머리 좋아서 좋겠다아~……."

"IQ는 부모한테서 물려받는 거라며? 50퍼센트 정도였던가, 유전되는 게?"

"게다가 엄청 귀엽고 몸매도 좋잖아……."

"머리 좋고 귀엽기까지 한 건 좀 치사하지 않아?"

그건 사실과 좀 다른데, 라고 사쿠토는 생각했다.

타고 난 외모는 둘째 치고, 성적이 좋은 건 틀림없이 우사미가 노력한 결과다. 그 사실을 같은 학원에 다녔던 사쿠토는 알았다.

중3 때 학원에서 그녀는 필사적으로 책상에 붙어 있었다. 누구보다도 성실하게 수업을 듣고, 누구보다도 열심히 강사에게 질문하러 다니며 공부에 전념했다.

어째서 저렇게까지 집요하게 공부하는 걸까.

식겁해서 쳐다보는 주변 사람들의 시선에도 불구하고 우사미는 언제나 최선을 다했다.

그러한 노력이 결실을 맺어, 그녀는 수석 합격을 거머쥐었다. 그 후로도 학년 1위라는 결과를 계속 남기고 있다. 그야말로 '꾸준함은 힘이다'라는 속담을 체현하고 있는 사람이기도 한 것이다.

그래서 우사미에게 호감이 갔다. 친해져서 물어보고 싶다.

담력이라고 할 수 있을 정도의 그 강인한 정신력은 어디서 오는 것인지를——.

하지만 그건 좀 전에 있었던 일로 어려워졌다.

아예 성격이 최악이었다면 냉큼 포기할 수 있었을지도 모르지만, 그녀는 인간미가 있는 성격에 반응도 시원시원했고, 몸짓도 귀엽다.

그렇게 흠 잡을 데가 없을 만큼 멋진 사람이다. 역시 친해지고 싶다.

문득 좀 전에 들었던 말이 사쿠토의 머릿속에 떠올랐다——.

『⋯⋯어째서, 진심을 다하지 않은 거죠?』

올곧은 말이었다.

모처럼 라이벌이라고 인정한 상대에게 안타깝다, 진심

을 다했으면 좋겠다고 호소하는 것처럼 들리기도 했다.

진심을 다하면 친해질 수 있을까. 바보 같이 그런 생각이 들었다.

하지만 진심을 다할 수 없는 데에는 사정이 있다.

튀어나온 못은 얻어맞기 때문이다.

얻어맞아 마음이 꺾인 인간은 그 고통을 안다──.

"근데 그 애 있잖아…… 뭔가 말이야~ 숨겨진 얼굴 같은 게 있을 것 같지 않아?"

"아, 그럴 것 같아~!"

"맞다, 재미있는 소문이 있는데~──."

수군수군 웃고 떠드는 소리가 들려서 사쿠토는 조용히 한숨을 내쉬었다.

(결국 어딜 가나 마찬가지구나…….)

사쿠토는 차가운 호지차를 마시며 무시하고 넘기기로 했다.

(……그나저나, 우사미 양은 어째서 나한테 말을 건 거지?)

같은 학원을 다녔고 같은 외부생── 접점은 그것뿐이다. 라이벌 의식이라도 있는 걸까.

그런 의문을 품은 채 사쿠토는 카라아게를 한 입 베어 물었다. 고소한 냄새와 함께 감칠맛 가득한 육즙이 입 안에 좌악~ 퍼졌다. 그때──

"저, 저기……!"

카라아게가 목에 걸릴 뻔했다.

옆을 보니 우사미가 새빨개진 얼굴로 서 있었다. 사쿠토
는 호지차를 마셔서 카라아게를 억지로 위장으로 넘겼다.

"……우, 우사미 양?!"

"저기, 깜박하고 말 안 한 게 있었어요!"

동요해서 주변을 둘러보니, 좀 전까지 뒤에서 수군거리
던 여학생들이 잠잠해져 있었다. 갑자기 들이닥쳐서 놀란
것이리라.

"까, 깜박한 거……?"

진짜 실력이 어쩌고 하던 이야기를 계속하려는 걸까. 사
쿠토는 조금 긴장했다.

"조…… 좀 전에는, 정말 고마웠어요!"

"뭐……? 뭐가……?"

"그, 그게, 아까 넘어질 뻔한 저를 끌어——."

"아, 아아! 그거 말이구나?! 아냐! 신경 안 써도 돼!"

사쿠토는 허둥지둥 우사미의 말을 가로막았다. 끌어안
듯 받아주셔서, 같은 말이 그녀의 입에서 튀어나오면 정말
로 엉뚱한 소문이 난무하게 될지도 모른다. 진짜 위험한
애네.

"……굳이, 고맙다는 말을 하려고 온 거야?"

"아, 네! 그럼 저는 이만——."

그 말을 끝으로 우사미는 부랴부랴 학생 식당을 떠났다.

그 뒷모습을 멍하니 쳐다보고 있자, 뒤에서 또 수군거리는 소리가 들려왔다. 사쿠토는 소문이 날 걸 걱정하는 게 바보 같다는 생각이 들 만큼 속이 후련해졌다. 그래서——

"우사미 양은 정말 착한 애 같단 말이지. 성격도 성실하고 노력가이기까지 해서, 나도 본받고 싶을 정도야."

……라고 일부러 다소 큰 소리로 말했다.

뭔가 그녀의 진짜 모습을 알게 됐다는 생각에 자신감이 생겼다.

그와 동시에 앞으로 그녀와 친해질 수 있지 않을까, 하는 희망이 싹텄다.

제2화 : 우사미 치카게의 또 하나의 얼굴……?

사태가 급변한 것은 우사미와의 대화로부터 이틀이 지난 5월 27일 금요일 방과 후였다.

그 후 몇 번인가 멀리서 우사미를 발견했지만, 이야기를 할 기회는 없었다. 뭐든 접점을 만들고 싶기는 하지만, 섣불리 접근했다가 흑심이 있는 걸로 보이고 싶지는 않았다.

그때의 일은 꿈이었던 걸까.

생각하며 역을 향해 걷다가, 가로수가 늘어선 큰길에 접어들었다.

아리스야마 학원이 있는 유우키시(市) 사쿠라노초는 오피스 빌딩과 상업 시설이 즐비한 도심지다. 편리성은 좋고, 오락거리도 많으며 필요한 물건은 대부분 손에 넣을 수 있다.

하지만 아침저녁 출퇴근 시간은 상당히 북적거린다.

사쿠토와 같은 귀가부원 중 대부분이 방과 후에 과제를 마치고 돌아가는 데에는 이 시간대를 피하고 싶다는 이유도 있다는 모양이다.

그 북적거리는 시간대에 사쿠토는 잽싸게 돌아간다.

집에서 만화와 게임들이 기다리고 있기 때문인데, 늘 졸려 보이는 눈을 하고 있는 것도 그 때문이다. 고등학교에 입학한 후로 늦게까지 깨어있는 날이 늘어난 것은 떨어져서 살고 있는 어머니에게는 비밀이다.

(그러고 보니 미츠미 씨, 오늘은 늦게 들어온다고 했었지…….)

사쿠토는 현재 어머니의 여동생, 즉 이모인 키세자키 미츠미의 집에 얹혀살고 있다.

그래서 집안일도 그럭저럭 돕고는 있었지만, 미츠미는 '학생은 학생답게 학생다운 일을 해야지'라고 했다. 요컨대 공부하고 노는 게 학생의 일이라고 생각하는 모양이라 그녀가 집에 있을 때는 집안일을 돕지 못하게 했다.

한편, 미츠미는 일 때문에 바쁘다. 변호사는 수입이 좋기는 하지만 노동 시간이 길다. 이래서는 결혼은 꿈도 못 꿀 거라고 반쯤 포기한 듯이 말하고는 했다.

그런 사정도 있어서 사쿠토는 얹혀사는 처지로서 마땅히 집안일을 도와야 한다고 생각했다. 오히려 아무것도 안 하는 쪽이 더 불편하다.

요리는 그다지 잘하는 편이 아니지만 오늘은 저녁밥을 하자. 메뉴는 뭐가 좋을까. 냉장고에 들어있는 재료는──.

그런 생각을 하다 보니 역 근처에 도착하고 말았다.

──그때.

역 앞 게임센터로 들어가는 한 소녀의 모습에 시선이 빨려들었다.

(저건, 우사미 양……? 아니, 하지만…….)

커다란 위화감에 사로잡혀 즉시 걸음을 멈췄다.

정면에서 걸어온 여성 두 명이 사쿠토의 눈이 동물처럼

움직이는 걸 보고 겁을 먹은 듯이 사삭 옆으로 피해 지나
갔다.

(방금 그건…… 역시 우사미 양, 맞지……?)

기억을 대조해 본다.

교칙대로 교복을 입고 왼쪽 옆머리를 리본으로 묶고 있
는 것 말고는 딱히 요란하게 멋을 내지 않은 늠름한 아이
── 그게 사쿠토가 아는 우사미 치카게의 모습이었다.

그런데 방금 목격한 우사미 치카게는── 교복을 칠칠맞
게 흐트러뜨려서 입고, 묶은 머리를 푼 데다 화장을 했는
지는 멀어서 알 수 없었지만 목에 헤드폰을 걸고 있었다.

게다가 방과 후에 들르는 게 교칙으로 금지된 게임 센터
안으로──.

역시 잘못 본 걸지도 모른다고 사쿠토는 생각했다.

그 성실한 노력가인 우사미가 교칙을 어기고 게임 센터
에 다닐 것 같지는 않다. 그녀의 그런 모습은 상상조차 하
기 어렵다.

하지만 잘못 보려야 그러기 어려운 외모다.

게다가 교복은 아리스야마 학원의 것이었다.

**"근데 그 애 있잖아…… 뭔가 말이야~ 숨겨진 얼굴 같
은 게 있을 것 같지 않아?"**

"아, 그럴 것 같아~!"

학생 식당에서 네 명의 여학생이 나누던 대화가 머리를 스쳤다. 우사미에게 숨겨진 얼굴이 있건 말건 자신과는 상관없지만, 만약 방금 본 게 정말 그녀라면——.

(확인해볼까…….)

호기심이 사쿠토의 다리를 움직이게 했다.

* * *

아리스야마 학원은 하교 시 노래방이나 게임 센터와 같은 오락 시설에 입장하는 것을 교칙으로 금지하고 있다.

하지만 학교 밖은 교육상 재량권이 미치지 못하는 곳이다. 그러지 못하게 막는 법률이 있는 것도 아니다.

하지만 교칙을 어기는 학생은 아무도 없다.

애초에 입학하는 학생들이 성실한 성격이기도 하거니와 만약 순찰을 도는 교사에게 들키면 일이 성가셔질 걸 알기 때문이다. 그래서 결과적으로 교칙을 지키고 있을 뿐이고 성가신 일은 피하고 보자는 것이 아리스야마 학원에 다니는 학생들의 공통 의식이었다.

그 암묵적인 규칙을 어기고 사쿠토는 게임 센터에 발을 들였다.

게임센터 안은 이미 다른 고등학교의 학생들로 붐비고 있었다.

여학생의 비율이 압도적으로 높은 건 1층부터 지하까지

즉석 사진기가 설치되어 있기 때문일 거다.

그 중 아리스야마 학원의 교복은 보이지 않았다. 지하로 간 걸까.

두리번거리고 있자 요란한 헤어스타일의 여고생 두 명이 다가왔다.

그중 곱슬한 긴 머리를 스모크 그레이색으로 하이라이트 염색한, 키가 늘씬하게 큰 소녀가 사쿠토에게 한 걸음 다가왔다. 머스크 계열의 향기가 난다.

"헤에~ 별일이네~."

그녀는 사쿠토의 얼굴을 품평하듯이 쳐다보았다. 놀리려는 게 아니라 굳이 말하자면 무척 흥미롭다는 얼굴을 하고 있었다.

"미안미안, 아리학(아리스야마 학원) 애들은 여기 잘 안 오거든."

"그렇구나."

사쿠토는 무의식중에 쓴웃음을 지은 채 또 한 명의 소녀를 쳐다보았다.

스모크 그레이 소녀와 함께 있던 울프컷 소녀는 머리 안쪽을 화려한 핑크색으로 투톤 염색했다. 키는 작은 편이지만 이목구비가 또렷한 귀여운 아이였다.

"우린 2학년인데, 너는?"

"……1학년이요."

"아니, 갑자기 웬 존댓말이래~? 반말해도 돼~."

스모키 그레이 소녀는 사근사근하게 말했다.

"······그럼, 그렇게 할게."

"인스트용으로 사진 같이 찍을래? 기념으로······ 아, 그러기 전에 너는 이름이──."

"아니, 그건 어려울 것 같아. 우리 학교는 여러모로 엄격하거든."

상대가 이름을 묻기 전에 사쿠토는 쓴웃음을 지은 채 말을 잘랐다.

여기저기 퍼지기라도 하면 매우 난감해진다. 하굣길에 교복 차림으로 게임센터에 온 것도 모자라 다른 학교 여학생과 놀았다는 소문이 나는 일은 사양하고 싶다.

스모크 그레이 소녀는 입술을 삐죽거렸다.

"그럼 하다못해 인스트라도 교환하자~."

"미안, 인스트를 안 해서."

"뭐어~? 그럼 LIME은?"

"저기······ 그 전에 뭐 좀 물어봐도 될까? 사람을 찾고 있는데······ 우리 학교 교복을 입은 여학생 못 봤어?"

핑크 투톤 염색 소녀가 "저기저기" 하고 손을 들었다.

"그 애라면 알 것 같아~! 오늘은 아직 못 봤지만, 그 애라면 가끔씩 봤어~. 헤드폰 낀 애 맞지?"

"아아, 응······."

우사미인지 어떤지는 모르겠지만 헤드폰을 낀 아리스야마 학원의 여학생은 가끔씩 이곳에 오는 모양이다.

"그 애, 어디에 있는지 알아?"

"아마 2층 아닐까? 늘 그리로 가거든."

거기까지 정보를 얻고 나자 스모크 그레이 소녀가 시시하다는 듯이 입을 열었다.

"혹시, 걔가 네 여친이야?"

"아니, 그런 건 아냐."

"헤에……. 그런 것치고는 뭔가 필사적인데?"

"아니, 그렇지는 않은데……."

사쿠토는 쓴웃음을 지은 채 그렇게 말하고서 그녀들에게 등을 돌렸다.

"그럼, 고마워. 잠깐 2층에 가볼게――."

"어…… 아, 잠깐만! LIME 교환은~?!"

"미안, 다음에 기회가 있으면 하자!"

그렇게 말한 후, 사쿠토는 도망치듯이 2층으로 향했다.

＊　＊　＊

2층은 퍼즐 게임과 격투 게임, 마작 게임과 같은 흔히 말하는 아케이드 게임기가 늘어서 있는 곳이다. 1층과는 달리 남자의 비율이 압도적으로 많다.

하지만 정말 이곳에 우사미가 있을까.

둘러보니 게임기가 주욱 늘어서 있는 곳의 중앙 부근에 이상하리만치 사람들이 모여 있었다.

"젠장~……! 또 졌어어——!"

그렇게 말하며 니트 모자를 쓴 대학생 정도의 남자가 의자를 박차고 일어났다.

니트 모자가 하고 있던 것은 『엔드 오브 더 사무라이 3』(줄여서 엔드사무3)이었다. 꽤나 센스가 마니악하다.

엔드사무 시리즈는 막부 말기의 일본을 무대로 한 대전 게임이다.

등장 캐릭터들은 모두 신센구미(新選組) 대원을 중심으로 한 사카모토 료마나 오카다 이조 등, 다소 마니악한 검사들이다.

e스포츠의 영향인지 요즘 들어 다시 인기에 불이 붙은 모양이다. 가정용 게임기로 온라인 대전도 가능해서 언제든 전 세계의 플레이어들과 대전할 수 있다.

다만 아케이드 게임기를 선호하는 열혈 팬들은 아직도 이렇게 기기가 있는 곳에 와서 붙고 싶어 한다. 그러한 마니아들의 심정을, 한때 엔드사무3에 푹 빠진 적이 있는 사쿠토 역시 모르는 바는 아니다.

오히려 시간이 있고 교복 차림이 아니었다면 한판 하고 가고 싶을 정도다.

"쪽팔리게 지고 앉았냐~."

"시끄러워! 그럼 너도 붙어보던가!"

니트 모자는 짜증 섞인 목소리로 대꾸했다. 일행으로 보이는 장발 남자는 팔을 걷어 올리는 시늉을 하며 의자에 앉아 동전을 넣었다.

"좋았어. 그럼 다음은 내가 해봐야지——."

예상이 빗나간 듯해서 사쿠토는 한숨을 내쉬었다. 그렇게 돌아가려던 그때——.

"그나저나 저 코토큥 쓰는 여고생, 엄청나네……."

누군가가 내뱉은 한 마디가 사쿠토의 다리를 딱 멈추게 했다.

코토큥이라는 건 엔드사무 시리즈에 등장하는 나카자와 코토라는 여성 캐릭터다. 코토큥이라는 애칭으로 불릴 만큼 인기가 많으며 스피드와 변칙적인 움직임이 특징이다.

신센구미라는 부대에 실존했던 여성 검사로, 남장을 하고 싸웠다는 모양이다.

(코토큥을 쓰는 여고생…… 설마…….)

장발 일행이 있는 기기의 반대쪽으로 돌아갔다. 그러자 사람들이 반원을 그리듯 한곳을 둘러싼 채 구경하고 있었다. 허둥지둥 그 틈새로 들여다보았다.

예상했던 대로 찾아 헤매던 소녀가 익숙한 손놀림으로 컨트롤러를 조작하고 있었다.

"헉……?! 우사미 양……?!"

그 옆얼굴을 보자마자 사쿠토의 입에서 말이 튀어나왔다.

하지만 그녀는 사쿠토를 쳐다보지도 않았다. 그저 묵묵

하게 손을 움직이며 눈도 깜박이지 않고 눈앞에 있는 화면에 집중하고 있다. 하지만 그녀의 입이 살짝 움직이는 게 보였다.

"……? 미안하지만, 지금 대전 중이라서……."

"미안, 아니, 그보다도──."

"대전하고 싶으면 저쪽으로 가야 하지 않을까? 그게 싫으면 말 걸지 말고."

방해하지 말라는 소리로 들렸다. 주변에 있던 구경꾼들도 노려보기에 사쿠토는 입을 다물었다. 하지만 그녀에게 묻고 싶은 게 산더미처럼 많았다.

이 흐트러진 차림새와 익숙해 보이는 컨트롤러 조작, 그리고 명백하게 게임 센터에 자주 들락거린 듯한 분위기는 뭘까. 말투까지 평소와 다른데.

묻고 싶은 게 많지만, 이대로 가면 당분간 끝날 것 같지가 않다.

(대전하고 싶으면 저쪽으로 가라고……? 좋아.)

사쿠토는 한숨을 내쉬었다.

"……알았어. 그럼 대전해서 내가 이기면 얘기 좀 할 수 있을까?"

"나 꼬시려고?"

"아니, 그런 게 아니라 묻고 싶은 게 있어서──."

순간, 화면에서 화려한 효과가 터졌다. 우사미가 조작하는 캐릭터, 나카자와 코토의 초필살기가 발동한 것이다.

"헤에…… 좋아, 재미있을 것 같으니까. 날 이긴다면 말이야."

옆머리에 가려 확실히는 보이지 않았지만, 그녀는 웃고 있는 듯했다.

*　*　*

조금 전의 장발이 순식간에 져서 사쿠토의 차례가 되었다.

사쿠토는 기기 앞에 앉아, 동전을 넣고 곧장 캐릭터 선택 화면에 돌입했다.

상성표를 토대로 판단하자면 나카자와 코토가 취약한 패리(Parry)나, 마찬가지로 움직임이 변칙적인 오키타 소지를 골라야겠지만, 사쿠토는 일부러 움직임이 느린 파워형 캐릭터인 콘도 이사미를 골랐다.

"으아…… 이 자식, 초본가……? 반대로 골라야지. 파워형을 골라서 뭘 어쩌자는 거야?"

뒤에서 무시하는 목소리가 들려왔다. 엔드사무의 경우, 스피드형은 스피드와 파워의 밸런스가 좋은 밸런스형에 약하다. 다시 말해서 우사미의 나카자와 코토를 상대할 때 파워형인 콘도 이사미는 불리하다. ──하지만 사쿠토는 개의치 않고 눈앞의 화면에 집중했다.

드디어 대전이 시작되었다.

처음에는 나카자와 코토의 변칙적인 움직임에 콘도 이

사미가 농락당하는 전개가 펼쳐졌다. 방어에 전념해 어찌 어찌 공격을 막아냈지만, 주변의 예상대로 나카자와 코토가 우세했다.

그리고 순식간에 승부가 났다.

화면 끝으로 몰린 콘도 이사미가 선 자세로 가드한 순간, 나카자와 코토가 몸을 숙였다. 콘도 이사미는 그에 맞춰 숙이려 했지만 불과 몇 프레임이 늦어졌고── 그 한순간이 승패를 갈랐다.

(우와……. 이 느낌은…… 우사미 양, 꽤나 많이 했나 보네…….)

사쿠토는 포기하고 컨트롤러에서 손을 떼었다. 이 일격이 들어오면 그로써 끝이기 때문이다.

나카자와 코토의 하단 약킥이 명중하더니 연달아 기술이 작렬했다. 마지막으로 나카자와 코토의 초필살기인 '이식 백화요란'이 발동하여 화려한 연출과 함께 콘도 이사미가 공중에 떴다.

그야말로 교과서적인 콤보였다.

입력 실수도 없어서 체력 게이지 중 60퍼센트가 뭉텅이로 깎여 나갔다.

하지만 콘도 이사미가 지면으로 낙하하기 시작한 순간──.

(──그럼, 해볼까.)

사쿠토가 눈을 번쩍 뜨더니 잽싸게 컨트롤러를 잡았다.

그러고서 재빨리 커맨드를 입력하자, 이제 땅바닥에 쓰러지는 일만 남았던 콘도 이사미가 땅에 한 번 튕김과 동시에 벌떡 일어났다.

"뭐엇?! '콘도 메뚜기'라고⋯⋯?!"

누군가가 외친 순간, 콘도 이사미는 이미 나카자와 코토의 등 뒤로 돌아들어 있었다.

중단 강편지를 기점으로 연속기가 이어져, 나카자와 코토가 화면 끝으로 몰린 채 공중에 떴다.

그리고 나카자와 코토가 땅에 닿기 직전에 콘도 이사미가 강 태클. 나카자와 코토는 대미지를 받으며 다시 공중으로 떠올랐다. 콘도 이사미의 강 태클── 공중에 뜨는 나카자와 코토── 강 태클── 공중── 이러한 흐름이 끊임없이 이어졌다.

사쿠토의 등 뒤에 있던 구경꾼들이 술렁거렸다.

"'콘도 메뚜기'에서 '얍삽이 태클'?!"

"말도 안 돼⋯⋯!! 실전에서 쓰는 건 처음 봤어!"

"이 자식 초보가 아니었어⋯⋯?!"

사실 이미 포석은 깔아두었다.

사쿠토는 체력 게이지를 온존하며 구석까지 몰리는 척을 했던 것이다. 다시 말해서 조금 전의 콤보는 일부러 맞은 거다. 상대의 방심을 유도해서 빈틈을 만들기 위해.

그리고 마니아들이 말한 '콘도 메뚜기'는 낙법이다. 다운 회피라고 부르기도 하지만 콘도 이사미는 다른 캐릭터들과 달리 초필살기를 맞은 후에도 가능하다.

하지만 이건 치사하다, 버그다, 라는 견해도 있었던 탓에 가정용 게임기판에서는 이미 업데이트로 수정되어 쓸 수가 없다. 오프라인으로 운용되는 아케이드 게임기에서만 쓸 수 있는 기술인 것이다.

더불어 콘도 이사미에게는 이 화면 끝 얍삽이, 통칭 '얍삽이 태클'이 존재한다. 이것에 한 번 걸리면 그대로 끝이다. 조작 실수를 하지 않는 한, 체력 게이지가 없어질 때까지 끝나지 않는다.

(……미안한걸, 이쪽한테도 이겨야만 하는 사정이 있거든…….)

화면에 '한판!'이라는 글씨가 큼지막하게 표시되었다.

승자는 사쿠토가 조종한 콘도 이사미.

두 번째 판에서도 사쿠토가 승리를 거두자, 등 뒤에서 환호성이 터져 나왔다.

* * *

"졌어. 너, 세구나? 설마 콘도 씨한테 당할 줄은 몰랐어."

"고마워……."

우사미가 의자에 앉아있는 사쿠토에게 다가왔다. 졌는데도 그녀는 환한 미소로 오른손을 내밀었다. 사쿠토는 손을 마주 잡으려다가——.

『──있지, 같이 놀자.』

갑자기 초등학교 시절의 기억이 떠올라서 무의식중에
손을 무르고 말았다.

"……? 왜 그래? 악수가 불편해?"

"아……── 아니, 아무것도 아냐……."

어리둥절해 하는 우사미에게 사쿠토는 그늘 없는 미소
를 지어 보였다.

우사미는 뺨을 붉히며 내밀었던 손을 집어넣었다. 그러
더니 잠시 고개를 홱 돌리고 있다가 쭈뼛쭈뼛 앞머리를 잡
아당기며 곁눈질로 사쿠토를 쳐다보았다.

"그래서…… 나한테 묻고 싶다는 게 뭔데?"

게임에 집중하느라 목적을 까맣게 잊고 있었다. 뭐부터
물어봐야 할까. 일단 어떻게든 확인하고 싶은 게 하나 있
었다.

"어쩐지 학교에 있을 때랑 분위기가 다른데…… 이쪽이
우사미 양의 '본모습'이야?"

"아, 그렇구나! 어흠……! 어~ 그게…… 본모습 같은 게
아닌 것이다!"

"……것이다? 그 말투는 뭐야……?"

사쿠토가 의아하다는 눈으로 쳐다보자 우사미는 허둥대
기 시작했다.

"어라, 아닌가? 그러면…… 귀하께선, '저'에게 무슨 용건이신지?"

"으음…… 장난하는 거야?"

"아뇨, 그럴 생각은 없답니다?"

"아, 응. 장난하는 거구나."

"어흠어흠……! 우와~ 조정하기 힘드네에…… 어흠! 평소에 어땠더라…… 아, 맞다…… 어흠어흠!"

우사미는 헛기침을 하며 그런 말을 중얼거렸다.

그녀가 너무 기침을 하기에 사쿠토는 게임 센터의 공조 장치가 신경 쓰이기 시작했다. 이곳의 탁한 공기가 그녀의 뇌와 말투에 영향을 미쳤을지도 모른다.

"……그래서, '저'한테 묻고 싶은 게 뭔가요?"

이제야 평소의 말투로 돌아왔다.

"그러면 우선…… 어째서 게임 센터에 온 거야? 자주 다닌 것 같던데……."

"음~…… 이론과 실천이라고나 할까~?"

"……무엇의?"

"이론과 실천……이라는 이름의 스트레스 해소."

"아니, 그건 그냥 스트레스 해소란 뜻이잖아……."

사쿠토는 어이가 없었다.

"그러면 그 헤드폰은? 지금까지 본 적이 없는데……."

"아아, 이건 'KAN-01V'라고 하는데, KANON 시리즈의 초기 모델이야. 노이즈 캔슬링 기능이 있는 건 물론이고 귀가 아프지 않도록 디자인——."

"미안, 질문을 잘못했어……. 형식이나 기능적인 면을 물은 게 아니라, 평소에도 가지고 다녀?"

"뭐어…… 가끔? 아마, 뭐…… 그럭저럭이랄까요?"

"……왜 의문형이야? 우사미 양에 관한 이야기잖아."

사쿠토는 계속 어이가 없었지만 우사미는 생글생글 미소를 띤 채 대화를 즐기는 듯 보였다. 하지만 뭔가 평소와 다르다. 말투도 그렇지만——.

"미소가 귀여워……."

"아, 그건 말이죠~…… 흐엑?! 바, 방금 뭐라고 했어?!"

"아, 아니……."

무의식중에 튀어나온 말이지만 평소와 달리 미소를 자주 짓는다. 심지어 귀엽다. 평소에도 이렇게 생긋생긋 웃고 있으면 좋을 텐데, 라는 생각이 절로 들 정도다.

"립서비스를 싫어하지는 않지만, 대놓고 말하는 걸 들으니 좀 쑥스럽네에."

"미안, 잊어줘……. 아무튼, 스트레스 해소치고는 꽤 본격적이네."

"그건 그래. ……식겁했어?"

"아니, 난 뭐든 열심히 하는 사람이 좋거든."

"나하하하~…… 하하…… 조, 좋아한다고……?"

얼굴이 새빨개진 우사미를 무시하고 사쿠토는 턱에 손을 댄 채 다음 질문을 생각했다.

"그럼 다음 질문인데——."

순간, 갑자기 그녀가 사쿠토의 뺨에 닿을 만큼 얼굴을 바짝 붙였다.

"잠깐! 왜 그——."

"쉬잇~…… 티 내지 말고 뒤를 봐……."

그녀가 사쿠토의 귓가에서 살며시 속삭였다.

사쿠토는 그녀의 숨결과 체온이 피부로 느껴져 가슴이 철렁했지만, 슬그머니 뒤를 돌아보았다.

눈에 익은 슈트 차림의 깐깐해 보이는 미인이 있었다. 주변을 날카로운 눈으로 두리번거리고 있다.

"헉?! 학생지도교사인 타치바나 선생님……?!"

"키득…… 아쉬워라. 오늘 데이트는 여기까진가아……."

우사미가 속삭이듯 말하기에 사쿠토는 다시 정면을 쳐다보았다.

아직도 그녀의 얼굴이 거기에 있었다.

부드러운 머리카락이 사쿠토의 뺨을 스치고, 달콤한 향기가 코를 간질였다. 이틀 전, 넘어질 뻔한 그녀를 잡아주었을 때 맡은 것과 같았지만—— 어쩐지 조금 다른 듯했다.

우사미는 그대로 사쿠토의 오른손을 잡았다.

그러더니 자신의 얼굴 옆으로 끌어당겨 착 갖다 대었다. 부드러운 머리카락이 손등에 닿자 간지럽기도, 쑥스럽기도 해서 사쿠토는 더더욱 얼굴이 새빨개졌다.

"——응. 너, 정말 좋은걸……."

"뭐, 뭐 하는 거야……?"

"마킹. 내 냄새를 묻혀두려고."

그런 소리를 하며 사쿠토의 오른손에 뺨을 비볐다. 손가락 끝이 그녀의 작은 귀에 닿았다.

"에헤헤, 내 귓불, 부드럽지 않아?"

"뭐, 그야……."

그러더니 우사미는 일부러 만지게 했다. 조금 꼬집듯 잡아보니 분명 부드러웠다.

"이제 감촉도 익혔으려나? ……언제든 만져도 괜찮아."

"아니, 근데 이거, 뭐 하는 거야……?"

"후흐응~ 사람을 착각하지 않기 위한 주문── 그럼, 작별의~…… 포옹!"

"잠깐……?!"

순간적으로 꼭 끌어안더니 우사미는 곧장 뒤로 슥 물러났다. 그러고는 끝으로 빙긋 미소를 지어 보이더니 바이바이, 하고 살며시 손을 흔들었다.

슬금슬금 2층 비상계단 쪽으로 향하는 우사미의 뒷모습을, 사쿠토는 멍하니 배웅했다.

심장이 쿵쾅거렸다. 몸도 달아오른 듯이 뜨겁다.

그때 사쿠토는 생각했다.

이 감정은 아마도──

"너, 아리스야마 학원 학생이지?! 어느 반 누구야!!"

"히엑?! 타치바나 선생님……?!"

——붙잡히기 직전의 공포감에서 비롯된 걸 거라고…….
그리고, 붙잡혔다.

트윈 토~크! ① : 각자 좋아하는 사람은……?

5월 27일, 우사미 가(家)의 부엌.

치카게는 실내복에 앞치마를 걸친 차림으로 된장국이 끓고 있는 냄비를 국자로 저으며 요란하게 한숨을 내쉬었다.

(친해지고 싶다아…….)

순위표가 복도에 공개된 날의 일을 떠올리며——.

"학생 식당의 오늘의 메뉴. 이게 또 상당히 맛있거든."
"그게, 뭐 어쨌다는 거죠……?"
"괜찮으면 같이 가지 않을래? 내가 살게."

치카게는 후회하고 있었다.

(그때 어째서 솔직하게 가고 싶다고 말하지 못한 걸까——…….)

국자를 젓는 속도가 두 배 정도로 빨라졌다.

(아마, 타카야시키 군은 나랑 친해지고 싶다고 생각했겠지? 순순히 학생 식당에 같이 갔다면…… 하지만, 나랑 커플이라는 오해를 사서 민폐를 끼쳤을지도 모르는걸…….)

치카게는 주변 사람들이 자신을 어떻게 생각하는지, 소문 정도는 알고 있었다. 학년 1위의 성적이라 눈에 띈다는 것도 안다. 하지만 그건 자신에 관한 소문이고, 혼자서 처리할 수 있는 문제다. 오히려 문제라 할 일도 아니라 무시할 수도 있다.

하지만 자신의 주변 사람들이 휘말려든다면 이야기가 달라진다.

자신이 함께 있으면 사쿠토에게 민폐를 끼치게 될지도 모른다고 생각하니, 거리를 좁히기가 쉽지가 않았다. 또한, 치카게는 솔직해지지 못하는 자신에게 넌더리가 나 있었다.

하지만 만약 주변 사람들이 커플로 오해한다 해도――.

사쿠토가 딱히 곤란해하지 않는다면 이야기가 달라질 거다.

(저, 정말로 커플이 되면, 문제없지 않을까……?!)

그런 망상의 폭주가 시작되고 말았다. 게다가――.

『……우사미 양하고 학생 식당에 가려면 커플이어야만 하는 구나…….』

저쪽도 마음이 있는 게 아닐까, 하는 약간의 기대를 품을 만한 그 말이 머릿속에서 반복 재생되었다. 심지어――.

『……후우~ 큰일 날 뻔했네. ……우사미 양, 괜찮아?』

품에 안겼다. 사고이기는 했지만 그 순간적인 행동은 치카게에게 너무도 인상적인 대응이었다. 아버지 이외의 남성의 품에 안긴 건 처음이다.

사쿠토의 심장 고동이 빨라지는 소리를 들었을 때는 심하게 동요하고 말았다. 사쿠토가 떠나간 후에도 그 여운이 커서 한동안 넋을 놓고 서 있었을 정도다.

(그때, 사쿠토 군도 가슴이 설렜었구나…….)

눈을 감고서 기쁜 듯이 몸을 배배 꼬았다. 그때──

"──아까부터 뭐 하는 걸까~?"

키친 카운터 너머에서 목소리가 들려왔다.

"호에에?! 히, 히이짱?! 언제부터 거기 있었어?!"

"방금 전부터. 다녀왔어, 치이짱."

카운터에서 생글생글 웃으며 고개를 내민 것은, 치카게와 똑같은 얼굴── 15분 일찍 태어난 쌍둥이 언니인 히카리였다.

"어, 어서 와……. 아니, 근데 어디 갔었어?"

"음~…… 그냥 요 근처를 어슬렁거렸달까."

"그래……?"

치카게는 히카리가 교복을 입고 있는 걸 보고 한숨을 내쉬고 싶은 걸 참았다.

이전부터 히카리는 학교를 자주 빠졌다.

초등학교 4학년 즈음부터 계속 그러더니 고등학교에 들어와서도 변함이 없어서, 교복 차림으로 밖에 나가도 학교까지는 가지 않는 일이 많았다.

히카리는 어떻게 보면 자유분방하게 살고 있는 듯하지만, 뭔가 고민을 떠안고 있다.

그 사실을 알기에 치카게는 그렇게까지 히카리를 나무랄 수가 없었다.

하지만 중학교까지와는 사정이 다르다. 둘 다 이제 고등학생인 것이다.

"중학교와 달리 계속 쉬면 유급할지도 몰라."

"괜찮아, 결석일수는 확실하게 계산하고 있으니까."

"그건 자랑이 아니야……. 그래서 어디 다녀왔어?"

"에헤헤헤, 기분 전환 삼아서 잠깐 도서관에──."

"게임 센터 갔지?"

지체 없이 치카게가 말하자 히카리는 화들짝 놀란 표정을 지었다.

"어떻게 알았어?!"

"쌍둥이니까…… 라기보다는 지금까지의 행동 패턴을 따져봤어. 최근에는 게임에 빠져 있는 것 같아서 떠본 거야."

감탄했다는 듯이 히카리는 웃는 얼굴로 박수를 짝짝 쳤다.

"역시 쌍둥이. 나에 관한 건 뭐든 다 아는구나."

"히이짱한테 그런 말 들어봐야 하나도 안 기뻐…… 나 참……."

치카게는 어이없어하며 가스레인지의 불을 껐다.

15분 늦게 태어난 여동생으로서 히카리에게 학교를 빼먹지 말라고 주의를 해오기는 했다. 나중에 무슨 일이 생거도 괜찮도록, 최소한 고등학교 졸업장은 받아두라고. 그것이 현재 치카게가 15분 일찍 태어난 언니에게 바라는 점이다.

본래는 부모가 해야 할 걱정일 거다. 하지만 부모님의 의견은 히카리가 원하는 대로 살면 된다는 것이었다. 이해를 해준다고 해야 할지, 무르다고 해야 할지, 치카게도 부모님에게 설득을 부탁하는 건 포기한 지 오래다.

어찌 되었건, 그러한 언니를 보다 보면 가끔씩 부러운 것도 있었다.

자신과 달리 언젠가, 뭔가, 위대한 일을 해낼 듯한 기분이 든다——.

치카게는 요리를 그릇에 담으며 거실에서 쉬고 있는 히카리를 쳐다보았다.

히카리는 3인용 소파에 벌렁 드러누워 신이 난 얼굴로 커다란 봉제 인형을 끌어안고 있다.

"히이짱? 뭐 좋은 일이라도 있었어?"

"음~…… 잘은 모르겠지만, 두근두근한 일이…… 하우으~……."

히카리는 뭔가를 떠올리더니 다리를 파닥거린 후, 얼굴이 새빨개져서 치카게를 쳐다보았다.

"있지, 치이짱. 치이짱이랑 친한 남학생 있어?"

"어……?"

문득, 한 사람이 떠올랐지만 친한 남학생이 아니라 친해지고 싶은 남학생이었다.

"아니, 없어……. 대화해본 적이 있는 사람은 있지만……."

"그 사람의 이름은?"

"그게, 타카야시키 군. 타카야시키 사쿠토 군……."

히카리는 이름을 듣자마자 어째서인지 자신의 왼쪽 뺨을 기쁜 듯한 얼굴로 쓰다듬기 시작했다.

제3화 : 지나치게 튀어나온 못은 얻어맞지 않는다……?

게임 센터에 간 날 늦은 밤.

사쿠토는 자신의 방에서 스탠드의 불빛에 의지해 편지를 적고 있었다.

『삼가 인사드립니다. 초여름의——』

문득 손이 멈췄다. 그대로 편지지를 착착 접어서 책상 구석에 내려놓았다.

(너무 딱딱한가…… 거리감이 느껴져…….)

그리고 새로운 편지지를 꺼내 처음부터 편지를 썼다.

『오랜만입니다. 잘 지내셨나요? 저는 이모와 살기 시작——』

거기서 다시 손이 멈췄다.

접은 편지지들을 쓰레기통에 슬쩍 넣고서 의자 등받이에 힘없이 등을 기댄 채 어두운 천장을 멍하니 올려보았다.

(쓸 것도 별로 없네…… 최근 있었던 일은…… 맞아…….)

문득 우사미 치카게의 두 가지 표정이 떠올랐다——,

학교에서 본, 쑥스러움이 섞인 새침한 얼굴.

게임 센터에서 봤던 그 천진한 미소.

생각 없이 스탠드를 껐다가, 켰다가, 다시 켰다가——

의미 없이 계속 켰다 껐다를 반복하며 우사미에 관해 생각했다.

(역시 학교에서는 우등생인 척을 하고 있는 건가? 본성은 게임 센터 쪽……? 학교에서 기를 쓰다 쌓인 스트레스를 게임 센터에서 발산하고 있는 건가……?)

있을 수 없는 일은 아니지만, 어쩐지 위화감이 느껴진다.

꼭 다른 사람을 착각한 것 같다. 그럴 리가 없는데.

사쿠토는 가만히 눈을 감았다. 망막에 남은 스탠드 불빛의 잔상 끝에 두 개의 얼굴이 희미하게 떠올랐지만, 그 윤곽은 또렷하지 않았다.

* * *

주말이 지나 5월 30일 월요일. 3교시가 끝나고 4교시가 시작되기 전.

사쿠토가 미술실로 향하던 중, 복도 저편에 체육복 차림의 우사미가 보였다.

그녀는 체육 수업 후였는지 뺨을 타고 흐르는 땀을 타월로 닦으며 나른한 얼굴로 이쪽을 향해 걸어오고 있었다.

지난주 게임 센터에서 있었던 일도 있어서 사쿠토는 관찰이라도 하듯 우사미를 주의 깊게 바라보았다.

반소매와 반바지에서 뻗어 나온 팔과 다리의 길이는 몸과 완벽한 조화를 이루고 있다. 하얀 체육복 상의에는 핑크색 속옷의 색과 무늬가 희미하게 떠올라 있었다. 아래에서는 그것을 밀어 올리듯이 풍만하게 융기된 가슴이 걸을 때마다 흔들렸다.

지나치는 남학생들이 무의식중에 돌아볼 정도로 아름다운 몸매다.

(미인인 줄은 알았지만, 설마 이 정도였을 줄이야──.)

문득 우사미와 눈이 마주쳤다. 그녀는 얼굴을 붉히더니 손에 들고 있던 타월로 코 아래쪽을 가린 채 시선을 옆으로 돌렸다. 체육복 차림을 보인 게 쑥스러웠던 걸까.

뭔가 거북해져서 사쿠토도 고개를 돌렸다.

스쳐 지나기 직전, 서로 반대 방향으로 고개를 돌린 채 동시에 걸음을 멈추고 나란히 섰다.

"요전의 일 말인데──."

먼저 입을 연 사쿠토가 혼잣말을 하듯 낮은 목소리로 중얼거렸다.

"타치바나 선생님한테는 말하지 않았어…… 네 비밀은 지켜줄게."

"……? 무슨 소린가요?"

"왜, 있잖아…… 아니, 역시 아무것도 아니야."

"뭐죠? 더 신경 쓰이는데요. 무슨 뜻인지 말해주세요."

갑자기 우사미와 마주 보게 되었다. 지난주보다 표정이 굳어있는 것처럼 보이는 건, 게임 센터에서 발랄한 미소를 본 후이기 때문일까.

"너, 너무, 빤히 쳐다보지 마세요……."

"아, 미, 미안…… 나도 모르게……."

서로 시선을 돌렸지만 그때 문득 우사미의 왼쪽 귀가 사쿠토의 눈에 들어왔다. 문득 그녀가 알려준 '주문'이 떠올랐다.

"저, 저기…… 확인하고 싶은 게 있는데……. 해도 될까?"

"뭘, 말이죠?"

어리둥절해 하는 우사미의 왼쪽 귀로 살며시 손을 뻗었다.

"꺄악?! 뭐, 뭐 하는 거예요?!"

귓불에 손이 닿기 전에 우사미는 뒤로 물러났다.

"어? 왜, 언제든 만져도 괜찮다고……."

"괘, 괜찮지 않아요! 그, 글쎄, 그런 건 커플이 된 후에 할 일이라니까요!"

"요전에는 커플이 아닌데 만지게 해줬잖아. 포옹도 하고……."

"그, 그건 사고예요!"

우사미는 그렇게 말하더니 씩씩 화를 내며 등을 돌렸다.

(……사고? 그럼 게임 센터에서 보였던 적극적인 태도는 뭐였던 거지……?)

사쿠토가 당황하고 있자 우사미는 뺨을 붉힌 채 그를 노려보았다.

"커…… 커플이 되고 난 후라면 만지는 건…… 뭐, 생각해보겠어요! 그게 아니라면, 함부로 만지지 마세요!"

그제야 사쿠토는 아하, 하고 납득했다.

이곳은 복도고 지나다니는 사람이 있다. 그런 곳에서 커플 같은 짓을 하면 그야말로 이상한 소문이 날 거다. 우사미는 그런 사태를 경계해서 일부러 엄격하게 말한 것이다. 정말 사려 깊은 아이다.

"미안, 내가 잘못했어⋯⋯."

"이제 아셨나요? 커, 커플이라면 상관없겠지만요, 커플이라면!"

우사미는 그렇게 커플이라는 단어를 강조하듯이 말했다.

아무래도 주변 사람들에게 철저하게 커플이 아니라는 것을 어필하고 싶은 모양이다. 학교 안에 있을 때와 바깥에 있을 때의 캐릭터를 이렇게까지 철저하게 구분하는 아이였을 줄이야.

"아하, 알겠어. 그럼 이제 너한테는 절대로 손대지 않을게."

"⋯⋯네?"

"아니, 확실히 커플도 아닌데 손을 대는 건 이상하잖아, 좀 전에는 미안했어. 그럼 시간이 없으니──."

"글쎄, 커플이면 상관없다니까요?! 제 말 안 들려요?! 저기요~ 타카야시키 군──."

사쿠토는 자신의 어리석음을 반성하며 미술실로 향했다.

* * *

문제가 일어난 것은 점심시간이었다.

사쿠토가 학생 식당에서 교실로 돌아가려고 걸어가던 중에 보니, 1학년 1반 교실 근처에 인파가 생겨나 있었다. 그렇건만 어째서인지 조용해서, 어쩐지 불온한 분위기가 느껴졌다. 수군수군 뭐라고 속닥거리는 사람도 보였다. 그들이 하나같이 보고 있는 곳은 복도 끝이었다.

사쿠토도 어째서인지 신경이 쓰여서 인파에 섞여 그쪽을 보았다.

그러자 우사미와 학생지도교사인 타치바나 후유코가 마주보고 있었다.

그런데 어쩐지 험악하고도 불온한 분위기가 주변까지 전염되고 있다. 아무래도 미소녀와 미인 교사가 가벼운 잡담을 나누고 있는 건 아닌 모양이다.

"포니테일이 뭐가 문제인데요?"

우사미는 자신의 머리를 가리키며 못마땅하다는 듯이 말했다.

그러자 타치바나는 그야말로 학생지도교사답게 의연한 태도로 대꾸했다.

"포니테일은 교칙 위반이야. 지금 당장 고치렴."

"여학생의 헤어스타일에 관해, 교칙에는 '긴 머리카락은 수업에 방해가 되지 않도록 묶거나 땋아야 한다'고 되어 있을 뿐, 포니테일이 금지라는 항목은 없는 걸로 기억하는데요?"

그렇게 논리정연하게 답했다. 그나저나 교칙의 조항을 일일이 다 기억하는 건가? 우사미라면 그럴 만도 하지만.

"그건 해석의 문제지. 게다가 '요란한 헤어스타일은 금지'라는 항목도 있어. 다시 말해서 교사가 보았을 때 요란하다고 판단되면 요란한 거야."

타치바나도 완강히 버텼다. 이 사람은 이 사람대로 교칙을 다 외우고 있는 걸까. 학생지도교사니 그럴 만도 하지만——.

"교사가 보았을 때? 타치바나 선생님의 주관이 기준이라는 것처럼 들리는데요?"

"너는 꽤 말재주가 좋구나…… 하지만 그걸 인정할 수는 없어."

요컨대 이렇게 많은 사람이 지켜보는 가운데, 서로의 주장을 내걸고 다투기 시작한 탓에 물러날 수 없는 상황에 빠진 것이리라. 일단 이렇게 된 경위를 자세히 알고 싶었다.

사쿠토는 근처에 있던 여학생 두 명에게 말을 걸었다.

"저기, 미안…… 저거, 무슨 일이야?"

"아, 그게…… 수업이 끝난 후에 타치바나 선생님이 우사미 양의 헤어스타일을 보고 주의를 주기 시작했어."

"맞아맞아, 그런데 우사미 양이 포니테일은 금지되지 않았다면서 반항, 했다고 해야 하나? 확실히 부조리한 이유이긴 해서 논파하려고 하는 중이랄까?"

사쿠토는 입가에 손을 대고서 생각했다.

(그래서 이 상황이 벌어진 건가……. 정면에서 의견을

충돌시키는 건 그다지 현명한 선택이라 할 수 없는데……
자기주장이 강한 애인 줄은 알았지만…….)

문제는 저 두 사람이 어디서 타협을 할 것인가, 하는 거다.

애초에 우사미와 타치바나의 이번 문제에 개입할 생각
은 없고, 우사미 쪽이 순순히 지도에 따르면 그로써 끝날
일이다. 아마도 그럴 거다.

사쿠토는 못 본 척하고 그 자리를 뜨려 했지만──.

"하여간 우사미 양도 문제라니까~…….."

"냉큼 고치면 끝날 텐데~."

"타치바나한테 대드는 게 멋지다고 생각하는 거 아냐?"

"포니테일이 귀엽다고 생각하나 보지."

수군거리는 목소리가 들려서 걸음이 딱 멈췄다.

(나서서 눈에 띄면 좋을 게 하나도 없어……. 어째서 눈에
띌 만한 짓을……. 옳은지 아닌지 하는 건 아무래도──.)

하지만 갑자기 사쿠토의 귓속에 그녀의 목소리가 되살
아났다──.

『……어째서, 진심을 다하지 않은 거죠?』

그 목소리는, 그 말은 날카롭게 깊이, 똑바로 사쿠토의
마음에 박혔다.

신기하기도 하다. 이해라는 건 머리로만 하는 게 아닌
모양이다. 그녀와 조금 말을 나눈 후에 그 말을 돌이켜 보

니, 신기하게도 의미가 달라졌다.

이제는 알겠다.

그때 그녀는 미움을 살 용기를 가지고 이 말을 했던 것이다.

이제는 알겠다.

그녀는 논파하고 싶은 게 아니다.

부조리함에 필사적으로 맞서려 하고 있는 것이다.

그렇게 생각하자 사쿠토의 머릿속에서 '진심'이란 단어가 '용기'로 바뀌었다.

──어째서, 용기를 내지 않은 거죠?

이윽고 사쿠토는 넥타이를 힘껏 풀어헤치고 우사미와 타치바나가 있는 곳으로 향했다.

그러고는 태연한 얼굴로 그녀들의 곁으로 성큼성큼 다가가서.

"타치바나 선생님, 요전에는 지도해주셔서 감사했습니다."

느닷없이 입에 발린 인사치레를 해 보였다.

갑작스러운 난입에 우사미와 타치바나는 놀랐다.

"뭐지? 너는 1학년 3반의 타카야시키 사쿠토…… 아니, 넌 이게 안 보이는 거냐? 지금은 지도 중이다."

타치바나는 얼굴을 찌푸리며 그렇게 말했다.

"아, 죄송합니다. 선생님이 보이기에 그만……."

눈총을 받아도 사쿠토는 쓴웃음을 지은 채 대꾸했다. 그 순간, 타치바나는 사쿠토의 가슴께가 이상하다는 것을 알아챘다.

"……음? 타카야시키, 넥타이가 상당히 흐트러졌는데."

"네? 아앗……! 죄송합니다! 금방 바로 할게요──."

사쿠토는 넥타이를 바로 하는 척을 하며 시야 끄트머리로 우사미를 흘끔 쳐다보았다.

그녀는 놀란 듯한, 그리고 당황한 듯한 표정이었다.

(이 상황을 수습하려면, 이 방법밖에 없어……!)

사쿠토에게는 어떤 작전이 있었다. 느닷없이 지도 중에 고개를 들이밀고──.

"죄송해요, 사실 혼자서는 넥타이를 못 매서……."

분위기 파악을 전혀 못 하는 구제불능의 남자인 척을 했다.

불에 기름을 붓는 꼴이 되지 않도록, 최대한 얼빠지고 우스꽝스럽게 보이도록 했다.

"나 참…… 그럼 묻겠는데, 평소 넥타이는 어떻게 하고 있지?"

"이모랑 둘이 사는데, 그 이모가 해주고 있어요."

사실 미츠미가 부부 놀이를 하고 싶다기에 몇 번인가 역할 놀이에 어울려준 것뿐이지만, 거짓말도 하나의 방편이라지 않는가.

여기까지의 작전 제1단계가 성공한 것인지, 타치바나는 아주 어이가 없다는 표정을 짓고 있었다.

그래서 사쿠토는 작전 제2단계로 이행했다.

"이모와 둘이 산다고? 그래…… 부모님은?"

"사정이 있어서 어머니와는 따로 살고 있습니다. 아버지는…… 그게, 조금…….."

"……그렇군. 그럼 어쩔 수 없지."

지금이라는 듯이 사쿠토는 미소를 지어 보였다.

"괜찮아요. 아무튼 정말로, 타치바나 선생님처럼 학생에게 '진심이고' '애정이 넘치고' '다정하신 분'이 '근처에 있어주셔서', 아주 '다행'이에요."

교섭하고 싶은 상대에게 자신의 약한 면을 보여준 후, 상대의 좋은 부분을 높이 평가한다. 이렇게 해서 이쪽의 요구를 쉽게 전달하고 거절하기 어렵게 만들려는 작전이다.

이건 민완 변호사인 미츠미가 '연상에게 사용할 것'이라면서 사쿠토에게 전수해준 교섭술이었다. 설마 정말 사용할 날이 올 줄은 몰랐지만, 정확하게 실행해 보았다.

그러자 제대로 효과가 발휘된 듯했다.

그 말이 타치바나의 마음에 꽂혔는지, 표정이 점차 부드러워졌다.

"그렇군…… 뭐, 지도 중이지만 일단 네 넥타이부터 바로 하자…….."

"부탁 좀 드릴게요."

타치바나는 사쿠토의 앞에 서더니 살며시 넥타이를 자기 쪽으로 끌어당겼다. 어느샌가 타치바나의 눈빛이 다정해졌다. 의외로 정이 많은 선생일지도 모른다.

"그럼, 한다——."

스르륵 넥타이를 풀었다. 타치바나는 의외로 섬세하게 손을 움직였다. 평소 남자 친구에게 해주고 있는 걸까.

어쨌든 이제 우사미를 데리고 이 자리를 벗어나기만 한다. 본인도 우사미에게 고치라고 하겠다고 타치바나에게 말해, 이쯤에서 타협하게 만들면 그만이다.

우사미가 납득해줄지 어떨지는 별개의 문제지만, 진지하게 부탁하면 포니테일을 풀어줄 거다.

하지만 한 가지 커다란 오산이 있었다——.

"잠깐 기다려주세요……!"

갑자기 정지 명령이 떨어졌다.

놀라서 그쪽을 쳐다보니 우사미가 새빨개진 얼굴로 도끼눈을 하고 있었다.

"타치바나 선생님! 타카야시키 군한테 뭘 하시는 거예요?!"

"……넥타이를 바로 해주려는 것뿐이다만."

"그건 너무 치사…… 한 게 아니라, 그런 건 부부나 동거 중인 커플만 할 수 있는 거예요! 아니면 호의가 있는 남성한테만요!"

그런 건가, 싶어서 사쿠토는 깜짝 놀랐다.

게다가 이 마당에 와서까지 '커플 이론'을 꺼내다니. 머지 않아 키스하면 약혼이 성립된다는 소리를 하지는 않을까.

"무슨 소릴 하는 거지? 나는 타카야시키의 넥타이를 바로 해주려는 것뿐이야!"

그 말이 맞았으면, 이라고 사쿠토는 기도했다.

"우사미, 네 말대로라면, 내가 타카야시키에게 호의를 가지고 있다는 뜻이 되잖아?!"

"아닌가요?!"

"아, 아니야!"

어째서인지 더더욱 상황이 꼬여 버렸다. 게다가 사쿠토는 타치바나에게 넥타이를 붙들린 상태라 꼼짝도 할 수가 없다. 이거, 대체 어떻게 해야 할까.

사쿠토가 쩔쩔매고 있자.

"제가 대신 할게요!"

왜냐고 묻기도 전에 우사미까지 넥타이를 잡아당기기 시작했다.

"아니! 이건 내가 책임지고 하도록 하지! 학생지도교사 니까!"

"아뇨! 타카야시키 군과 같은 학원에 다니고 있는 제가! 그리고, 또…… 동급생이니까요!"

상관없는 것까지 끄집어내기 시작했다.

도무지 수습이 안 된다. 한 발짝 더 나아가, 두 사람이 말다툼을 할수록 사쿠토의 목이 조여들었다. 두 사람은 그 사실을 전혀 못 알아챈 눈치다. 이대로 가면 위험하다——

사쿠토가.

"하…… 항복, 항복……! 두 사람 다, 놔 줘……!"

""아앗———?!""

그제야 알아챈 두 사람은 완전히 얼굴이 창백해진 사쿠토를 보고 손을 떼었다.

일단 이러니저러니 해도 두 사람의 말다툼을 말리는 데 성공해서 다행이다.

하지만 쓸데없는 일에 고개를 들이밀면, 진짜로 모가지가 달아날 수도 있다는 것을 학습한 사쿠토였다.

* * *

그날 방과 후, 교무실에서 타치바나에게 매우 정중한 사과를 받은 사쿠토는 괜찮다고 말하고서 교무실을 뒤로 했다.

교사 현관에 도착하자, 우사미가 두 손으로 가방을 든 채 벽에 등을 기대고 서 있었다. 혼날 때보다 표정이 어둡다.

"우사미 양?"

"아…… 타카야시키 군…….."

우사미는 사쿠토의 얼굴을 보더니 고개를 푹 숙였다.

낮에 있었던 일을 반성하고 있는 것이리라. 포니테일이었던 머리가 평소처럼 왼쪽 옆머리를 묶는 스타일로 돌아가 있었다. 이쪽이 뭔가 마음이 놓인다.

"저기, 점심시간에 있었던 일 말인데요…… 정말 죄송해
요……."

"아아, 됐어됐어. 괜히 끼어든 내 잘못이니까…… 그보
다 일부러 기다려 준 거야?"

"네……."

반성 중인 그녀에게 무슨 말을 할까 고민했지만, 일단
사쿠토는 미소를 띤 채 입을 열었다.

"왜 타치바나 선생님한테 대든 거야?"

"……이치에 안 맞았으니까요. 엄밀히 따지면 교칙에는
머리카락을 묶는 법에 관한 규정이 없어서, 지도의 이유를
확실하게 해두고 싶었어요."

귀갓길에 게임 센터에 들르는 사람이 할 말 같지는 않다.

하지만 뭔가 그녀 나름의 방침이나 규칙 같은 게 있는
듯하니, 그 이치에만 맞았다면 따랐을 거다.

"좀 더 영리하게 넘어갈 수도 있었을 텐데. 고치겠다고
하고 넘어가거나, 시키는 대로 하거나…… 그런 곳에서 반
박하면 눈에 띄잖아?"

"아아, 그런 거였군요……."

우사미는 뭔가를 납득한 눈치였다.

"뭐가?"

"중간고사 성적…… 타카야시키 군은 눈에 띄고 싶지 않
은 이유가 있어서 일부러 진심을 다하지 않았다…… 그런

거죠?"

사쿠토는 동요해서 입을 다물었다. 그 얼굴을 보고 우사미는 다시 미안한 듯한 표정을 지었다.

"죄송해요. 제가 또 참견을…… 싫으시죠, 이런 거?"

"……아니."

고개를 가로저었지만 사쿠토의 속마음은 복잡했다.

상대가 관심을 보이는 것과 간섭을 받는 건 다른 거다. 현 단계에서는 그 부분을 너무 깊이 파고들지 말았으면 했다. 그렇게까지 자신에 관해 알고 싶어 하는 이유도 잘 모르겠다.

하지만 모처럼의 기회니, 이전부터 신경 쓰였던 것을 이 자리에서 그녀에게 물어보는 것도 나쁘지 않을지 모른다.

"……우사미 양은, 자신이 눈에 띄는 걸 어떻게 생각해? 왜, 늘 성적이 1위잖아…… 외부생이라 더더욱 눈에 띌 텐데. 실제로 사람들이 수군거리는 것 같기도 하고."

나름 말을 골라서 하기는 했지만 실패했다고 생각했다. 소문이 좋지 않다는 소리나 다름이 없기 때문이다. 게다가 자기 이야기를 하고 있는 것 같아서 뭔가 거북하다.

그러자 우사미는 후훗, 하고 웃어 보였다.

"저는…… 눈에 띄는 건 나쁘지 않다고 생각하지만, 무섭다고 느낄 때도 있어요. 다른 사람의 눈에 어떻게 보일지, 이래 봬도 고민하기도 하는 걸요?"

사쿠토는 문득 미소를 지은 채 답했다.

"······그럼, 처음부터 눈에 띄지 않게 하면 되잖아. 아무리 애를 써도, 결국 튀어나온 못은 얻어맞으니까······."

그렇게 체념에 가까운 본심이 사쿠토의 입에서 튀어나왔다.

"그럴 순 없을 것 같아요."

"어째서?"

"지는 게 싫거든요. '지나치게 튀어나온 못은 얻어맞지 않는다'는 이야기를 옛날에 들은 적이 있기 때문일까요?"

그것은 이 사회에서 매우 살기 힘든 길을 택한다는 뜻이다. 지나치게 튀어나왔어도 반드시 때리려는 자는 나타나기 마련이다. 아마 거기에는 제한이 없을 거다.

우사미는 그 사실을 알면서도 공포심을 견뎌가며 꿋꿋이 앞으로 나아가려 하고 있다. 그녀는 그걸 두고 '지는 걸 싫어하는' 성격이라고 표현했다.

하지만 정말 이유는 그게 다일까. 그녀의 강함의 비밀이 그것뿐일 것 같지는 않다.

"그것참······ 어려운 성격이네."

"네. 하지만 이게 저예요."

우사미는 자조 섞인 투로 말했다.

"옛날부터 요령이 없고, 융통성도 없어서······ 정말 구제 불능이죠?"

"아니, 그렇지는······. 우사미 양이 노력하는 건, 지기 싫어하는 성격이라는 이유 하나 때문이야?"

"뭐, 원래 그런 성격인 탓도 있지만——."

그녀는 그렇게 말하더니 옆머리를 묶은 리본 끄트머리를 지분거리기 시작했다.

"지금은, 제가 노력하는 모습을 봐줬으면 하는 사람이 있거든요."

누군데, 라고 사쿠토가 물으려던 순간.

갑자기 그녀에게서 시선을 뗄 수가 없어졌다. 눈동자 속으로 빨려들어 깊이 빠져들 것만 같은 감각에 사로잡혔다. 허둥지둥 몸을 돌려 억지로 그녀에게서 시선을 뗐다.

우사미의 진지한 눈빛 끝에 자신이 있는 듯한, 그런 망상이 떠올라 사쿠토는 창피했다. 너무 자기중심적으로 해석하는 것 아니냐고 자신을 나무랐다.

"저기 말이야…… 아, 아니……."

"……? 왜 그러시죠?"

타치바나가 넥타이를 매주려 할 때, 어째서 대신하겠다고 한 걸까. 우사미의 논리대로라면 남성의 넥타이를 매주는 행위는 커플에게만 허용된다. 그런데 어째서.

그렇게 말하기가 꺼려졌다.

그거야 말로 너무 자기중심적인 해석이 아닐까. 하지만 이치를 중시하는 그녀라면, 그 행위를 논리적으로 해석하려면, 이라는 생각이 뒤따랐다.

사쿠토가 말을 어물거리고 있자, 우사미가 입을 열었다.

"……그래서, 그때, 왜 중재하러 나서주신 건가요……?"

"아아, 그건…… 딱히 이유는 없었어."

"아아…… 딱히 이유는, 없었군요……."

우사미는 아쉽다는 듯이 시선을 떨궜지만——

"이유는 모르겠지만, 우사미 양을 내버려 둘 수가 없었어."

기어들어가는 듯한 목소리이기는 했지만, 사쿠토는 솔직하게 그렇게 말했다. 본심을 말한 것이지만, 식겁했을까. 그렇게 어울리지도 않게 왜 용기를 내서.

불안해하며 그녀를 보니, 귀까지 새빨개져 있었다.

"저기, 방금 한 말은——."

"저, 정말 고마웠어요……! 저는, 볼 일이 있어서 이만!"

그녀는 서둘러 신발을 갈아 신더니 종종걸음을 쳐서 돌아갔다.

역시 식겁했나 보다. 그렇게 생각한 사쿠토는 조금 풀이 죽었다.

하지만 한 걸음 앞으로 내디뎌 그녀에게 본심을 말한 것은 부끄러워하지 않기로 했다.

설령 방금 전 대화가 크나큰 실수였다 해도, 앞으로 커다란 한 걸음으로 이어질 것이라 믿으며.

제4화 : 파헤쳐봐……?

"——그래서, 어제에 이어 오늘은 무슨 일로 부르셨나요……?"

장마를 앞둔 5월 말, 31일 화요일 방과 후의 일이다.

교무실 한구석에 칸막이로 간소하게 구분해둔 상담 공간이라는 장소에서 사쿠토와 학생지도교사인 타치바나가 낮은 테이블을 사이에 두고 마주 앉아 있었다.

칸막이 너머로 교원들의 이야기 소리가 들려왔다. 두 번째이기는 하지만 이런 장소는 좀처럼 적응이 안 된다. 사쿠토는 얼른 용건을 마치고 돌아가고 싶었다.

"어제 있었던 일은 미안했다. 다시 한번 사과하마——."

타치바나는 공손하게 고개를 숙였다. 그렇게까지 앙금이 남을 만한 일도 아닌 탓에 고의적으로 지도 중에 끼어든 사쿠토도 거북해졌다. 이 일은 다 끝난 걸로 하고 싶었다.

"타치바나 선생님, 어제 일은 이제 신경 안 쓰니 고개를 들어주세요……."

"오늘 아침 조간신문에 네 기사가 실릴 뻔했잖아……[*]. 이 정도로 넘어갈 일이 아니라고 생각한다."

"아, 괜찮아요. 조간신문에 난다면 선생님도 같이 실릴 테니까요……."

---

[*] 신문, 특히 일본의 조간신문에는 부고 등이 실리기도 한다.

서로 입장은 다르겠지만, 아무튼 실리지 않아서 다행이다.

"저기, 오늘은 또 사과하시려고 부른 건가요?"

"아니…… 너에게 부탁을 좀 하고 싶어서 말이야……."

타치바나는 다리를 반대쪽으로 꼬며 말을 이었다.

"사실, 우사미 치카게에 관한 이야기인데…… 그, 뭐이냐……."

"뭐죠?"

"너희는…… 가까운 관계냐?"

순간적으로 어떤 의미로 묻는 걸까 싶었지만, 사쿠토는 냉정하게 고개를 가로저었다.

"아뇨, 대화를 하게 된지 얼마 안 됐는데요……."

"그래…… 얼마 안 됐다라……."

타치바나가 말을 머뭇거렸다. 무슨 말이든 딱 부러지게 할 듯한 그녀답지 않았다. 뭘 묻고 싶은 걸까 싶어 답답하기는 했지만, 사쿠토는 가만히 다음 말을 기다렸다.

타치바나는 다소 말하기가 껄끄러운지 목소리를 낮췄다.

"너는, 우사미 치카게를 어떻게 생각하지?"

"……연애적으로 호감이 있냐는 뜻이에요?"

"누가 그런 걸 물었지?"

"아니, 하지만, 흐름상……."

"아~ 아니아니…… 미안하다, 내 질문이 잘못됐군……."

타치바나는 의자에 깊이 앉아 이마에 손을 얹었다.

"인물 평가다."

"인물 평가……?"

타치바나는 팔짱을 낀 채 "음" 하고 말하더니 다시 한번 다리를 반대로 꼬았다.

"뭐, 수석 입학, 학년 1위…… 굉장한 사람이라고 생각하는데요."

"……그 이외에는?"

"성실한 노력가…… 뭐, 이치에 맞지 않는 일과 맞닥뜨리면 논쟁을 벌이는 사람이랄까요. 지는 걸 싫어한다나 봐요. 그리고――."

문득 사쿠토는 게임 센터에서 생글생글 웃으며 말하던 우사미의 얼굴이 떠올랐지만.

"……뭐, 이게 끝인데요."

그렇게 얼버무려 두었다.

타치바나에게 지도를 당한 날, 사쿠토는 끝까지 그녀의 이름을 대지 않았다. 친구 없이 혼자 왔다고 말했던 것이다.

――친구는 아니니까.

거짓말은 아니지만 왜 갈수록 가슴이 답답해지는 걸까. 그건 아마도 사쿠토가 타치바나를 나쁜 사람이 아니라 직무에 충실한 사람으로 인정하기 시작했기 때문일지도 모른다.

게임 센터에서 있었던 일은 비밀로 하기로 우사미와 약속한 탓에 그에 관해서는 절대 말할 수 없지만.

"그래서, 결국 뭘 물어보고 싶었던 거죠?"

"우사미 치카게의 숨은 얼굴이다."

아차, 긁어 부스럼이 됐네, 라고 사쿠토는 생각했다.

"뭐, 사실 그런 소문이 있어서 말이지. 친구한테 들은 적 없냐?"

"저는 친구가 없어서요."

"그, 그래……? 미안하다…… 그래…… 그렇구나……."

우울한 분위기가 상담 공간에 충만했다.

갑자기 찾아온 침묵을 견딜 수가 없어서 사쿠토가 먼저 입을 열었다.

"저기…… 괜찮다면 어떤 소문인지 물어봐도 될까요?"

"흠…… 예를 들자면, 학교 밖에서는 교복을 아무렇게나 입고 역 앞을 어슬렁거린다거나, 헤드폰을 낀 채 햄버거를 먹고 있었다거나, 게임 센터에 들어가는 걸 봤다거나……."

짚이는 바가 너무 많아서 사쿠토는 살짝 겁이 나기 시작했다. 아닌 게 아니라 대부분 사실이다. 소문도 아주 무시할 건 못 되나 보다.

"그리고 인형을 질질 끌고 다니고 있었다거나, 전화를 받았더니 '지금 당신의 뒤에 있어요'라는 소리를 했다거나…… 그런 소문이지."

"선생님, 후반의 두 개는 도시 전설이랑 섞였네요……."

"나도 후반의 두 개는 믿고 싶지 않아."

역시 소문은 소문일 뿐인가. 어이가 없어서.

"그나저나, 그렇군요…… 그래서 그날 게임 센터에 오신 건가요?"

"알아챘군. 소문이 사실인지 확인하러 갔지. ……그런데 네가 있었고."

"정말 잘못했습니다."

타치바나는 쓴웃음을 지어 보였다.

"다 끝난 일이니 됐다……. 하지만 그럼에도 우사미 치카게가 신경 쓰여서 말이야. 어제의 지도도 사실 포니테일을 지적해서 본인의 반응을 관찰하려고 한 거였지."

어쩐지 부조리하다 싶었더니, 그런 이유가 있었던 건가. 방해해서 미안하다는 생각도 들고, 게임 센터에서 걸린 일도 있어서 거북하기 그지없었다.

"아하…… 그래서, 어땠나요?"

타치바나는 눈살을 찌푸렸다.

"말재주가 좋더군."

동족 혐오 같은 걸까. 머지않아 저 말이 특대 부메랑이 되어 돌아가지는 않을까 싶어서 사쿠토는 어이가 없었다.

"뭐, 아무튼 만약 소문이 사실이라면 학생지도를 맡은 입장으로서 확인을 해두고 싶어서 말이다. 미안하다, 네 귀중한 시간을 빼앗아서."

"아뇨, 그건 딱히…… 근데 저도 타치바나 선생님한테 물어보고 싶은 게 하나 있는데요."

"음? 뭐지?"

"어째서 타치바나 선생님은 그렇게 열심히 학생지도를

하시는 거죠?"

"무슨 뜻이지?"

"열심인 건 좋지만, 엄격하게 지도하면 학생들이 싫어하지 않나요?"

단순히 물어보고 싶었다. 좀 전에 '동족 혐오'라고 했듯이, 타치바나는 우사미와 비슷한 면이 있다. 뜻을 관철한다고 해야 할지, 절대로 굽히지 않는 자신만의 신념 같은 걸 가지고 있다.

일이기는 해도 미움을 살 걸 감수하고 학생지도를 하는 정신력은 어디서 나오는 걸까. 타치바나에게도 물어보고 싶었던 것이다.

"……일이니까 하지."

"그건 월급을 받고 하는 일이기 때문이란 건가요?"

"그런 이유도 있지만…… 그것만은 아니란 거다."

그렇게 말하더니 타치바나는 씩 웃어 보일 뿐, 그 이상은 답해주지 않았다.

＊　＊　＊

학교를 나선 사쿠토는 곧장 역 앞 게임 센터를 찾았다.

목적은 노는 게 아니라 우사미를 만나는 것으로, 가능하면 게임 센터 출입을 그만두게 하고 싶었다. 그게 무리라 해도 이상한 소문이 돌고 있어서, 자기 목을 조르게 될지도 모른다는 건 말해줘야겠다고 생각한 것이다.

1층부터 2층을 찾아다녀 봤지만 우사미의 모습은 보이지 않았다. 그렇게 출입구까지 돌아온 참에——

"와악——!"

갑자기 바로 뒤에서 큰소리가 들렸다.

돌아보니 그곳에는 요전과 마찬가지로 편안한 차림새의 우사미가 서 있었다.

"있지, 놀랐어……가 아니라, 놀랐어요?"

"그럭저럭…….."

사실 누군가가 뒤로 다가오고 있다는 건 알고 있었다. 아닌 게 아니라 바로 뒤에 누군가가 서 있으면 누구나 경계하기 마련이다.

"그래서, 뭘 하고 싶었던 거야……?"

어이없어하며 묻자, 우사미는 에헤헤헤 하고 웃었다.

"놀라게 하고 싶었어요. 사실 먼저 타카야시키 군을 발견하고 숨어 있었거든요."

"아, 그래……."

"하지만 실패네요. 타카야시키 군은 정말 차분한 성격이네요?"

"그렇지 않아. 놀랐다니까."

우사미는 입가에 오른손의 둘째손가락을 가져다 댄 채

위를 쳐다보며 말했다.

"으~음…… 다정하지만 그 다정함도 위장 같은 느낌? 우유부단해 보이지만, 알고 보면 상대를 컨트롤하고 있는 타입인가요?"

"컨트롤……? 무슨 뜻이야?"

우사미는 씨익 웃더니, 이번에는 둘째손가락을 착 세워 보이며 해설하기 시작했다.

"왜, 방금 전 건 반사적으로 놀란 표정을 지은 것뿐이잖아요? 사실은 안 놀랐는데. 하지만 놀란 척하지 않으면 놀라게 한쪽한테 미안할 것 같아서…… 아닌가요?"

사쿠토는 간이 다 철렁했다. 역시 이 애는 머리가 좋다고 해야 할지, 감이 날카롭다.

──하지만 조금 사정이 다르다.

사쿠토는 상대가 원할 듯한 최적의 답을 선택한 것뿐이다. 평범한 사람이라면 놀랄 상황에 보란 듯이 놀라 보인다. 그것이 정상적인 반응이라는 걸 기술적으로 학습한 것이다.

결과적으로 그녀가 말한 대로 '놀란 척을 했다'는 데에는 변함이 없지만──.

"……틀리지는 않았지만, 아주 정답은 아니랄까?"

"어렵게도 말하네……."

우사미는 시시하다는 듯이 말했지만 쿡, 하고 다시 미소를 지어 보였다.

"하지만 그런 건, 답답하지 않아?"

"답답해?"

"상대에게 맞춰서 신경 써가며 커뮤니케이션 하는 거. 대등하다는 건 어려운 개념이라고 생각해…… 이상적이기는 하지만. 타카야시키 군은 성실한 사람 같아. 하지만 나는 그런 건 답답하다고 생각하고, 그런 관계는 싫다고나 할까."

또 간이 철렁해졌다.

이번에는 누군가가 예리한 날붙이로 마음을 후벼 판 듯한 기분이었다.

그녀는 함축적인 표현을 사용했지만, 사쿠토는 무슨 말을 한 것인지 이해할 수 있었다. 아닌 게 아니라, 이번 건 일반론이나 그녀의 의견이 아니라 철저하게 사쿠토에게 초점을 맞춘 말이었기 때문이다.

이 애는 무시무시하게 감이 좋다. 대체 어디까지 꿰뚫어 보고 있는 걸까.

점술사가 쓰는, 누구에게나 해당될 법한 심리를 유도하는 말이 아니라, 사쿠토의 과거에서 현재까지를 보고 온 듯한 말이다. 혹시 미래까지 보이는 건 아닐까.

그렇게 생각하자 이 미소 안에 든 것이 갑자기 무서워졌다.

"우사미 양이야말로 복잡하게 생각하는 거 아냐? 나는 그렇게 생각 안 해."

"어째서?"

"사람과 사람은 거울에 비친 상이 아니야. 직소퍼즐의 조각처럼 크고 작은 차이가 있고…… 그 차이가 있기에, 그걸 서로 맞춰가는 게 즐거운 거 아닐까?"

우사미는 시시하다는 듯이 뺨을 볼록 부풀렸다.

"뭔가 혼나는 기분이야…… 학교 선생님 같아……."

"의견 교환을 한 것뿐이잖아."

"헤에…… 타카야시키 군은 현실주의자야?"

"그러는 너야말로 의외로 로맨티시스트였던 거야?"

둘이서 동시에 풋, 하고 웃음을 터뜨렸다.

그러더니 우사미는 생글생글 사람 좋아 보이는 미소를 지은 채 사쿠토의 오른손을 잡았다. 오른손을 그대로 그녀의 왼쪽 뺨으로 가져간다. 사쿠토의 체온을 느끼며 그녀는 기쁜 듯이 미소 지었다.

"이 손, 좋아……."

"저기……."

"이래서 직소 퍼즐의 조각 같다고 한 거구나……. 이 손은 처음부터 여기 맞춰지기 위해 있었던 것 같아……."

사쿠토의 가슴에서 심장이 세차게 뛰는 소리가 들렸다. 이건, 뭔가 위험하다.

"저기…… 너한테는 절대로 손대지 않기로 결심했는데……."

요전의 대화를 잊은 걸까. 학교 복도에서 그녀의 왼쪽 귀를 이렇게 만지려고 했을 때의 일을.

하지만 우사미는 손에 힘을 주었다. 놓아줄 것 같지가 않다.

"서운한 소리 하지 마……."

어리광을 부리는 얼굴에서 쓸쓸한 표정으로 바뀌었다. 사쿠토는 누군가가 심장을 콱 움켜쥔 듯한 기분이 들었다.

"무서워하지 않아도 돼."

"뭐……?"

"이해할 수 없는 건 무섭잖아? 변화도, 마주하는 것도 힘들잖아? 쓸쓸하고, 무섭고, 괴로운 일도 많지만 이렇게 서로 맞닿아 있으면 고통은 누그러들어……."

겁이 날 것 같다. 뭔가 속을 훤히 꿰뚫어 보고 털어놔도 괜찮다고 다독이고 있는 것 같다. 정말 그녀는 어디까지 꿰뚫어 보고 있는 걸까.

아니, 그뿐만이 아닐 거다.

방금 한 말은, 어쩐지 우사미 본인에게 하는 것처럼도 들렸다. 그녀 본인이 쓸쓸하고 무섭고 괴롭다고 느끼고 있는지도 모른다. 타인과 접촉하여 그 온기로 고통을 누그러 뜨리려 하고 있는 걸지도 모른다.

쉬어갈 가지를 찾는 작은 새처럼, 마음을 의지할 것을 찾고 있는 듯한, 그런 느낌이 든다.

그런 생각을 하고 있자 우사미는 갑자기 활짝 밝은 표정을 지었다.

"아무튼 어려운 이야기는 여기까지 하고! 그럼 가볼까!"

"어? 어딜?"

"오늘도 엔드사무해야지! 요전의 복수를 해줄 거야!"

"아…… 잠깐만!"

사쿠토는 이곳에 온 목적을 기억해 냈다.

"……? 왜 그래? 안 가?"

"우사미 양한테 먼저 해두고 싶은 말이 있어——."

* * *

"——그렇구나…… '나'에 관한 소문이……."

장소를 바꿔 역사 안에 있는 대합실 벤치에 사쿠토와 우
사미는 나란히 앉아 있었다.

"민폐를 끼친 것 같네……."

"응? 누구한테?"

우사미는 아냐, 하고 쓴웃음을 지은 채 고개를 가로저
었다.

갑자기 그녀의 분위기가 어두워졌기에 사쿠토는 조심스
럽게 말을 꺼냈다.

"뭐, 학교에서 이상한 소문이 돌면 귀찮아지잖아? 우사
미 양은 특히 눈에 띄니까."

"그건, 성적이 좋아서야?"

"그뿐만이 아니고, 그게……."

외모도 빼어나다는 이야기를 본인에게 하려니 어쩐지

거북했다.

맹한 표정의 그녀에게 사쿠토는 쓴웃음으로 답했다.

"어제 타치바나 선생님하고도 한바탕 말썽이 있었으니, 당분간 게임 센터는 안 가는 게 좋을 것 같아."

"으~음…… 하지만 엔드사무3 기기가 있는 곳은 거기밖에 없는데……."

우사미는 고민스러운 얼굴로 천장을 올려다보았다.

"아니, 다른 데에도 있어."

"어딘데?!"

"어, 엄청 적극적이네……."

아무래도 아직도 정신을 못 차린 모양이다. 사쿠토는 조금 실망해서 쓴웃음을 지었다.

"일단 이 근처에서 놀러 다니는 건 관두는 좋을 것 같아."

"음~…… 알았어…… 민폐를 끼치면 안 되니까…… 하아~……."

우사미는 마지못해 그렇게 말했지만, 누구에게 민폐인지는 끝까지 말하지 않았다. 가족과 부모님일까.

사쿠토는 고개를 가로저으며 그녀의 발치를 보았다.

어쩐지 어린애처럼 정신 사납게 다리를 달랑거리고 있다. 이런 식인데 가끔씩 날카로운 모습을 보인다고 해야 할지, 순간적으로 어른스러워진다. 그건 학교에서 보여주는 얼굴과도 달라서, 어쩐지 신기한 기분이 들었다.

(아, 맞아…….)

요전에 게임 센터에서 묻고 싶었지만 묻지 못했던 게 기억나서 사쿠토는 다시금 물어보기로 했다.

"우사미 양은, 학교에서 우등생 연기를 하고 있는 거야?"

우사미는 다시 천장을 올려다보았다. 아무래도 생각을 할 때의 버릇인가 보다.

"으~음…… 실제로 우등생이기는 한데 말이야……."

자기 입으로 본인을 우등생이라고 했지만, 우쭐거리거나 자조하는 듯한 투는 아니었다. 객관적으로 다른 누군가에 관한 이야기를 하는 것처럼 들렸다.

"있잖아, 타카야시키 군은 어느 쪽이 좋아?"

"뭐?"

"학교의 '나'랑 이쪽."

이번에는 사쿠토가 고민할 차례였지만, 잘 생각해보니 나눠서 생각할 필요가 없었다.

"둘 다 괜찮은 것 같은데……."

"뭐~? 아무리 그래도 그건 좀 욕심이 과한 것 같은데에."

"뭐? 어째서?"

"왜냐하면 방금 한 질문은 '어느 쪽이 취향인가요?'라는 뜻이니까."

"취향을 물어본 거였다니…… 그렇게 나중에 이유를 갖다 붙이면 곤란하다고……."

사쿠토는 멋쩍어져서 그 질문에 어떻게 답할지 고민하기 시작했다.

"……뭐어, 취향은 둘째 치고, 양쪽 다 매력적이라고 생각해."

"헤에…… 결국 둘 다 좋다는 거구나……."

"하지만 이쪽…… 그러니까, 밖에서 만나는 너한테서는 눈을 떼기가 힘들어."

"흐에에?! 어, 어째서……?"

"위태로워 보인다고 해야 할지…… 뭐, 그런 면도 있고, 내버려 둘 수가 없다고 해야 할지…… 나한테 했던 거, 다른 남자들한테도 하고 그래?"

마킹이라면서 뺨과 귀를 만지게 했던 행위나 포옹 등은 아주 좋지 않다. 상대에 따라 큰 문제로 발전해도 이상할 게 없기 때문이다.

"괜찮아. 나는 마음에 드는 사람한테만 그런 부분을 보여주고, 해도 좋다고 허락해."

다시 말해서 자신이 마음에 든다는 걸까. 그런 말을 듣고 나니 어쩐지 쑥스러웠다.

"아니면 그렇게 허술해 보이는 거야? 쉬워 보여?"

"으~음…… 그건 뭐라고 말을 못 하겠어. 오히려 빈틈없는 면도 있어서 그렇게까지는 안 보인다고나 할까."

성실하게 그렇게 답하자 우사미는 키득키득 웃었다.

"좋아하는 사람한테는 허술해지기도, 쉬워지기도 하는데?"

"그, 그래……?"

"시험해 볼래?"

"아니, 사양할게……."

정중하게 거절하자 그녀는 또 키득키득 웃었다. 농담이었나 보다.

"뭐, 남자들은 학교에서의 '나'를 좋아하지 않을까? 츤데레 같잖아."

사쿠토는 자신도 모르게 쓴웃음을 짓고 말았다.

"사람에 따라 다르지 않을까? 뭐, 이쪽 우사미 양에 관해 말하자면──."

"응응, 듣고 싶어, 듣고 싶어!"

"재촉하지 마…… 말을 고르는 중이니까……."

"그런 건 신경 안 써도 되는데~."

하지만 단어 선택은 중요하다. 요전에는 직설적으로 말했다가 실패했다. 같은 실수를 반복할 수는 없다.

사쿠토는 잠시 고민한 끝에 떠오른 말을 정리하며 입을 열었다.

"……갑자기 눈앞에 나타난 난문(難問) 같아."

"응? 무슨 뜻이야? 별로 좋은 뜻 같지는 않은데……."

"아니, 물론 좋은 뜻이야. 나는 문제를 풀어서 답이 나오면 즐겁거든. 풀기까지의 과정이랑 차분하게 생각하는 시간도 즐겁고…… 그런 느낌이랄까? 이쪽 우사미 양은 그런 미스터리어스한 느낌이 들어."

그러자 우사미는 뺨을 붉힌 채 생긋 웃었다. 장난스러운 분위기가 아니라 상대를 떠보려는 듯한 미소였다.

"다시 말해서 타카야시키 군은 나에 관해 더 알고 싶다는 거야?"

"뭐, 정리를 하자면 그렇게 되나……?"

우사미는 사쿠토의 손을 잡더니 살며시 자신의 뺨에 가져다 댔다. 사쿠토의 체온을 잘 느낄 수 있도록 눈을 감고 뺨을 비빈다.

"그러면, 파헤쳐봐……."

"아마 타카야시키 군이라면 할 수 있을 거야…… 내 마음의 제일 깊은 곳…… 보이지 않는 곳까지 전부…… 파헤쳐줬으면 해……."

느릿한 말투로 그렇게 말하더니 마지막으로 자신의 왼쪽 귀를 만지게 했다. 그녀가 말한 사람을 착각하지 않기 위한 주문이다.

그게 끝나자 우사미는 평소처럼 생글생글 미소를 지어 보였다.

"그러면, 오늘은 그만 집에 가자."

역에서 우사미를 배웅한 후, 사쿠토는 자신의 오른손을 보았다.

아직 그녀의 온기와 뺨의 감촉이 남아 있다. 마킹의 효과일지도 모르겠다.

트윈 토~크! ② : 서로가 좋아하는 사람……?

"──다녀왔어~."

히카리가 집으로 돌아오자, 앞치마 차림의 치카게가 현관으로 허둥지둥 달려왔다.

"잠깐, 히이짱! 또 게임 센터에 갔었지?!"

치카게는 국자를 한 손에 들고 떡 버티고 서서 히카리를 노려보았다.

"잠깐 기분 전환 좀 하러."

"기분 전환이라니…… 어라? 히이짱?"

"……왜 불러?"

"무슨 일 있었어? 기운이 없는 것 같은데, 괜찮아……?"

치카게는 걱정스러운 투로 말을 걸어왔지만, 지금의 히카리에게는 웃으며 얼버무릴 기운이 없었다. 풀이 죽었다기보다는 멍~한 느낌이었다. 집에 올 때까지 계속 역사 안에서 사쿠토와 나누었던 대화를 돌이켜보고 있었다.

히카리로서도 처음 느끼는 감각이라, 자신이 치카게가 걱정을 할 만큼 기운이 없는 것처럼 보이는 줄도 몰랐다.

"잘 모르겠지만, 응…… 뭐어, 괜찮은 것 같아……."

"정말?"

"응…… 그보다 치이짱, 지금까지 미안했어."

갑자기 히카리가 사과하자 치카게는 더더욱 걱정이 되

었다. 장난을 하는 것처럼은 안 보인다. 정말 반성하는 듯했다. 분위기가 무거워질 것 같아서 치카게는 허둥지둥 미소를 지어 보였다.

"어? 뭐가? 짚이는 게 너무 많아서 뭣 때문에 그러는지 모르겠는데……."

"나하하하…… 이것저것. 특히 게임 센터에 다녔던 건 반성하고 있어."

"그래, 반성하는구나."

"응…… 오늘, 학교에 이상한 소문이 퍼졌단 얘길 듣고, 진심으로 반성했어."

"이상한 소문……?"

두 사람은 거실로 이동해, 소파에 앉아 차분하게 이야기를 나눴다.

히카리에게 대략적인 이야기를 들은 치카게는 살며시 미소를 지으며 말했다.

"──그렇구나…… 히이짱이 게임 센터에 다닌 게, 나에 관한 소문으로 퍼졌었구나."

"응, 미안……."

"아냐, 결국 나에 관한 소문도 아니니, 아무렇지도 않아. 애초에 소문 같은 건 신경도 안 쓰는 걸."

이렇게까지 풀이 죽은 히카리를 보는 건 오랜만이라 치카게는 조심스럽게 말했다.

"그래? 그럼 내일부터도 게임 센터에 가도 될까?"

"……뭐라고?"

"죄송합니다, 깊이 반성하고 있습니다……."

히카리는 치카게의 눈총에 위축되었다. 화가 나면 진짜로 무섭다는 걸 알기 때문이다.

"그래서 그 소문은 어디서 들었어?"

"그게 있지, 요즘 친해진 남자애가 있거든~."

"어? 그래?"

"응. 아직 두 번 정도밖에 안 만났지만 그 애가 말해줬어."

그렇게 말하는 히카리의 뺨은 발그레해져 있었다. 아마도 그 친해진 남자애는 히카리에게 소중한 사람일 거다.

치카게는 자신의 사랑에는 좀처럼 적극적으로 나서지 못했지만, 이런 사랑 이야기 같은 것은 싫어하지 않았다. 특히 지금까지 남자한테는 눈길도 주지 않았던 히카리가, 아마도 반한 듯한 상대다. 동생인 치카게로서는 상당히 신경 쓰였다. 대체 누가 이 언니를 함락시킨 걸까.

"저기, 그 사람은 어떤 사람이야?"

"으~음…… 마음의 아픔을 아는 사람?"

"뭐?"

"같이 있으면 안심이 되는 사람."

마음의 아픔을 알기에 공감할 수 있고 안심도 된다. 그래서 함께 있고 싶고, 좀 더 맞닿아 있고 싶다. 머리로 서로를 이해하는 관계가 아니라 마음이 닿아있고 싶다고 히카리는 생각했다.

"치이짱 쪽은 어때?"

"어……? 나?!"

카운터펀치를 맞은 치카게는 순식간에 얼굴이 새빨개졌다.

"학원에서 알게 된 사람이랬지? 그 사람 쫓아서 진로도 바꿨으니, 슬슬 뭔가 진전이 있을 때도 된 것 같은데에."

"지, 진전이라면, 있었어…… 있었을지도…….'

"뭐?! 어떤 진전?!"

"으~음…… 품에 안겼달까?"

──사고였지만.

"그리고 또?!"

"어~음…… 나를 지켜주기도 했고, 내버려 둘 수 없었다는 말을 들었달까?"

──넥타이로 목을 졸랐던 상대지만.

"좀 전부터 왜 의문형이야?"

"으윽…… 사실과 진실은 다르니까…… 눈치 좀 챙겨 줘~……."

"아, 응…… 대충 알겠어. 나하하하~……."

생각처럼 잘 안 되는 모양이다. 게다가 뭔가 큰 실수를 저지른 걸 거라고 히카리는 짐작했다.

"나도 힘내야겠네……."

"히이짱은 귀여우니까 괜찮아……."

"치이짱이 더 귀여우니까 괜찮다니깐! 에잇에잇~!"

히카리가 치카게에게 들러붙어 장난을 쳤다.

"하, 하지마아~!"

치카게는 간지러워서 도망치려 했지만 얼굴에는 어느샌가 미소가 걸렸다. 언니는 고등학생이 되어서도 스킨십이 많아서 난감하지만, 치카게는 싫지 않았다.

그러던 중, 갑자기 히카리가 손을 멈췄다.

"아, 그렇구나……!"

"……? 왜 그래?"

"내가 지금 괜찮다고 생각하는 사람, 아마 인기 많을 거야……."

"그게, 왜……?"

"멋진 사람이라니깐! 분명 나처럼 좋아하는 애가 또 있을 거야!! 그러니까 더더욱 친해져야겠어!"

허둥대는 히카리를 보고 치카게는 어이가 없어서 웃었다.

"그래야 하기는 하겠지만, 뭘 어떻게 해서 친해지려고?"

"스킨십 다섯 배 이벤트!"

"하지 마……. 식겁할 거야……."

"그럴까? 으~음……."

치카게는 진지하게 고민하는 게 바보 같다는 생각이 들기 시작했지만, 히카리의 말에도 일리는 있었다.

이전에 사쿠토에게 만져도 되는 건 커플이 된 후부터라고 제한을 걸고 말았다. 그 행동은 실수였을지도 모른다. 품행이 단정한 여자는 인기가 없을 가능성도 있다.

"치이짱도 좋아하는 사람을 빨리 손에 넣지 않으면, 누가 채갈지도 몰라!"

"아, 알았어! 나도 두 배 이벤트 정도로 해볼게……!"

──그리하여 결국 서로 같은 사람을 좋아한다는 사실을 아직은 모르는 쌍둥이였다.

제5화 : 예상치 못한 제안……?

    6월 1일 수요일 아침, 사쿠토는 조금 늦잠을 잤다.

    잠이 부족해 멍해진 머리로 열차에 몸을 실었다. 아직도 부드러운 꿈속에 몸이 절반 정도 파묻혀 있는 듯한 느낌이다.

    (파헤쳐보라고……?)

    그 후 집으로 돌아가서 늦은 밤이 되자 커다란 여파가 몰려왔다.

    이불에 누워 눈을 감아도 마음이 술렁거렸다. 눈이 말똥말똥하고 목이 말랐다. 부엌에서 물을 마시고 다시 한번 침대에 누웠다. 잠을 이루지 못해 뒤척이다 이불을 다리 쪽으로 밀어냈더니, 이번에는 추워서 잠이 안 왔다.

    그렇게 두 시, 세 시, 시간이 흘러 창밖이 밝아지기 시작했을 즈음에야 사쿠토는 잠에 들었다.

    결국 두 시간 정도밖에 못 잤다.

    안색이 안 좋아서 이모인 미츠미가 놀랐다. 몸이 안 좋으면 학교를 쉬라며 걱정해주었지만 사쿠토는 괜찮다며 거절했다.

    그때, 어째서인지 거북한 느낌이 들었다.

    말 못 할 이유로 잠을 설쳐 쓸데없이 걱정을 끼쳤다는 생각 때문이리라.

문득 사쿠토는 차창으로 시선을 던졌다.

햇빛가리개를 내린 창문의 틈새로 강렬한 아침햇살이 쏟아지고 있다. 그러다 때때로 건물과 전봇대 등에 가려지면 그림자가 짙어져 잠깐 동안 깜깜해지고는 했다.

빛과 그림자의 간격이 빨라져 계속해서 뒤바뀐다.

열차가 달리고 있는 건지, 풍경이 달리고 있는 건지——그런 착각에 사로잡혔다.

한 가지 확실한 것은, 빛과 그림자가 동시에 이 세계에 존재하고 있다는 사실이다.

＊　＊　＊

교사 현관에서 신발을 갈아 신고 교실로 향하려던 사쿠토는 놀라서 멈춰 섰다.

넥타이 사건이 있었던 날의 방과 후와 같은 자리에 우사미가 서 있었다. 두 손으로 가방을 든 채 벽에 등을 기대고 있다. 그때와 다른 점은 혼날 때처럼 풀이 죽은 얼굴이 아니라 뭔가를 결심한 듯한, 그리고 불안한 듯한 표정이라는 것이다.

"……우사미 양?"

"타, 타카야시키 군……!"

말을 걸자 우사미는 놀란 얼굴로 사쿠토의 얼굴을 쳐다보았다.

하지만 금방 시선을 돌렸다. 어제 그런 일이 있었다 보니 사쿠토도 어쩐지 거북해졌다.

"저기…… 혹시 잠을 못 잤나요? 안색이 안 좋아 보이는데요……."

"아하하하…… 잠을 좀 설쳐서……. 우사미 양은, 어쩐지 얼굴이 새빨가네?"

"네?! 그, 그런가요……?!"

우사미는 두 손으로 뺨을 가리며 거북한 듯이 그렇게 말했다.

"그래서, 나한테 볼일이라도 있어?"

"저기, 그게……."

그녀는 더더욱 뺨을 붉히더니 불안한 듯 시선을 이리저리 돌렸다. 창피함과 싸우고 있는 듯했다. 답답하기는 했지만 사쿠토는 우사미가 말을 할 때까지 기다렸다.

"그게…… 오늘 방과 후에, 안뜰로 와주시겠어요?"

그 수줍은 듯한 우사미의 행동거지와 분위기에 사쿠토는 순간적으로 가슴이 철렁했지만——.

『——있잖아…… **오늘 방과 후에, 사쿠토한테 할 말이 있어…….**』

갑자기 중학교 시절에 있었던 일이 떠올라, 마음이 급브레이크를 밟았다.

"······? 왜 그러세요?"

"······어? 으응, 아무것도 아냐······ 방과 후랬지? 알았어······."

우사미는 걱정스러운 얼굴로 사쿠토의 표정을 살폈다.

"저기, 좀 전보다 안색이 안 좋아진 것 같은데요······."

"아아, 아니, 아무것도 아니야······ 그럼 오늘 방과 후에, 안뜰에서 봐——."

사쿠토는 그렇게만 말하고서 당황한 우사미를 두고 교실 쪽으로 재빨리 떠나갔다.

이번에는 다를 거다. 그랬으면 좋겠다.

하지만 과거는 아무리 애를 써도 뿌리칠 수가 없었다.

* * *

점심시간, 사쿠토는 멍하니 오늘 아침에 있었던 일을 떠올리며 학생 식당에서 점심식사를 하고 있었다.

잠을 설친 탓인지 식욕이 별로 없다.

하필 이런 날에 학생 식당의 오늘의 메뉴가 학생들에게 가장 인기 있는 치킨난반 정식이라니, 운도 없다. 원래는 맛을 음미하며 먹고 싶었지만, 아무래도 우사미가 한 말이 마음에 걸렸다.

그리고 마음이 브레이크를 밟게 한, 더는 만날 일이 없을 또 한 명의 소녀도—— 그러던 중에 그림자가 드리웠다.

"여기, 앉아도 될까?"

대답을 하기도 전에 학생지도 교사인 타치바나가 테이블 맞은편에 앉았다.

사쿠토는 곧장 주변의 반응을 살폈다. 생각했던 것보다 큰 반응은 없었다.

"주변 사람들이 신경 쓰이나 보지?"

"아뇨, 뭐…… 선생님이랑 식사를 하는 건 처음이라, 놀란 것뿐이에요……."

사쿠토의 반응을 본 타치바나는 후훗, 하고 웃었다.

"신경 쓰지 않아도 될 것 같다만, 역시 한창 나이 때의 남자이다 보니 의식이 되나 보군."

"……다 알면서 앉으신 거죠?"

"그래. 네 반응이 궁금해서."

타치바나가 든 쟁반을 보니 생선구이 정식이었다. 평소부터 식단에 신경을 쓰는 걸까.

그보다 이렇게 말을 걸어온 이유가 궁금해졌다.

"혹시 어제에 이어 우사미 양의 일 때문에 오셨어요? 우사미 양에 관한 이야기라면——."

"아니, 우사미에 관한 일 때문이 아니다. 오늘은 네 이야기를 하러 온 거야."

"저요? 무슨 얘기요?"

"요전의 중간고사는 왜 최선을 다하지 않았지?"

아무렇지 않게 그런 소릴 하는 바람에 사쿠토는 놀랐다.

"……최선을 다하지 않았다고요?"

"그래. 일부러 점수를 낮춘 이유가 뭐냐."

이렇게 단정 짓듯 말하는 걸 보면 뭔가 확신이 있는 것이리라. 그래서 일부러 '반응'을 확인하러 온 건가. 사쿠토는 아무렇지도 않은 척 대꾸했다.

"왜 그렇게 생각하시죠?"

"네 중간고사 답안용지의 복사본을 대조해 봤다."

정답률 분석을 위해, 부정행위 방지를 위해 복사본을 남기기도 한다는 소문은 사실이었던 모양이다. 그건 둘째 치고, 정말 봤다면 큰일이다. 알아챘을지도 모른다.

"전과목의 답안 중, 마지막 세 문제만 공란이더군. 똑같이 세 문제만…… 그것 말고는 모두 정답이었지."

"그게, 제가 최선을 다하지 않았다고 생각하시는 근거인가요?"

"근거라기보다는 계산이야. 각 문제는 1점부터 3점으로 배점이 서로 다르기는 해도 4점짜리 문제는 없어서 90점 이하로 내려갈 일은 없지. 다시 말해서 97점에서 91점 사이였다."

"설령 그렇다 해도 90점대로 할 필요가 있을까요? 80점 이하라도 상관은 없을 텐데……."

"점수는 성적에 90퍼센트 반영되니까. 우리 학교의 경우, 90점대에 성실하게 과제를 제출하면, 성적은 10단계 평가 중 9나 10을 받겠지. 5단계 평가라면 5겠고. ──아아, 참고로 이대로만 하면 전액 장학금 특대생으로도 손색이 없어. 안심해라."

사쿠토는 날카로운 타치바나의 말에 숨을 죽였다.

하지만 우사미와는 다르다. 타치바나의 경우에는 완전히 논리적이다. 감각적인 부분을 자극한다기보다는 서서히 명주실로 목을 조르는 듯한 화법이다.

상당히 성가시다.

타치바나는 순위나 점수 같은 '표면적인 결과'에 속을 사람이 아닌 듯했다.

"참고로 각 교과 담당이 채점을 했으니, 어딜 어떻게 해서 틀렸는지까지는 다른 교원들에게 공유되지 않아. **진짜 결과**를 알 수 있는 유일한 사람은 반납되는 답안용지를 받는 학생뿐…… 그래, 우리 학교 시스템의 구멍을 잘 이용한 것 같군."

"……."

시험 결과—— 다시 말해서 채점 후 처리에는 구멍이라 할 수 없는 구멍이 하나 있다.

집계하는 교원, 담임에게는 각 교과 담당이 채점해서 매긴 점수만 전달된다. 답안용지를 직접 주고받는 건 채점한 교과 담당과 학생뿐. 채점 후 답안용지는 교사들 사이에서 공유되지 않는다. 애초에 공유할 필요가 없기 때문이다.

그리고 굳이 학생 한 사람 한 사람의 답안용지를, 그것도 전과목의 것을 대조해 확인할 교사는—— 없을 거라 생각했다.

하지만 앞서 '구멍이라 할 수 없는 구멍'이라고 한 것은, 점수를 낮춰봐야 그 학생에게는 아무런 이점도 없기 때문이다.

점수를 올리는 데 목을 맬 학생은 있어도 일부러 내릴 학생은 기본적으로 존재하지 않는다.

그래서 사쿠토는 더더욱 초조해졌다.

타치바나에게 사실을 어느 정도 발각당했기 때문이다. 현 단계에서는 어디까지나 추측에 불과하지만.

"모든 과목 시험지에서 마지막 세 문제만 고의로 풀지 않았다. 바꿔 말하자면, 최선을 다하지 않은 거야······."

"그런 짓을 해봐야 저한테는 아무런 득도 없지 않나요?"

"이유는 순위표겠지."

"윽······?!"

"고득점을 올려 많은 사람들의 눈에 띄고 싶지 않아서. 1위 아래로 갈수록 주변 사람들의 관심은 옅어지지. 그래서 8위 정도가 적당했던 거다. ······아니냐?"

타치바나는 마치 명탐정처럼 이야기했다. 사건을 파헤치며 서서히 진실에 다가가고 있는 것 같아서 썩 기분이 좋지 않았다.

"시간이 부족했어요."

"흠······ 중3때 전국 1위의 성적이었던 네가?"

담임도 아니면서 거기까지 조사한 건가.

그렇다면 중학교 시절에 있었던 일까지 조사했을지도 모른다. 무서운 사람이다.

"중학교와 고등학교는 다르니까요. 만약 선생님의 말이 맞다고 해도, 그게 부정행위인가요?"

타치바나의 표정이 어두워졌다.

"아니, 부정행위는 아니지. 올바른 행위도 아니지만……."

"그거, 같은 뜻 아닌가요……?"

"올바르지 않다는 건 네 얘기가 아니야."

"네……?"

"아니, 아무 것도 아니다. 어이쿠, 시간이 없군──."

타치바나는 그 이상 캐묻지 않고 묵묵히 식사를 했다.

하지만 어째서인지 그릇 끄트머리에 어떤 채소만 생선 뼈와 함께 쌓이기 시작했다. 반찬으로 나온 톳 조림에 들어있던 당근이었다.

"……타카야시키, 당근 좋아하지? 주마. 사양하지 않아도 돼."

"안 먹어요. 그리고 남이 좋아하는 음식을 멋대로 정하지 마시라고요."

"그러냐…… 흠……."

당근 앞에서 소리 죽여 신음하는 모습은, 귀엽다고 해야 할지 뭐라 해야 할지.

"타치바나 선생님, 할 말은 끝나셨나요?"

"마지막으로 하나 더 물어도 될까?"

"······뭐죠?"

타치바나는 당근을 포기하고 젓가락을 내려놓았다.

"너는 입학시험 당일 20분 늦게 입실했지?"

"네, 뭐어······."

"1교시인 국어 시험 도중에 입실했다. 이유는 폭설과 사고에 의한 열차 지연이라고 되어 있는데, 틀림없지?"

"······일단은요."

사쿠토는 그날 일을 떠올리며 쓴웃음을 지었다.

"아슬아슬하게 시험을 보게 해주셔서 다행이라고 생각해요."

"배려해야만 하는 사안이었으니까. 하지만······ 정말 우리 학교에 오고 싶었던 거냐?"

"무슨 뜻이죠?"

"말 그대로의 뜻이지. 정말로······ 너는 다른 학교에 갈 생각이 없었던 거냐? 부모 곁을 떠나 이모 집에서 더부살이······ 그렇게까지 해서 우리 학교를 고집한 이유가 알고 싶어서 말이야."

지금까지 중 가장 본질적인 질문이었다. 아마도 타치바나가 가장 묻고 싶었던 것은 이거일 거다.

사쿠토는 못 말리겠다며 또다시 쓴웃음을 지었다.

"뭐, 학교식당이 최고니까요. 그리고 당근은 드시는 게 좋을 걸요?"

"음······ 알고는 있지만, 별로란 말이지······ 끄으응······."

당근을 싫어하는 이 사람은 어디까지 아는 걸까.

단편적인 정보와 억측뿐이다. 시간순서도 제각각이고 등장인물도 부족해서, 이것만으로는 아마 아무 의미도 없을 거다.

하지만 사실, 타치바나의 머릿속에는 한 편의 이야기가 이미 완성되어 있는 게 아닐까.

희극과 비극.

작가에 따라 어느 쪽으로도 전개될 수 있는 이야기가——.

* * *

누구나 7월까지 이런 날이 계속되면 좋겠다고 생각할 법한 맑디맑은 하늘 아래, 귀가 준비를 마친 사쿠토는 안뜰로 향했다.

아직 기분 좋은 바람이 불고 있다. 방과 후에 누군가를 만나기에는 최고의 날일 거다. 우사미는 이날을 노렸다가 말을 건 게 아닐까 싶을 정도다.

안뜰에는 벤치가 여섯 개 정도 있다. 그녀는 그중 하나에 앉아 있었다.

긴장감에 가슴이 쿵쾅댄다. 사쿠토는 천천히 숨을 들이쉬며 이미 뺨이 발그레해져 있는 그녀에게 다가갔다.

"우사미 양, 기다렸지?"

"타카야시키 군…… 아뇨, 저도 좀 전에 왔어요. 옆에 앉으세요——."

옆자리를 권하기에 사쿠토는 우사미의 옆에 앉았다. 나란히 앉으니 뭔가 어색했지만 정면으로 마주 보는 것보다는 나을지도 모른다.

"……와줘서 고마워요."

"아니……. 그래서, 할 얘기가 뭐야?"

"네……."

마음의 준비가 필요한지 우사미는 새빨개진 얼굴을 푹숙였다.

이곳이 학교의 안뜰이기 때문일까. 어제 게임 센터와 역사 안에서 봤을 때와는 분위기가 완전히 다르다. 혹시 지금부터 말할 내용이 '우등생' 상태로 입밖에 내기에는 망설여지는 것이기 때문일까. 단순히 말하기 껄끄러운 내용이기 때문일까.

그런 생각을 하며 기다리고 있자, 그녀가 드디어 입을 열었다.

"타, 타카야시키 군……."

"응?"

"타카야시키 군, 이번 주 토요일에, 시간 있으세요……?"

"뭐? 아아, 시간이 있기는 하지만……."

"그, 그렇다면, 저와 외출을 해보거나 하시지 않을래요……?"

"저기, 말이 뭔가 이상한 것 같은데…… 뭐, 그건 넘어가기로 하고."

우사미가 무슨 말을 하려는 것인지 알아채고 나자 심장 고동이 더욱 빨라졌다.

"……그건, 같이 외출하고 싶다는 뜻이야?"

"절대 데이트는 아니에요!"

우사미는 새빨개진 얼굴로 허둥지둥 말했다.

"아, 응…… 데이트라고는 안 했어……. 근데, 어째서?"

"그건, 그러니까, 학교에서는 말하기 어려운 것도 있고, 모처럼 알게 됐으니 친해지고 싶어서요!"

자신보다 허둥대는 사람을 보면 어째서인지 냉정해진다. 그녀를 보고 있으면 어쩐지 흐뭇한 기분이 들었다.

"응, 좋아. 밖에서 만나자."

"네?! 저, 정말요?!"

"응. 나는 괜찮지만, 우사미 양은 괜찮아?"

"네? 뭐가요?"

우사미는 기쁜 표정을 하고 있다가 어리둥절해 했다.

"왜, 같이 외출을 하면 주변 사람들이 데이트라고 생각할지도 모르고, 그런 착각은 받기 싫지 않을까 싶어서."

"사, 상관없어요……!"

"사, 상관없다고……?!"

우사미는 굴에서 나온 작은 동물처럼 주변을 두리번거렸다.

"타카야시키 군이야말로, 괜찮겠어요? 저랑, 그게……

커플로 오해를 받아도……."

목소리가 갈수록 수그러들었지만, 끝까지 듣고서 "응"이라고 답했다.

"……뭐, 솔직히 말하자면 소문이 나거나 눈에 띄는 건 별로 안 좋아해."

"그렇죠……?"

"아아, 아니, 그런 뜻이 아니고."

낙담하는 우사미를 보고 허둥지둥 말을 바꾸려 했다.

"최근에는 우사미 양 덕분에 인식이 바뀌고 있다고 해야 할지…… 자신이 어떻게 느끼는지가 중요하다고 생각하게 됐어."

"자신이 어떻게 느끼는지가 중요하다고요……?"

"전에 우사미 양이 말했잖아? 다른 사람의 눈에 어떻게 보일까 싶어 무섭기도 하다고."

사쿠토는 기도하듯이 손깍지를 끼고서 말을 이었다.

"하지만 가끔은 용기를 내야 할 때도 있다고 생각해. 소문이 나거나, 눈에 띄는 건 별로 안 좋아하지만…… 지나치게 튀어나온 못은 얻어맞지 않으니까. 무서워하지 않아도 된다고, 우사미 양이 알려줬으니까."

그렇게 말하며 사쿠토는 빙긋 웃어 보였다.

우사미는 뺨이 발그레해져서 사쿠토를 똑바로 바라보았다. 순간, 그녀의 표정이 한층 더 예뻐 보였다.

우사미는 정말로 예쁘다고 생각한다.

이렇게 예쁜 사람과 소문이 난다면, 그건 그것대로 즐거울지 모른다.

그녀한테 민폐가 아니라면 함께 외출하는 것 정도는 괜찮을 거다. 그녀와 외출하고, 많은 이야기를 하고, 더욱 친해지고. 설령 커플이 아니라도, 커플로 오해를 받더라도, 한 걸음 더 나아가 그녀를 더 자세히 알고 싶다.

자신이 할 수 있을지 모르겠지만, 그녀를 파헤치고 싶다——.

"나도 우사미 양이랑 외출하고 싶어. 너를 더 자세히 알고 싶거든."

그렇게, 마음에 따르기로 했다.

"하…… 하우으~……."

"왜, 왜 그래?"

"아, 아무 것도 아니에요……."

입가를 가리고는 있지만, 우사미의 얼굴은 머리에서 연기가 나는 게 아닐까 싶을 만큼 새빨갰고, 눈은 당장에라도 울음을 터뜨릴 것처럼 촉촉해져 있었다.

사쿠토도 어쩐지 쑥스러워졌다. 솔직히 말해서 이렇게까지 기뻐할 줄은 몰랐지만, 이 일을 계기로 자연스럽게 이야기할 수 있는 관계가 되고 싶다. 당분간은 어려울 것 같지만.

그 후 전화번호와 LIME을 교환했다. 친구 목록에 '치카게'라는 이름이 등록되더니 대화창에 '잘 부탁해'라고 적힌 귀여운 고양이 스탬프가 떴다.

"그, 그러면 시간과 장소는 따로 연락해서 알려드릴게요."

"응. 저, 저기……."

"네?"

사쿠토는 쑥스러워하면서 스마트폰과 함께 손을 주머니에 쑤셔 넣으며 말을 이었다.

"역까지, 같이 갈까……?"

"아…… 네에……."

그 후 역까지 10분 거리를 둘이서 걸었지만, 사쿠토는 우사미와 무슨 이야기를 했는지 별로 기억이 나지 않았다.

학교에서 있었던 일, 중학교 시절 학원에서 있었던 일, 그런 이야기를 하며 돌아온 것 같기도 하지만 솔직히 말해서 긴장해서 거의 머리로 들어오지 않았다.

나란히 걷고. 잡담을 나누고. 가끔씩 멈춰서고. 다시 걷고——.

단지 그뿐인데 둘이 함께하니 이렇게나 세계가 다르게 보일 줄이야.

번잡해 보이기만 하던 퇴근 시간대의 거리가, 어쩐지 오늘은 화사해 보였다.

제6화 : 파헤쳐진 진실은……?

우사미와 함께 외출하기로 약속한 날을 하루 앞둔 6월 3일 금요일.

그날 방과 후, 사쿠토는 당번 일을 마치고 평소보다 늦게 귀갓길에 올랐다.

그 후 우사미와 직접 만나지는 않았지만 LIME으로는 대화를 이어가고 있다.

신호가 바뀌기를 기다리며 대화창을 띄워 보았다.

엄지손가락으로 서너 번 화면을 움직이자 눈 깜짝할 새에 '잘 부탁해'라고 적힌 고양이 스탬프가 나왔다. 【6/1(목)】 ── 기억하기 쉬운 날짜다.

【오늘】까지의 대화는 서로의 취미나 좋아하는 것에 관해 묻는 게 대부분이었고, 나머지는 '잘 자'나 '좋은 아침' 같은 인사말이었다.

참고로 우사미는 요리를 좋아하는 모양이라 평일에는 직접 도시락을 싸고, 저녁에는 가족들이 먹을 음식까지 만들고 있다고 한다. 속이 뜨끔해지는 이야기다. 일하느라 바쁜 이모를 위해 나도 적극적으로 해야지, 하고 반성하게 됐다.

그리고 가끔씩 영화관에 간다는 모양이다. 열광적인 영화 팬은 아니라지만 그녀가 권한 영화는 봐두고 싶다. 공유할 수 있는 화제가 생기면 즐거울 거다.

그 이외에는 의외로 담백한 문장들이 나열되어 있었다. 답장이 늦을 때도 많았다. 긍정적으로 생각하자면 한 마디 한 마디를 열심히 생각해서 보내주고 있는 것이리라. 그러한 메시지 자체에서 그녀의 성실하고 꼼꼼한 성격을 엿볼 수 있다.

사쿠토 쪽도 우사미에게 부담이 되지 않도록 내용이 너무 길어지지 않게 하고 있다. 이 정도가 서로에게 딱 적당할 거다.

아닌 게 아니라 내일 직접 만나 이야기할 때를 위해 이야깃거리를 남겨두고 싶다.

(아, 그렇구나…….)

사쿠토는 자신이 즐겁다고 느끼고 있다는 것을 깨달았다.

이러한 LIME 대화도, 우사미에 관해 알아가는 것도, 그녀에 관해 상상하는 것도, 내일 함께 외출하는 것도——.

막연하게 그런 생각을 하던 중에 신호가 파란색으로 바뀌었다.

대화창을 닫고 스마트폰을 주머니에 쑤셔 넣은 후, 깜박거리기 시작한 신호등을 보며 허둥지둥 횡단보도를 건넌다.

그렇게 다시 역을 향해 걷기 시작한 참에, 게임 센터에서 보았던 우사미의 그 발랄한 미소가 어렴풋이 떠올랐다.

그러고 보니 까맣게 잊고 있었다.

게임 센터에서 본 바에 따르면 우사미는 상당한 수준의

게이머였는데, LIME에서는 이상하게도 스마트폰 게임에 관한 이야기가 나오지 않았다.

심지어 평소에는 게임을 별로 안 한다면서, 엔드사무에 관한 이야기조차 꺼내지 않았다. 그 이야기를 한다는 걸, 사쿠토는 까맣게 잊고 있었던 것이다.

(그나저나 게임을 별로 안 한다니…… 우사미 양은 겸허하기도 하네.)

엔드사무로 마니아들을 상대로 접전을 벌였던 사람이 무슨 소릴 하는 건지. 요전에 졌던 게 어지간히도 마음에 걸리는 모양이다. 조만간 또 붙어보고 싶다.

그런 생각을 하며 역 앞에 도착한 순간, 걸음이 딱 멈췄다.

(저건…… 우사미 양?)

게임 센터 앞에서 우사미가 두 남자와 함께 있는 모습이 보였다.

니트 모자를 쓴 남자와 장발 남자. 이전에 게임 센터에서 봤던 남자들이다.

거리가 있어서 목소리는 안 들렸지만 니트 모자는 계속해서 게임 센터 쪽을 흘끔거리고 있다. 옆에 있는 장발은 심심하다는 듯이 스마트폰을 만지작거리고 있었지만, 게임 센터 쪽으로 몸이 돌아가 있는 걸 보면 가고 싶은 모양이다.

헌팅 중이라기보다는 아무래도 우사미에게 대전을 부탁하고 있는 듯했다. 상대하기 귀찮은지 짜증이 난 얼굴이다.

(모처럼 본인이 마음을 잡았는데 그쪽으로 끌어들이지 말라고…….)

그 소문 때문에 우사미는 게임 센터에 가지 못할 사정이 생겼다.

다니는 사람도 많은데, 이런 모습을 같은 학교에 다니는 누군가가 본다면 이상한 소문이 날지도 모르는 일이다.

탄식하며 사쿠토는 세 사람이 있는 곳으로 향했는데──.

* * *

"──글쎄…… 제가 아니라고 했잖아요! 코토쿵이 누군데요! 사람 잘못 보셨어요!"

"시치미 떼지 말고…… 덤벼, 코토쿵. 우리랑 한판 붙어 보자고."

"저기, 계속 이러시면 정말 도와줄 사람을 부를 거예요."

우사미── 치카게가 울컥해서 말하자 니트 모자가 "흥" 하고 콧방귀를 뀌었다.

"도와줄 사람이라면, 요전에 봤던 남친?"

"남친? 누굴 말하는 거예요……?"

치카게는 눈살을 찌푸렸다.

"아니, 왜, 걔랑 게임 센터에서 꽁냥거렸었잖아. ──그치?"

"아~…… 아마도?"

"뭐, 그 자식 좀 쩔긴 하더라. 그렇게 세면 나라도 반하지……."

"누굴 말하는 거예요? 저는 아직 사귀는 사람 없어요!"

치카게는 완전히 부정하면서도 사쿠토를 떠올렸다. 사귀지는 사이는 아니지만 내일은 그와 함께 외출한다. 아직, 이라는 말에는 내일에 대한 기대와 허세가 담겨 있었다.

그러자 비교적 냉정한 장발이 고개를 갸웃하며 입을 열었다.

"보라고, 역시 사람 잘못 본 거잖아."

니트 모자도 일단 냉정해져서 치카게를 쳐다보았다.

"어? 그런가? ……아니, 얘가 맞는 것 같은데에."

"본인이 아니라고 한 데다 분위기라고 해야 할지, 차림새도 그렇고 말투도 그렇고 이렇게 성실해 보이진 않았잖아?"

"뭐 듣고 보니……. 그 녀석의 여친은 좀 더 밝았으니까. 역시 사람을 잘못 본 건가……?"

아무래도 그녀는 '그 녀석'이라는 사람의 여자 친구와 자신을 착각한 것 같다고 치카게는 생각했다. 애초에 자신은 아니다. 아주 민폐가 따로 없다.

그렇게 생각하며 평소의 버릇처럼 왼쪽 옆머리를 묶은 리본을── 만지려고 했지만 손가락이 허공을 갈랐다.

(어라……? 어? ……어?! 잠깐만……?!)

어느샌가 리본이 사라져 있었다.

학교에서 나올 때는 분명 있었는데, 늘 리본을 하기 전에 머리를 묶는 데 쓰는 헤어밴드만 남아 있었다.

(그래서 이 사람들이 착각을…… 아니, 그보다도……!)

치카게는 완전히 당황했다.

그건 자신에게 아주 소중한 리본이기 때문이다——.

"저기, 사람 잘못 보셨다는 걸 아신 것 같으니 저는 이 만——."

그렇게 리본을 찾으러 허둥지둥 학교 쪽으로 되돌아가려던 그때——.

"그 녀석 이름이, 타카…… 타카야시키랬지, 분명?"

니트 모자의 입에서 나온 이름을 듣고 치카게가 걸음을 딱 멈췄다.

엉겁결에 "어?" 하고 그쪽을 쳐다보았다.

"아아, 분명 그런 느낌이었어. 특이한 이름이었지?"

"저기요! 잠깐 확인 좀 할게요!!"

""엉……?""

흥분한 치카게의 목소리에 두 남자가 동시에 멈칫했다.

"저기…… 타카야시키라는 게, 어떤 사람이었어요?!"

니트 모자는 거북한 표정으로 입을 열었다.

"너, 너랑 같은 학교로 보이는 교복 차림이었고…… 그리고, 졸려 보이는 얼굴에 호리호리한 체격에…….'

"저 게임 센터에 자주 왔어요?!"

"아~…… 아니, 두 번 정도 봤나? ——그치?"

"어, 어엉……."

갑자기 물어보자 장발은 거북한 얼굴로 입을 열었다.

"여친이랑 엄청 친해 보이던데…… 근데, 너 아니라며?"

할 말을 잃은 치카게의 얼굴에서 서서히 표정이 사라져 갔다.

"치이짱도 좋아하는 사람을 빨리 손에 넣지 않으면, 누가 채갈지도 몰라!"

문득 히카리의 말이 귓속에 울려 퍼졌다.

품행이 단정한 여자는 인기가 없다. 그렇다는 자각은 있었다.

그래서 앞으로 나아가려고 나름대로 노력했다고 생각한다. 그런데——.

꼼짝도 않고 서서 장맛비를 맞고 있는 듯한 기분이 들었다. 몸과 마음이 차가워지더니 쉴 새 없이 떨리기 시작했다.

"아니, 착각해서 정말 미안……!"

"그, 그럼…… 우린 이만 가볼 테니까……."

두 남자는 쓴웃음을 지은 채 떠나려 했다.

하지만 갑자기 치카게의 눈에서 눈물이 주르륵 흐르기 시작했다——.

"어……? 어라…… 이게, 뭐지……?"

치카게는 순간적으로 자신의 몸에 무슨 일이 일어났는지 파악이 안 되어 당황했다.

잠시 후, 흘러내린 눈물을 보고서야 자신이 울고 있다는 것을 깨달았다.

감정이 봇물 터진 듯 가슴 속에서 한꺼번에 흘러나와, 그 감정의 정체를 채 알기도 전에 치카게는 그 자리에서 엉엉 울고 말았다.

"어, 뭐야?! 왜 그래?!"

"울지 말라고, 응……?"

거북스러워진 두 남자는 주변을 둘러보기 시작했다. 그러던 그때――.

"우사미 양……!"

사쿠토의 모습이 치카게의 눈에 들어왔다.

* * *

"우사미 양, 왜 그래……?! 무슨 일 있었어?! 괜찮아?!"

"아니, 이건 그게…… 뭐라고 해야 할지…….""

"그, 그러게…….""

당황한 남자들을 무시하고 사쿠토는 치카게―― 우사미에게 달려갔다. 그녀가 더더욱 큰 소리로 울기 시작해서 사정을 들을 수 있을 것 같지가 않았다. 사쿠토는 조용히 남자들을 노려보았다.

남자들은 겸연쩍은 얼굴로 서로를 쳐다보았다.

"우, 우린 딱히 아무것도…… 그치?"

"마, 맞아……."

사쿠토는 우사미를 등 뒤에 숨기듯이 남자들의 앞으로 나섰다.

"이 애가 난감해하던 건 사실이잖아. 더는 게임 센터로 끌어들이려 하지 마."

사쿠토는 평소보다 강한 어투로 말했다.

"미, 미안해, 정말 이럴 생각은 없었다니까……!"

"그럼 우린, 이만 간다……!"

두 남자는 게임 센터 안으로 들어갔다. 사쿠토는 한탄하며 목 뒤를 긁적거렸다.

(일단 우사미 양을 진정시키고서 무슨 일인지 물어볼까…….)

사쿠토가 우사미 쪽으로 몸을 돌리자——.

"우사미 양, 괜찮…… 윽……?!"

갑자기 가슴 언저리로 무언가가 날아들더니 몸에 들러붙었다.

사쿠토는 눈이 휘둥그레졌다.

턱 바로 아래에 우사미의 머리가 있다.

"우, 우사미 양, 저기, 왜 그래……?!"

갑자기 품 안으로 달려든 데에도 놀랐지만 이 상황에 어떻게 대처하면 좋을지 모르겠다. 지나다니는 사람이 많았지만 주변을 신경 쓸 여유가 없었다.

"이, 이제 괜찮아…… 그 녀석들은 이제 갔으니까…… 미안해, 내가 좀 더 빨리 왔으면……."

사쿠토가 그렇게 말하자 우사미는 사쿠토의 가슴에 이마를 비비며 고개를 가로저었다.

그러더니 그녀는 떠듬떠듬 품 안에서 뭐라고 중얼거렸다.

"어……? 뭐라고?"

사쿠토가 되묻자――.

"중학교 때부터, 계속 타카야시키 군을 좋아했어요……."

사쿠토는 놀랐다.

하지만 그 순간, 오늘까지 그녀와 나누었던 대화가 떠올랐다.

그런 기대가 없었다면 거짓말이겠지만, 한편으로는 그녀가 호의적인 시선과 말을 보내오고 있다는 걸 알고 있었다.

하지만 자신감이 없었다. 그리고 알 수 없는 게 너무 많기도 했다.

학교에서의 그녀와 게임 센터에서의 그녀는 다르다. 자

신을 가지고 놀고 있는 것 같기도 하고, 호의를 보내고 있는 것 같기도 했지만 위화감이 느껴져서 그 부분이 확실해질 때까지는 그에 관해 생각하지 않으려 해왔다.

그런데 이렇게, 느닷없이 고백을 해올 줄은 몰랐다.

게다가 어째서 그녀는 이렇게 슬퍼하는 걸까. 좋아한다는 말을 들었건만, 왜 이렇게 슬프게 들리는 걸까. 이래서는 꼭——

"나 있잖아, 아주 오래전부터 사쿠토를 좋아했어⋯⋯."

꼭 그때 같지 않은가.

또 나는, 내가 슬프게 한 거다. 중학교 3학년의 그때처럼.

그렇게 생각하자 분노인지 슬픔인지 분함인지, 전부 다인지는 모르겠지만 가슴 속에서 감정이 왈칵 흘러넘쳤다.

일단 떨어지려고 했더니 치카게가 팔에 힘을 더 주었다.

"사실은, 계속 말을 걸고 싶었어요⋯⋯. 하지만 부끄러워서, 저한테 자신이 없어서, 용기가 안 나서⋯⋯."

"그, 그래⋯⋯?"

중학교 시절부터 계속 자신을 좋아했다는 것이 전해져 왔다. 사쿠토를 나무라는 걸까. 빨리 알아채 줬으면 했다고.

아니, 우사미는 명백하게 자신을 나무라고 있다. 빨리 행동에 옮기지 못한 자신을 탓하고, 호의를 알아채지 못한 사쿠토를 용서하려 하고 있다. 사쿠토를 미워하거나 경멸

하거나 하지 않고, 모두 자기 잘못이었다고 말하고 있는 것이다.

그런 그녀의 다정함이 오히려 슬펐다.

"미안…… 우사미 양의 마음을, 알아채지 못해서……."

"괜찮아요…… 저는, 귀엽지 않으니까……."

"아니, 그렇지는──."

"──저는 제가 싫어요……."

"뭐? 저기, 우사미 양……?!"

우사미는 역이 있는 방향으로 뛰어갔다. 사쿠토는 멍하니 그 뒷모습을 바라보다가 퍼뜩 정신을 차렸다.

한발 늦었다는 말이 머리에 떠올랐다.

이대로 보내도 되는 걸까.

보내면, 앞으로는 만나주지도 않을 것 같다. 지금까지의 일도, 앞으로의 일도── 그녀와의 모든 관계가 지금 이 순간을 기점으로 사라져 버리는 건 아닐까.

문득 사쿠토는 발치를 쳐다보았다.

우사미가 평소 옆머리를 묶고 다니는 리본이 떨어져 있었다.

그걸 주워서 리본을 바라보자──.

"──사쿠토, 저기…… 정말, 미안해……!"

우사미 양을 쫓아──.

또 한 명의 자신이 외쳤다.

리본을 쥔 손에 힘이 실린다. 사쿠토의 눈에 확고한 의지가 깃들었다.

(이대로 보내면 안 돼……!)

사쿠토는 리본을 주머니에 넣고 우사미의 뒤를 쫓았다.

 * * *

사쿠토는 우사미의 뒤를 쫓아 유우키사쿠라노역의 역사 안으로 뛰어들었다.

붐비는 퇴근 시간대가 되어 많은 사람들이 오가고 있었다.

우사미의 모습은 보이지 않는다.

아직 근처에 있지 않을까 싶어 둘러보았지만, 꾸물대면 우사미는 열차를 타고 말 거다.

(어느 개찰구지……?)

유우키사쿠라노역에는 세 개의 노선이 있다. 이곳을 중심으로 시를 십자로 가르는 토자이선과 난보쿠선, 그리고 북서방면, 남동방면으로 향하는 지하철이다.

평소 사쿠토가 이용하는 난보쿠선에서는 우사미를 한 번도 못 봤다. 그러니 그녀의 행선지는 토자이선과 지하철로 압축된다.

사쿠토는 문득 문을 감았다.

기억의 상자에서 중학교 3학년 무렵의 기억을 끄집어냈

다. 상자에는 떠올리고 싶지 않은 기억도 들어 있지만 어쩔 수 없다——.

학원 교실의 광경—— 그것은 단편적으로 찍힌 사진이 아니라 영상처럼 떠올랐다.

그 영상을 되감기 하듯 거꾸로 돌려 과거로 거슬러 올라간다.

겨울, 수험 직전.

다른 학교의 교복을 입은 학생이 북적거리는 가운데, 우사미가 있었다.

그녀는 비교적 눈에 띄지 않는 교실 벽 쪽에서도 중간즈음에 앉아 펜을 놀리고 있다. 지금과 마찬가지로 단정하게 교복을 입고 있었는데…… 그러고 보니 안경도 썼다.

그녀의 교복에 초점을 맞춘다. ——'서(西)'라는 글자가 들어간 배지가 보였다.

——사쿠토는 눈을 떴다.

(니시중…… 그럼 토자이선인가……!)

사쿠토는 서둘러 토자이선의 개찰구로 향했다.

그러자 토자이선의 개찰구 바로 앞에, 아리스야마 학원의 교복이 보였다.

(찾았다……!)

누군가를 쫓는 듯한 얼굴로 앞을 가로막는 인파를 성가시다고 생각하면서 피하고 사과하고, 또 피해가며 그쪽으로 나아간다.

초조함에 사로잡혀 있었다. 그녀를 이대로 보내서는 안 된다. 과거는 바꿀 수 없지만 지금이라면 관계를 바로잡을 수는 있다. 아직 늦지 않았다.

드디어 뒷모습이 눈앞으로 다가왔다. 사쿠토의 심장 고동이 한층 더 격해졌다.

"우사미 양……!"

"어라~? 타카야시키 군, 무슨 일——……?!"

뭐라 말을 하려던 그녀를 사쿠토는 정면에서 끌어안았다.

지나가던 사람들이 두 사람의 모습을 흘끔흘끔 쳐다보며 개찰구를 통과했다.

하지만 이제 주변은 신경 쓰지 않기로 했다. 이미 결심을 굳혔다.

절대 놓치지 않고자, 좀 전에 그녀가 했던 것처럼 팔에 힘을 주었다.

"어, 어, 어?! 뭐야뭐야?! 갑자기 왜 이래?!"

"미안, 모르겠는 게 너무 많아…… 하지만, 하나만 확인하게 해 줘."

"어……? 뭐, 뭔데……?"

"……나를 좋아한다는 말은 진심이야?"

"윽————?!"

품 안에서 그녀가 놀랐지만, 이윽고 단념한 듯 몸에서 힘을 풀었다.

"부, 부끄럽지만, 그게, 저기······ 으, 응, 좋아해요, 네······."

"······고마워. 그럼 나도 각오를 굳힐게."

"가, 각오? 그게 무슨 말이야······? 타, 타카야시키 군······?"

사쿠토는 조용히 팔을 풀었다.

정면에서 우사미의 눈을 바라본다. 그녀는 새빨간 얼굴로 눈을 홉뜨고 있다. 촉촉한 눈으로 사쿠토를 마주 보았지만, 이제 시선을 피하지 않았다.

이윽고 우사미 쪽도 사쿠토의 의도를 알아채고는, 조용히 눈을 감고 입술을 내밀었다.

사쿠토는 바람에 응하듯, 얼굴을 가까이 가져간다.

살며시 입술을 포개었다.

달콤하고 부드러운 감촉과 그녀의 체온이 어렴풋이 입술을 통해 전해져왔다.

한 번 입을 맞춘 후, 그대로 두 번, 세 번. 더는 떨어지지 않으려는 듯이 키스를 계속했다.

이제 주변 사람들은 신경 쓰지 않을 거다.

이렇게 정말로 자신을 좋아해 주는 사람을, 만났으니까──.

"아, 찾았다, 찾았어. 히이······ 가만, 타카야시키 군?!"

사쿠토는 "응?" 하고 목소리가 들려온 쪽을 보았다.

그곳에는 우사미가 서 있었── 응?

하지만 지금 이렇게 품 안에서 키스하고 있는 것도 우사미다.

저기서 놀란 얼굴로 서 있는 것도 우사미다.

"……어?"

사쿠토는 혼란에 빠진 채 지금 품 안에 있는 사람을 쳐다보았다.

"푸하…… 아, 어떡해…… 다리 풀릴 것 같아…….

황홀한 얼굴로 몸에서 힘이 빠져 축 늘어져 있는 것 역시 우사미인데── 어라?

"타, 타타타, 타카야시키 군, 바, 방금, 히이짱이랑, 무슨 짓을……?!"

"어? 저기, 히이짱이라니…….

"어라~……? 치이짱……? 방금 있지, 타카야시키 군이랑 키스…… 해버렸어…….

에헤헤, 하고 우사미는 기쁜 듯이 웃었다.

"그런고로 내가 좋아하는 사람은 타카야시키 군인데……가만, 어라? 치이짱? 왜 세상 끝난 것 같은 얼굴을 하고 있어?"

히이짱과 치이짱── 아하, 호칭이 다르네.

그렇구나.

그제야 사태를 파악한 사쿠토의 얼굴이 갈수록 파랗게 질리기 시작했다. 아니, 이미 흙빛이 다 됐다. 살아도 산

것 같지가 않다.

"저기, 너희는, 혹시——."

"쌍둥이에요!" "쌍둥이인데?"

새빨개진 얼굴로 화를 내고 있는 게 치이짱, 우사미 치카게.

새빨개진 얼굴로 생글생글 웃고 있는 게 히이짱, 우사미 치카게의 언니—— 히카리.

일단 둘 다 새빨갛기는 하지만—— 혼자 얼굴이 흙빛이 된 사쿠토의 입에서 "하하하……" 하고 메마른 웃음소리가 흘러나왔다.

——아하…… 그렇게 된 거구나아아아아~~~……——.

조금씩 느껴졌던 위화감의 정체가 드디어 밝혀졌지만, 한발 늦었을지도 모르겠다.

이건, 상당히, 매우, 심각하게 위험한 패턴이다.

제7화 : 쌍둥이 둘 다……?

인생 첫 키스로부터 20분 후, 세 사람은 '서양 다이닝 카논'이라는 가게에 와 있었다.

이곳은 3년 정도 전에 생긴 가게로, 사쿠토도 가끔 이모인 미츠미와 찾는 곳이다.

원래 이곳의 점장은 영화 관련 일을 하고 있었다는데, 실내를 장식한 세련된 조명과 소품으로는 어느 영화에서 쓰인 것을 사용했다는 모양이다.

물론 실내 장식과 분위기만 멋진 게 아니라 요리와 디저트도 맛있기로 유명해서 다시 찾는 사람이 끊이질 않는다. 오늘은 평일이건만 거의 만석이었다.

그렇게 분위기 좋은 가게의 한구석에서── 사쿠토는 완전히 얼굴이 파랗게 질려 있었다.

쌍둥이 중 언니 쪽── 히카리는 비교적 기분이 좋은 듯 생글생글 웃고 있다.

한편, 동생인 치카게는 상당히 화가 나 있다. 눈만 마주치면 매섭게 노려보아서 사쿠토는 되도록 그쪽을 보지 않으려 노력했다.

"그럼 다시 인사할게. 우사미 히카리야. 자, 치이짱 차례야."

"우사미, 치카게입니다…… 만, 나, 서, 반, 가, 워, 요!"

사쿠토는 "윽" 하고 신음했다.

"타카야시키 사쿠토입니다…… 정말, 뭐라고 하면 좋을 지…… 두 분 모두 착각해서 죄송합니다……."

사쿠토가 깊숙이 고개를 숙이자 히카리가 밝은 목소리로 "에이, 안 그래도 돼"라면서 고개를 들라고 했다.

"나는 처음부터 타카야시키 군이 착각하고 있다는 걸 알았어."

"어? 그럼 왜 말 안 해줬어?"

"알아채 줄까, 하고 실험해봤달까? 왜 YouTube 같은 데서 하는 것처럼."

"아아…… 쌍둥이가 서로 상대방인 척하는 서프라이즈 기획……."

히카리는 장난을 치다 들킨 어린애처럼 웃었다.

하지만 이쯤 되면 장난의 영역을 벗어났다고 할 수 있었다.

"히이짱과의 키스 맛은 어땠나요……?"

"그만……!"

사쿠토가 현실 도피를 하듯 귀를 확 틀어막자, 치카게는 분노를 방출하듯 "하아~" 하고 한숨을 내쉬었다.

"히이짱도 히이짱이야! 나인 척을 하다니!"

"나하하하, 언제 알아챌까~ 싶었는데…… 잘못했어요."

히카리는 웃고 있었지만 화가 난 치카게의 얼굴을 보더니 웃어넘길 일이 아니라는 걸 이해한 듯했다. 아니, 정말 웃을 일이 아니다. 이 자리에서 제일 웃을 자격이 없는 사람은 사쿠토지만.

"하아~…… 서프라이즈라면, 타카야시키 군을 좋아하는 건 아닌 거지?"

"아니, 좋아해."

""뭐어엇?!""

사쿠토와 치카게는 동시에 놀랐다.

"어? 왜, 처음부터 좋아했는데? 한눈에 반했달까?"

"그, 그건, 일시적인 착각이야! 히이짱, 정신 차려!!"

"뭐~? 그치만 잔뜩 만져보고 다 확인했는걸. 아, 나는 역시 이 사람을 좋아하는구나, 하는 걸……. 그래서 슬슬 비밀을 밝히려고 했더니, 갑자기 꼬옥 끌어안더니 쪼옥…… 에헤헤헤~."

히카리는 기쁜 듯이 기억을 떠올리며 황홀한 얼굴로 뺨을 가렸다.

대조적으로 치카게는 '만져보고' '꼬옥' '쪼옥'이라는 말이 나올 때마다 사쿠토에게 시선을 던졌다. '헤에~ 그렇구나~?'라고 말하듯이 눈을 부릅뜨고서. 무섭다.

사쿠토는 또다시 신음했다. 그러면서 지금까지의 사실을 머릿속에서 정리해 나갔다.

처음에 고백해온 건 동생인 치카게. 각오를 굳히고 키스를 한 건 언니인 히카리. 고백부터 키스까지 했건만 동일 인물이 아니다.

(아하, 전혀 영문을 모르겠어…….)

알아채지 못한 건 완전히 자신의 잘못이지만, 장난이란 말로 넘길 수 없는 심각한 사태가 되었다. 이럴 때의 대처법도 YouTube에 올라와 있을까.

"근데 앞으로 말이야, 타카야시키 군은 어떻게 하고 싶어? 키스한 상대는 나니까, 이대로 나랑 사귈 거지?"

치카게도 가만히 있지 않았다.

"잠깐 있어 봐. 고백한 건 내가 먼저였어! 사귈 권리는 나한테 있을 거라고!"

"궈, 권리라니, 무슨 소릴 하는 거야?"

"그, 그치만…… 애초에 타카야시키 군이 히이짱한테 고백한 건, 나라고 착각했기 때문이잖아?! 고백도 꼬옥도 쪼옥도 원래는 내가 받았어야 한다고!"

"하지만 게임 센터에서 귀엽다고…… 그리고 좋아한다고 해줬는데?"

갑자기 치카게가 눈을 부릅뜨고 사쿠토를 쳐다보았다. 무서워무서워.

"아~ 아냐아냐……. 미소가 귀엽다고 말한 건 사실이지만, 좋아한다는 건 뭐든 열심히 하는 사람이 좋다는 뜻이었는데……."

사쿠토가 그렇게 설명하는 동안 히카리는 니시시시, 하고 웃고 있었다. 일부러 자기한테 유리하게 말을 골라내서 한 것 같다.

"그치만 내 쪽은 벌써 이것저것 해버렸으니까…… 기정 사실 확정이라고 봐야 하지 않아?"

"아, 아직 몸은 안 허락했잖아?!"

그러자 히카리는 "어?" 하고 의아한 표정을 지었다.

"어? 아까 만졌다고 했잖아……."

"뭐? ……말도 안 돼!! 그럼, 그러면, 벌써……! 아와와 와……?!"

"농담이야~. 그런 건 아직 안 했어, 아직."

"잠깐 히이짱?! 내 입으로 이런 소릴 하게 만들다니——!"

"멋대로 야한 망상을 한 건 치이짱이잖아?"

새빨개진 얼굴로 화를 내는 치카게와 아하하 웃으며 치카게를 놀리는 히카리를 보며 사쿠토는 '으——음' 하고 속으로 신음하고 있었다.

자신은 지금 무슨 이야기를 듣고 있는 걸까. 아니, 이 상황을 어떻게 하면 좋을까. 정답은 홈페이지에서 확인하세요, 라고 할 수는 없다. ——이제 정말 머릿속이 뒤죽박죽이다.

"그래서, 타카야시키 군은 어느 쪽이랑 사귀고 싶어? 나라면…… 에헤헤♪"

히카리는 가슴골을 모아 보이며 눈을 홉뜨고서 장난스럽게 시선을 보냈다.

"저, 저도 다섯 배 이벤트로 분발할게요……!"

"이, 이벤트……? 다섯 배라니 무슨 소리야……?"

"그, 그건, 그게…… 타카야시키 군 마음대로 해도 된다는……!"

치카게는 새빨개진 얼굴로 말을 쏟아냈다.

사쿠토는 쭈뼛거리며 실내를 둘러보았다. 남녀노소를 불문하고 사쿠토에게 온갖 시선을 보내오고 있었다.

질투하는 시선, 증오하는 시선, 짐승 같은 자식이라고 욕하는 듯한 시선── 온갖 부정적인 오라가 뒤섞여서 탁하고 묵직한 분위기가 감돌았다.

"얘, 얘들아…… 가게에 민폐니까 이제 그만하는 게……."

"그럼 결정해."

"맞아요, 결정해 주세요!"

이거── 일 났다.

일단 말해야만 할 게 있다.

"저기, 이건, 나도 좀 그렇다고는 생각하는데……."

쌍둥이가 나란히 고개를 갸웃한 가운데──

"둘 다 좋아."

사쿠토는 한꺼번에 고백을 했다. 당연히 두 사람은──.

""에에에엑────────?!""

하고 놀랐다. 이런 반응이 돌아올 줄은 알았지만, 실제로 그런 결론이 나온 걸 어쩌겠는가.

되도록 냉정함을 유지한 채 사쿠토는 쌍둥이에게 각각

마음을 전하기로 했다.

"우선 치카게 양 말인데…… 중학교 때부터 계속 나를 좋아했다고 했는데, 사실 전부터 의식은 하고 있었어."

"네?! 그, 그랬군요……?!"

사쿠토는 수줍게 고개를 끄덕였다.

"같은 학원을 다니며 성실한 성격에 노력가란 걸 알게 됐고, 그런 면을 본 뒤로 계속 친해지고 싶다고 생각했어. 동경에 가까운 감정을 느꼈고 존경도 하고 있어. 그리고 예쁘다고 생각하고, 귀엽다고 생각해——."

"저기, 잠깐 타카야나기 군, 스톱, 제 심장이……!"

"——그리고 실제로 이야기해보고, 재미있는 사람이라고 생각했고, 더 친해지고 싶다고 생각했어. 고백해줘서 정말 기뻤어."

"기, 기뻐요……! 그런 식으로 생각해주셨다니……."

치카게는 머리에서 푸쉭~ 하고 김이 날 만큼 얼굴이 새빨개져서 고개를 푹 숙였다.

"히카리 양은——."

"아, 히카리라고 해도 돼."

"아, 응. 그럼 히카리. 히카리는, 함께 있으면 즐거울 뿐 아니라 심오하다고 해야 할지…… 내 마음을 이해해주는 사람이라고 생각했어. 짧은 시간이었지만, 인상적인 일들이었지."

히카리는 생글생글 웃는 얼굴로 고개를 끄덕이며 이야

기를 들었다.

"그래서라고 해야 할지, 히카리와 이런저런 이야기를 하다 보니, 끌리는 부분이 있었어. 기운을 북돋워 주기도 했고, 나를 바꿔줬어. 자유분방해 보여도 성실하고, 아마 엄청 많은 생각을 하고 있겠지. 그래서 너를 더 많이 알고 싶다고 생각했어."

"에헤헤헤~ 기뻐…… 나도 좋아하게 된 게 타카야시키 군이라 다행이야. 게다가 키스도 근사했고……."

사쿠토는 두 사람을 향해 다시 한 번 말했다.

"그러니까, 두 사람 다 좋아한다는 사실에는 변함이 없어. 그걸 전제로 제일 중요한 이야기를 하자면, 내가 두 사람을 좋아하게 된 건 쌍둥이이기 때문이거나 두 사람이 세트라서가 아니라, 치카게 양, 히카리를 각각 좋아하게 된 거야."

쌍둥이는 말없이 서로 얼굴을 마주 보고는, 다시 한번 사쿠토를 바라보았다.

"하지만 그러면…… 앞으로의 일을 정해야 하지 않아?"

"맞아맞아, 두 사람 다 좋아하게 된 건 어쩔 수 없지만……."

사쿠토는 진지하게 고개를 끄덕였다. 두 사람이 기대 섞인 눈으로 사쿠토를 바라보았다.

이렇게 된 이상, 사쿠토가 택할 길은 하나뿐이다──.

"그러니까 나는…… 두 사람과는 사귈 수 없어! 미안!"

""에에에에엑————————?!""
깔끔하게 고개를 숙이는 사쿠토의 모습에 쌍둥이는 경악했다.
"어? 내가 뭐 잘못했어……?"
"왜 그렇게 되는 건데?! 좋아한다면서?!"
"맞아요! '그러니까'의 활용법이 잘못됐잖아요! 하다못해 어느 한쪽을 골라야죠!"
"그런 소릴 한들……."
사쿠토는 난감하게 됐다는 듯이 목덜미를 긁적거렸다.
"내 나름대로 두 사람의 마음을 고려하고 내린 결론이야……."
"무슨 뜻이야?"
"뭐, 어느 한쪽을 선택할 수도 있겠지. 그렇게 하면 나머지 한쪽의 마음은 어떻게 될까?"
"싫어." "무리예요."
쌍둥이는 매섭게 서로를 노려보았다.
"그, 그것 봐. 이래서야……."
""아…….""
"선택되지 않은 나머지 한 명은 괴로울 것 아냐. 생판 남이라면 모를까 쌍둥이고, 가족인데 같이 살기도 힘들지 않을까?"

두 사람은 사쿠토의 마음을 헤아려 거북한 듯 고개를 푹 숙였다.

"그렇다면 연인은 무리라도 친구 정도의 관계라면 괜찮지 않을까 해서."

냉정하게 생각해 보고 그 정도의 관계로 안착하는 게 좋겠다고 판단해서 결정한 타협안이었다.

물론 그럭저럭 앙금은 남을 거다. 하지만 그것도 언젠가 시간이 해결해줄 거라고 사쿠토는 생각했다.

"그치만, 고백해버렸는데……."

"나는 키스까지 해버렸는데……."

"응, 잠깐 기다려 봐. ……어? 그러고 보니 나, 아직 키스는 안 했는데?!"

"아…… 나도 고백은, 아직 제대로 못 했는데에……."

분위기가 수상하게 흘러가기 시작했다. 아닌 게 아니라 이야기가 원점으로 돌아갔다.

사쿠토는 불길한 분위기를 감지하고 살짝 몸을 뒤로 물렀다.

"키스는 원래 내가 먼저 했어야 하잖아!! 고백했으니까! 게다가 중학교 때부터 좋아했는걸!"

"음~? 그치만 내 쪽이 언니잖아?"

"그런 문제가 아니야! 애초에 15분 차이잖아!"

"그리고 역사 안에서 꼬옥 안기기도 했고…… 후훗, 생각했더니 자꾸 웃음이 나네에……."

"우씨이———————!!"

그렇게 자매 싸움?을 시작한 두 사람을 곁눈질하며 사쿠
토는 탄식하며 머리를 싸쥐었다. 이렇게 될 것 같아서 절
대 선택하지 않겠다는 결론에 다다랐던 것이건만.

"그 입술 내놔!"

"뭐, 뭐 하려고……?!"

"히이짱이랑 쪼옥하면 내가 타카야시키 군이랑 쪼옥한
게 되잖아?!"

"그럴 리 없잖아! 뭐야, 그 간접 키스는?! 으아, 하지 마!
덮어쓰기 하지 마~!"

눈앞에 있는 본인한테 직접 부탁하면 되지 않나? 사쿠토
는 순간적으로 그렇게 생각했지만, 아무리 그래도 그건 도
의에 반하는 짓이다. 그건 그것대로 최악이다. 아니, 이미
이 상황 자체가 최악이지만.

사쿠토는 또다시 탄식하며 머리를 싸쥐었는데——

"알았어! 그럼 이렇게 하자!! 타카야시키 군——."

그때 히카리가 좋은 생각이 났는지 사쿠토 쪽을 쳐다보
았다.

아마 치카게의 키스를 거절하기 위한 구실이겠지만, 일
단 들어나 보자——.

"쌍둥이 둘 다 여자 친구 삼아줄래?"

과연, 그 방법이 있었나—— 라고 할 리가 있나.

그 제안에 사쿠토와 치카게가 입을 뻐끔거리는 가운데, 히카리가 정중하게 고개를 숙이며 말을 이었다.

"그런고로, 이렇게 최종적으로 둘 다 선택해줘서 고마워. 치이짱이랑 같이 앞으로도 잘 부탁해."

"응, 잠깐만 기다려 봐, 히카리…… 최종적인 판단을 내리기에는 아직 일러……."

사쿠토는 오른쪽 손바닥을 내밀어 타임을 요청했다.

"이제 여친이니까 나도 사쿠토 군이라고 부를게, 달링?"

"아, 응…… 왜 마지막에 가서 달링이라고 하는 건데? 아니, 이게 아니라, 그런 건 치카게도 싫잖아? ——그치?"

사쿠토가 동의를 구하자 치카게는 무언가를 참듯이 "으으" 하고 신음했다.

"저도…… 마음 같아서는…… 뭐, 다른 애라면 무리겠지만, 히이짱이니까…… 히이짱이니까~…… 으으으…… NO에 가까운 YES라고나 할까요……."

"아니, 그냥 완전히 NO라니까! 언니라고 해서 그런 걸 타협해주면 안 돼! 망설이지 마! 너는 그런 애가 아니잖아!"

"그, 그렇죠…… 달링이 그러시다면……."

"달링이라고 했어?!"

완전 카오스였다. 치카게까지 셋이 사귈 마음이 있나 보다.

아니, 그보다는 둘 다 물러날 생각이 없다. 이걸 어떻게 한담.

아니, 그보다 치카게는 괜찮은 걸까. 상황이 너무 이상해서 망가져 버린 게 아니어야 할 텐데.

"잠깐 스톱, 전개가 너무 빨라서 못 따라가겠어…… 정리 좀 하게 해줄래?"

사쿠토는 머리를 최대 속도로 굴렸다. 하지만, 평소와는 반대 방향으로 돌아갔다.

아하, 영문을 모르겠다——. 아니, 이해해서는 안 된다. 상식적으로 생각하자면.

"히, 히카리의 제안은 매우 매력적이라고 생각해……. 하지만 상식적이지는 않은 것 같아……. 치카게도 그렇게 생각하지 않아?"

"저는 허니라고 불러주세요."

"응, 안 불러. ……괜찮은 거야, 치카게 양?"

조금 전부터 상황이 너무 이상한 나머지 망가져 버린 게 아닐까 걱정하며 치카게의 안색을 살폈다. 문득 그녀는 평상심을 되찾았다.

"하지만…… 타카야시키 군에게는 여친이 둘 생기는 거고, 저희도 같은 사람을 남친으로 두게 되는 거잖아요? 그건 아무래도 상식적인 결정은 아닌 것 같은데……."

"그래! 잘하고 있어, 치카게 양……!"

사쿠토는 주먹을 불끈 움켜쥐었다.

"이 비상식적인 사태에 상식을 들이대 봐야 답이 안 나올 것 같은데~."

"안돼안돼! 무슨 소릴 하는 거야, 히카리! 치카게 양을 헷갈리게 하지 마!"

"에이~."

"뭐가 에이~야! 비상식과 비상식을 더해봐야 비상식밖에 안 된다고!"

"음~? 그럼 곱해보면 되지 않을까? 아니면~…… 제곱해볼래?"

"무슨 수로?! 그런 계산식이 있으면 보여줘 봐!"

어떻게 해서든 이 방어선만은 사수해야 한다.

"치이짱은 주변 사람들 시선이 신경 쓰여? 그런 이유로 사쿠토 군을 포기할 수 있어?"

"물론 포기…… 못해! 그건 싫어!"

히카리가 씨익 웃었다.

"그럼 민주주의적으로 다수결로 정해보자."

"뭣이라고……?"

"셋이서 사귀는 데 찬성하는 사람. 저요~."

히카리가 손을 들자 치카게도 슬금슬금 손을 들었다.

2대1—— 가결되었다.

아니아니아니아니, 이렇게 홀랑 넘어가 버릴 수는 없다. 억지를 인정하면 도리가 무너진다. 지금은 혼자서라도 계속 반대해야 한다.

"다…… 다수의 폭력이잖아!!"

"민주주의인데?"

"소수자의 의견을 반영해야 해! 이 경우에는 나고!"

"내 생각에는 속 시원하게 합의해서, 즐겁고 밝은 미래로 나아가면 좋을 것 같은데에."

"내 의견은?!"

그러자 히카리는 황홀한 얼굴로 자신의 입술을 새끼손가락으로 쓸었다.

"사쿠토 군의 키스, 근사했는데에…… 또 하고 싶은데에……"

"으윽?!"

"치이짱도 하고 싶지?"

"으, 응…… 하, 하고, 싶어요…… 그리고, 꼬옥 안기고 싶어요……"

"큭————————?!"

방금 전 발언으로 사쿠토의 의지는 완전히 흔들렸다. 진짜 나약한 정신력이라는 생각이 저절로 들었다.

"아, 아니, 하지만 상식적으로 생각해 보면 말이죠……!"

"안 들키면 그만인데?"

"아니, 그런 문제도 아니야…… 그것도 문제는 맞지만, 내 입장에서 보면 두 사람이랑 동시에 사귀는 게 된다고. 거기에 차이가 있으면 싫을 거 아냐……?"

"뭐야, 그거라면 간단해."

히카리는 둘째손가락을 착 세워 보였다.

"사쿠토 군이 둘 다 평등하게 사랑해주면 돼."

"내가 무슨 신이야?! 모두를 평등하게 사랑할 수 있는 건 신뿐이라고!"

"으~음…… 흔히 말하는 쩌는 대응력을 발휘하면 되지 않아?"

"되긴 뭐가 돼! 손 놓고 있는 것보다 더 나쁜 짓이잖아!"

사쿠토는 머리를 최대 속도로 굴려봤지만, 히카리의 속도는 자신의 두 배는 되는 듯했다. 무슨 짓을 해서든 이 흐름을 멈추고 싶은데.

그 후에도 입씨름을 계속한 끝에, 결국 히카리가 고민스러운 표정을 지었다.

"음~…… 내 생각에는 나이스 아이디어인 것 같은데……."

"뭐, 확실히 타카야시키 군의 말대로 불성실한 행동이기는 해……."

이제야 치카게도 평소처럼 돌아왔다.

원점으로 돌아왔다는 사실에 사쿠토는 조금 안도했다.

"우리 두 사람한테 성실하다면 상관없지 않을까? 물론 우리도 성실하게 마주하면 문제없을 테고."

"문제는 우리가 아니라 상황이야. 주변 사람들은 이상하다~ 이상하네~ 하고 생각할 것 아냐."

"……이나가와 씨?"

"아니, 그런 말투는 쓴 적 없잖아. 하지만 확실히 준지 씨도 식겁할 것 같아……."

"음~…… 치이짱이 문제라고 생각하는 건 우리의 관계

가 아니라, 주변 사람들이야?"

"어…… 뭐, 그런 셈이야."

그 말을 들은 히카리는 뭔가 아이디어가 떠오른 모양이었다.

지금까지의 흐름상 어이없는 생각일 것 같지만, 일단 들어나 볼까──.

"있잖아, 치이짱. 만약 우리가 사쿠토 군이랑 사귄다 치고…… 남친 있냐고 누가 물어보면 뭐라고 답할까?"

"어? 그야…… 일단 있다고 답할 것 같아. 거짓말은 하기 싫으니까……."

그러더니 이번에는 사쿠토에게 물었다.

"있지, 사쿠토 군. 만약 우리랑 사귄다 치고 여친 있냐고 누가 물어보면?"

"으음, 있다고 대답하겠지……."

"여친이 몇 명 있냐고 물어볼 사람이 있을까?"

사쿠토는 정신이 번쩍 들었다.

"아니, 없겠지…… 상식적으로 여친의 인원수까지 물어볼 사람은……."

"맞아. 요컨대 그런 거야. 평범한 사람은 치이짱이 말한 것처럼 일대일의 관계가 보통이라고 생각하니까 인원수까지는 안 물어봐. 만약 셋이서 사이좋게 걸어 다녀도 사귄다고는 생각 안 할 거야. 쌍둥이랑 사이가 좋네~ 정도로만 생각하지 않을까?"

과연, 하고 사쿠토는 납득했지만——.

"요컨대 주변에는 안 들킬 거라는 거야? 하지만 만약 어떤 애냐고 물어보면, 난 뭐라고 답하라고?"

"그건 있지—— 말 안 하면 돼. 다시 말해서 비밀로 하면 된다고."

"어? 아니, 글쎄 그건……."

말하려는 바가 전달되지 않은 것 같아 사쿠토는 다시 한 번 상식이란 무엇인지, 성실함이란 무엇인지에 관해 설명하려 했다.

하지만 히카리는 어리둥절해 하는 사쿠토와 치카게, 두 사람의 얼굴을 보며 입을 열었다.

"거짓말에는 크게 두 종류가 있어. ——거짓말, 그리고 말하지 않는 거짓말."

"그 둘이 어떻게 다른데?"

"거짓말은 상대를 상처 입히는 행위야. 착한 거짓말도 있지만 타인, 외부인에게 영향을 미치는 것이랄까? 예를 들어 사귀고 있는데 파트너는 없어요, 라고 주변 사람들한테 말하는 건 거짓말이고, 나중에 들키면 상대한테 혼나는 건 물론이고 슬퍼할지도 모르잖아?"

그에 관해서는 사쿠토와 치카게도 금방 납득했다.

"히이짱, 나머지 한쪽인 말하지 않는 거짓말이란 건?"

"간단히 말하자면 비밀로 하는 거야. 밖이 아니라 안에…… 자기 혼자만 간직하고 있는 거지. 다시 말해서 외부인한테 영향을 미치지 않는 거랄까?"

그 타이밍에 사쿠토가 끼어들었다.

"아니, 하지만 비밀로 하면 상처 입는 사람도 있지 않을까?"

"그건 의도의 문제야. 의도가 선한지 악한지. 우리는 셋이서 사귀는 것뿐이야. 그게 나쁜 일이야?"

"나쁘지…… 아니, 나쁘지는, 않은가……?"

히카리의 말에는 충분하고도 남을 정도의 설득력이 있었다.

나쁜 일을 비밀로 하면 당연히 해를 입게 될 사람도 있다. 하지만 선한 일, 혹은 둘 중 어느 쪽도 아닌 일을 비밀로 한다 해도 해를 입을 사람은 없다.

그리고 남녀가 사귀는 건 나쁜 일이 아니다. 상대가 여러 명이면 '양다리' '바람' 같은 도의적인 문제가 발생할 수는 있다.

하지만 그걸 문제로 규정짓는 건, 결국 타인이다.

당사자들이 동의하고 납득한다면 타인이 끼어들 일이 아니다.

비밀은 당사자들 사이에서만 공유되고, 누군가에게 비밀로 한다 해도 힘들다고 느낄 사람은 자신들뿐이다. 애초에 힘들다고 느낄 일도 없을 것 같지만.

불성실하다는 사쿠토와 치카게의 주장은 이미 논파되었다.

딱히 사귀는 사람이 있다고 공표하고 다닐 필요도 없다.

누가 물어보면 '비밀' '말하고 싶지 않다'고 답해도 상관없는 것이다.

중요한 것은 당사자들의 관계성이다.

셋이서 사귀어도 서로 불성실하게 행동하지 않는 것.

다시 말해서 균형을 잘 잡아가며 사귀면 된다.

평등이라는 개념은 매우 어렵지만, 성실하게 마주하도록 노력해 나가면 된다.

그렇게 하면 사쿠토의 입장에서 보면 '양다리'가 될지도 모르지만, '바람'을 핀 게 되지는 않는다. 애초에 양다리라는 말 자체가 두 사람이 동의하고 납득한 일이라면 성립되지 않는 것이다. 요컨대——.

"그래…… 나 하기 나름이라는 건가……."

사쿠토는 허탈하게 쓴웃음을 지었다.

"바로 그거야. 사쿠토 군이 나랑 치이짱을 평등하게 좋아해 줄 수 있을지. 그리고 사쿠토 군이랑 치이짱이 납득하기만 하면 이 이야기는 수습되지 않을까."

치카게도 논파당한 기분인지, 체념한 듯한 표정을 짓고 있었다.

"치카게 양…… 너도 어떤 의미에서는 대단하지만, 네 언니는 정말 터무니없네."

"히이짱은 천재라서…… 응? 어떤 의미에서는, 이라니요?"

"아, 아니, 아무것도 아냐……. 하지만 치카게 양은 그래도 상관없어? 내가 최악의 남친이 될 텐데……."

치카게는 고개를 끄덕였다.

"평가가 밑바닥을 찍었으니 이제 올라가면 그만이에요. 애초에 최악이라고도 생각 안 하고요. 타카야시키 군과 사귈 수 있다면, 전 최고로 기분이 좋을 거예요!"

힘주어 그렇게 말하니 어쩐지 낯간지러웠다. 히카리를 쳐다보니.

"브이!"

기쁜 듯이 손가락으로 V사인을 하고 있었다.

그렇게 쌍둥이 자매는 다시 한번 사쿠토에게 물었다——.

"그런고로 타카야시키 군……."

"나랑 치이짱, 둘 다 사랑해줄래?"

사쿠토는 깊은 한숨을 내쉬었다.

"자신은 없지만…… 한 번 해볼까."

이렇게 세 사람의 동의와 납득을 전제로——.

《셋이서 사귄다는 건 비밀로 한다》

——라는 규칙이 세워졌다.

* * *

서양 다이닝 카논을 나서자 깜깜한 밤이 되어 있었다. 세 사람은 사쿠토를 가운데 두고 나란히 걸어 역으로 향했다.

"나, 완전 배고파~……."

히카리가 배를 문지르며 말하자 치카게가 쿡, 하고 웃었다.

"오늘은 엄마가 저녁밥을 하고 있을 거야."

"응, 집에 갈 때까지 참아볼게~⋯⋯."

사쿠토가 쓴웃음을 지은 채 히카리를 쳐다보고 있자, 반대쪽 팔을 잡아당기는 게 느껴졌다.

"저기, 타카야시키 군⋯⋯."

"왜?"

"저를 치카게라고 불러주세요."

"아아, 그러면 나는 사쿠토라고⋯⋯."

"그럼 사쿠토 군⋯⋯── 사쿠토 군⋯⋯."

치카게는 갑자기 얼굴을 붉히더니 뭐가 우스운지 쿡, 하고 웃었다.

"설마 셋이서 사귀게 될 줄이야⋯⋯ 생각했던 거랑은 다르게 됐네요. 하지만 기대되기도 해요."

"나도 놀랐어⋯⋯ 아, 맞다──."

사쿠토는 주머니에서 치카게의 리본을 꺼냈다.

"이거, 주웠는데 돌려줄게. 게임 센터 앞에 떨어져 있었어."

"아⋯⋯ 다행이다! 아주 소중한 리본이었거든요! 고마워요!"

치카게는 건네받은 리본에 대고 살며시 뺨을 비볐다.

그때, 히카리가 갑자기 두 사람의 앞으로 나오더니, 미소를 띤 채 정면에서 두 사람을 끌어안았다.

"나, 사쿠토 군이랑 치이짱이 너무 좋아!"

"갑자기 왜 그래?"

"왜 그래, 히이짱?"

"딱히 이유는 없지만, 행복의 포옹이랄까?"

그러고는 히카리가 천진한 얼굴로 포옹을 했다. 좀 전까지 논리정연하게 셋이서 사귀는 것의 정당성을 설명하던 사람이라는 게 믿기지 않을 정도로 어리광을 부렸다.

"아, 맞아──."

히카리가 소곤소곤, 사쿠토와 치카게에게 귓속말을 했다.

"아니, 그건 좀 부끄러운데……."

"저, 정말 말해야 해?"

"에헤헤헤, 결의표명이라고나 할까?"

사쿠토와 치카게는 부끄러워하며 서로 마주 보았지만, 히카리는 못 당하겠다며 포기했다.

"우, 우리는, 하늘에 맹세한다……!"

"우리 셋은, 태, 태어난 날은 다르지만…… 어라? 나랑 히이짱은 같지 않나……?"

"됐으니까 계속해!"

"아, 응…… 그게…… 그러니까, 셋이서 앞으로도 계속 계~속……!"

"즐겁게 러브러브하게 지내기를 바라노라! ……이러면 될까?"

길가에서 뭘 하는 건지── 부끄러워 죽을 지경이지만, 이게 세 사람의 '도원결의'인 셈 치자.

세 사람은 밤하늘을 올려다보았다.

가능하면 그 말대로—— 셋이서 앞으로도 계속 함께 있게 해달라고, 빌딩 틈새로 보이는 수천의 별에 기도하며.

트윈 토~크! ③ : 데이트 전에 둘이서……

밤, '서양 다이닝 카논'에서 돌아온 후.

히카리와 치카게는 내일 일을 앞두고 치카게의 방에서 작전 회의를 하기로 했다. 그도 그럴 것이, 내일은 예정대로 치카게와 사쿠토가 데이트를 하기로 했기 때문이다.

"……그래서, 어째서 내가 치이짱을 공주님 안기 해야 하는 거야?"

"여, 연습……. 공주님 안기를 당했을 때, 이상한 표정을 짓지 않도록……."

"그런 상황이 벌어질 것 같지는 않은데에…… 아니, 이게 아니고 이건 굳이 말하자면 사쿠토 군이 연습해야…… 그건 둘째 치고, 무거워!"

"무거워?! 어, 어떡해?! 지금부터라도 다이어트하는 게 좋을까?!"

"내일까지는 어림도 없어어~…… 이건 내 근육량 문제고…… 우악!"

결국 견딜 수 없게 된 히카리는 치카게를 침대에 떨어뜨렸다.

띠용, 하고 튕긴 치카게는 아와와와, 하고 뺨을 가린 채 허둥댔다.

"사쿠토 군이 무겁다고 하면 어떡해애~……."

"그건 괜찮지 않을까? 사랑이 부담스러울 만큼 무겁다는 소릴 듣는 것보다는……."

"그, 그건 그렇지만, 물리적으로 말이야!"

"으~음…… 그 부분은 괜찮을 거라고 봐."

히카리는 지쳐서 침대에 앉았다.

"있지, 히이짱……."

"왜?"

"내일 데이트 말인데, 정말 나만 가도 괜찮아? 히이짱은……."

"나는 모래하면 되니까. 그리고~ 사쿠토 군한테~ 이~런 거나, 그~런 걸~…… 후훗♪"

히카리는 뺨을 붉히며 히죽히죽 웃었다.

"뭐, 뭘 어쩌려고 그러죠?! 자세히 설명 좀……!"

치카게는 새빨개진 얼굴로 침대 위에 무릎을 꿇고 앉아 부탁했다.

"그건~…… 비밀. 하지만 키스까지 해버렸으니~……."

"설마 그 다음으로 넘어갈 생각인가요……?! 나만 두고 가지 마……!"

"그러면 치이짱도 내일 데이트에서, 분발해야겠지?"

히카리는 그렇게 말하더니 치카게의 머리를 쓰다듬었다.

히카리에게 치카게는 정말로 귀여운 여동생인 것이다. 사쿠토를 양보할 생각은 없지만, 언니로서 자기만 행복해질 수는 없는 일이다.

그래서 살짝 등을 떠밀었다.

이런 일에 그다지 자신이 없는 치카게에게 분발하길 바라는 것은—— 이상해 보일지도 모른다. 그렇다는 자각은 있다.

하지만 치카게에게는 이상하게도 질투심이 생기지 않았다.

사쿠토를 좋아하기는 하지만, 치카게도 좋아하는 것이리라고 히카리는 생각했다.

"하지만…… 막상 닥치면, 겁이 날 것 같다고 해야 할지……."

"그래? 사쿠토 군은 속이 넓은 사람이라, 어느 정도는 실수를 해도 괜찮을 것 같은데? 너무 완벽해지려고 할 필요는 없지 않을까?"

"그, 그럴지도 모르지만……."

히카리는 지금이 언니가 나설 때일지도 모른다고 생각했다.

곤경에 처한 동생을 나버려둘 수는 없는 데다 이렇게 자신이 없는 동생을 보내서, 내일 데이트에서 사쿠토를 난감하게 만들 수는 없는 일이다. 언니로서, 여자 친구로서.

"좋아, 그러면 나만 믿어!"

그렇게 말하더니 히카리는 후다닥 자신의 방으로 가더니, 우다다 돌아왔다.

손에 뭔지 모를, 소형기기를 들고 온 듯했는데——.

"히이짱, 그게 뭐야?"

"후흐응~. 이걸 사쿠토 군한테 안 들키게 쓰면 괜찮아!"

"어? 안 들키게 쓰다니, 무슨 뜻이야?"

"일단 한 번 시험해보시라. 살짝 넣어볼까――."

히카리는 히죽히죽 웃으며 치카게에게 다가갔다.

"에엑?! 잠깐, 히이짱?! 가, 갑자기…… 앗……――."

침대에 억지로 쓰러진 모양새가 된 치카게의 눈앞에 히카리의 얼굴이 있었다. 배를 깔고 앉아, 아주 꼼짝도 할 수가 없다.

치카게는 히카리의 얼굴을 뚫어져라 쳐다보았다. 같은 얼굴인데 어째서 언니 쪽이 더 예뻐 보이는 걸까. 자신에게 없는 걸 가지고 있기 때문일까.

분명 자신보다 여러모로 경험이 풍부하기 때문일지도 모르지만――.

"치이짱, 오른쪽 귀 내밀어 봐."

"으음, 저기…… 앗……."

오른쪽 귀에 히카리의 손가락이 닿아, 무의식중에 이상한 목소리가 나오고 말았다. 귀는 약하다. 누가 후, 하고 입으로 바람을 부는 것도 참기 어려운데 히카리는 귓불을 조물조물 만지작거리기 시작했다.

"자, 장난치는 거야……?"

"아니, 확인 작업. 역시 내 쪽이 더 부드럽구나, 싶어서."

"그게 왜……?"

"후흐응~. 사람을 착각하지 않기 위한 주문이야. ――그럼 슬슬 시작해 볼까."

키득, 장난스럽게 웃는 목소리가 치카게의 귓가에 울렸다.

"어? 자…… 잠깐만 있어 봐……!"

"나는 요즘 안 썼지만, 아프지 않을 거야……."

"어……? 잠…… —— 흐으~~~……."

무거워서 눈을 감았다.

하지만 오른쪽 귀에 위화감이 느껴진 직후, 치카게는 천천히 눈을 떴다.

"……어? 이게 뭐야?"

조심스럽게 만져본다.

단단한 느낌과 모양으로 대충 알아채기는 했지만, 오른쪽 귀로 들어온 것은 이어폰이었다.

"내가 예전에 썼던 '콩나물 이어폰. 지금은 헤드폰이 있어서 안 썼지만, 치이짱 줄게."

"저기…… 나도 있는데……."

"그런 소리 말고. 모처럼 언니가 호의를 베풀었으니 넣어두시게나."

치카게는 이어폰을 뺐다. 역시 블루투스로 접속되는, 자신이 가지고 있는 것과 같은 무선 이어폰이었다.

"……그래서, 이 이어폰으로 뭘 어쩌려고?"

"후흐~응. 뻔하잖아."

히카리는 자신의 스마트폰을 살랑살랑 흔들어 보였다.

"——아, 그런 뜻이야?!"

치카게는 그제야 이해했다. ──이해했지만 갑자기 부끄러워졌다.

"……그런데 히이짱…… 헷갈리게 좀 하지 마아…… 매번 이게 뭐야~…….

"……? 뭐가?"

히카리는 천연스럽다고 해야 할지── 이런 관능적인 짓을 별 뜻 없이 아무렇지도 않게 해서 못 살겠다. 혹시 사쿠토도 이거에 당한 건 아닐까. 그렇게 생각하자 치카게는 석연치가 않았다.

아니, 자신도 마음만 먹으면 언니 정도의 잠재력은 발휘할 수 있을 거다.

쌍둥이니까, 아마, 분명──.

언니가 협력해주기로 했다지만, 그 이상으로 분발해야겠다고 치카게는 자신을 고무시켰다.

제8화 : 치카게와의 첫 데이트는……?

다음 날, 6월 4일 토요일. 장마를 앞둔 이 날은 아침부터 날씨가 좋았다.

시간은 9시 45분, 약속시간 15분 전에 사쿠토는 유우키 사쿠라노 역 앞에 있는 '아리스 동상' 앞에 도착했다.

그렇게까지 붐비지 않는 시간대라 금방 목적한 인물을 찾을 수 있었다.

찾은 것까지는 좋았지만, 뭐라고 해야 할지――.

"치, 치카게……?"

"아……! 아, 안녕하세요, 사쿠토 군……."

"아, 안녕……."

어색하게 인사를 나눈 이유 중 하나는 첫 데이트라 쑥스러워서이고. 또 하나의 이유는―― 오늘 치카게의 복장이 매우 신경 쓰였기 때문이다.

우선 미니스커트의 길이가 상당히 아슬아슬해서 무의식 중에 시선이 갔다. 어깨는 노출했고, 가슴께도 다소 트여 있어서 결코 안 어울리는 건 아니었지만―― 뭔가 그녀답지 않았다. 그녀는 평소에 이런 옷을 즐겨 입는 걸까.

아니, 치카게 본인도 상당히 부끄러워 보인다.

"저기, 오늘 복장은……."

"고, 공격적으로 입어봤어요……!"

"어, 으응…… 공격적으로 말이지?"

"하지만, 아무리 그래도 이건 부끄러워요……."

갈수록 목소리가 수그러드는 치카게를 보고 있자니, 그럼 입고 오지 말지, 라고 딴죽을 걸고 싶었지만 아무튼 되도록 보지 말자고 사쿠토는 결심했다.

"그런데 저기…… 왜 부끄러운데도 입고 온 거야?"

"사쿠토 군이, 이런 걸 좋아할까 싶어서……."

"시…… 싫지는 않아. 하지만, 억지로 입을 필요는 없을 것 같은데……."

"우으으…… 히이짱한테 빌리는 게 아니었는데……."

확실히 히카리라면 입을 것 같기는 했지만, 한편으로는 신기하기도 했다. 쌍둥이라 얼굴도 체형도 비슷한데, 어째서 복장을 보고 위화감을 느낀 걸까.

하지만 불안한 듯 몸을 배배 꼬고 있는 치카게의 모습에는 상당한 파괴력이 있었다. 애초에 몸매가 좋다 보니 그걸 아낌없이 보여주려는 자세는, 어떻게 보면 칭찬할 만했다.

참 잘했다고 평가하고 싶지만, 다른 남자들에게 보여주고 싶지는 않다. 좀 전부터 지나가는 남자들이 시선을 뗄 줄을 몰랐다.

그럴 만도 하다. 치카게는 그만큼 매력적인 여자애니까.

"다음부터는 좀 더 얌전하게 입어도 돼……."

"그러면 히이짱한테 지는 걸요! 히이짱은 훨씬 노출도가 높으니까요!"

"으음…… 그런 논리로 계속 싸우면, 언젠가 걷잡을 수 없게 될 텐데? 그러면 나는 나란히 걸을 자신이 없어……."

치카게도 걷잡을 수 없는 상황을 상상했는지, 얼굴이 새빨개졌다.

"화, 확실히…… 붕대나 반창고 같은 건…… 무리일 것 같아요……."

대체 어떤 복장을 상상한 걸까. 애초에 그건 복장이라 할 수 있을까.

살짝 상상하는 바람에 사쿠토도 얼굴이 새빨개졌지만, 한탄하며 마음을 다잡고 그녀에게 미소를 보냈다.

"하지만 나를 위해 노력해준 건 기뻐."

"아, 네…… 아, 잠깐만 기다려주세요."

치카게는 사쿠토에게서 조금 떨어져서 오른쪽 귀에 손을 댔다──.

『──좋아, 그러면 슬슬 이동 개시. 팔짱을 끼고 걸어보자!』

치카게가 보이지 않게 낀 이어폰에서 그런 히카리의 말이 들렸다.

"에엑?! 네거티브(거부한다)!"

팔짱을 끼란 말에 치카게는 움찔했다.

"갑자기 그러는 건, 왜냐하면…… 닿을 것 아냐……."

『가슴 말야? 에이, 괜찮으니까 해보자아~.』

"라, 라저(알았다)……."

쌍둥이가 몰래 통신하고 있다는 사실을 모르는 사쿠토는 흘러나온 치카게의 말을 듣고 고개를 갸웃했다.

(……네거티브? 라저라니, 무슨 소리지……? 혼잣말인가……?)

이윽고 치카게는 한껏 숨을 들이쉬더니 사쿠토의 곁으로 돌아왔다.

"사, 사쿠토 군!"

"어?! 왜, 왜……?"

"우, 우으으으으…… 팔짱을 끼어도 될까요?!"

"에엑?! 뭐, 뭐어, 괜찮기는 하지만, 응, 그러자……."

사쿠토는 혹시나, 하는 마음에 순간적으로 치카게의 가슴을 흘끔 쳐다볼 뻔했지만, 간신히 참아냈다.

"그럼―――― 우사미 치카게, 갑니다!"

치카게는 그런 소리를 하더니 사쿠토의 오른팔을 잡았다. 사실 왼쪽이 위치상 자연스러웠지만 오른쪽 귀에 이어폰을 낀 걸 들키지 않기 위한 조치였다. 참고로 이 직후 두 사람의 속마음을 말하자면――.

(다…… 닿을 것 같아아~~……!)

(다…… 닿지만 않으면 문제없을 거야……!)

뭐 그런 식으로, 전투(데이트)가 시작되었다――.

"우와아아아아아아아아———————……!"

"꺄아아아아아아아아———————……!"

한 시간 후, 사쿠토와 치카게는 절규하고 있었다.

이곳은 '유우키 카논 월드'라고 하는, 이 일대에서는 최대급의 유원지다. 바다가 가까워 높은 곳에서 보는 경치도 좋다. 밤이 되면 퍼레이드를 하고, 바다 위에서 폭죽도 쏘아 올린다. 가족 단위의 방문객이 많은 건 물론이고 데이트 장소로도 아주 인기가 많은 장소다.

지금 두 사람이 타고 있는 제트코스터는 하늘에서 바다로 떨어진다는 콘셉트로 만들어진 것이라 스릴 있는 놀이기구를 좋아하는 사람들에게는 추천할 만했다.

스릴과 상쾌함을 맛본 두 사람은 다음 놀이기구로 이동하기 전에 광장에 자리한 벤치에서 잠시 휴식하기로 했다.

치카게는 사쿠토가 사온 음료를 받아, 바싹 마른 목을 축였다.

"하아~…… 살 것 같아요. 고마워요."

"엄청 소리를 질렀으니까."

"그러니까요——. 아, 잠깐만 기다려주세요……——."

치카게는 오른쪽 귀에 손을 댄 채 "에엑?!"이라고 하더니 갑자기 얼굴이 새빨개졌다.

"라, 라저……."

또 라저라고 하네, 라는 생각을 하며 사쿠토는 의아한 눈으로 쳐다보았다.

"사, 사쿠토 군……!"

"어? 왜?"

"그게…… 으, 음료를…… 그쪽 맛도 궁금해서……."

"어? 아아, 바꿔 먹자고?"

"네, 네에에~……."

음료를 바꾸자 치카게는 빨대 끄트머리를 보며 얼굴을 붉히고 있었다.

"그럼……── 우사미 치카게, 갑니다!"

눈을 꼭 감은 채 빨대에 입을 댄다.

그런데 왜 저렇게 일일이 캐터펄트에서 사출될 때 같은 대사를 외치는 걸까. 다소 어이가 없었지만 사쿠토도 치카게와 바꾼 음료의 빨대를 쳐다보았다.

(아하, 그런 건가…….)

신경 쓰면 지는 거라 생각하며 사쿠토도 입을 댔다.

"그런데 어째서 오늘은 놀이공원에 온 거야? 뭐, 데이트 하면 떠오르는 곳일지도 모르지만."

치카게는 문득 쿡, 하고 웃었다.

"사실은 작전이에요."

"작전?"

"평소의 저는, 아마 엄격한 성격의 사람처럼 보일 거예요. 태도랑 말투도 딱딱하고, 그렇다는 건 알지만…… 솔직한 모습을 내보이는 게 많이 어려워서요."

치카게는 알고 보면 자신이 없는 애일지도 모르겠다고 사쿠토는 생각했다.

그녀에게도 자랑할 만한 면은 많다. 예를 들자면 성적이나 빼어난 외모 같은 것들. 그러한 것들이 자존감으로 이어지지 않는 것은, 그녀가 무언가에 열등감을 가지고 있기 때문일 거다. 혹시 그 상대는 히카리일까.

그런 생각을 하며 히카리의 말에 귀를 기울였다.

"하지만 본래의 저는, 이런 곳을 좋아하고, 귀여운 걸 좋아해요. 세련된 것에도 관심이 있고…… 그런 자신을 알아주셨으면 했어요."

"그렇구나…… 알려줘서 고마워."

놀이동산에서는 자신의 본모습을 드러내기가 쉬운 것이리라. 확실히 오늘의 치카게는 여러 가지 표정을 보여주고 있다. 무의식중에 넋을 잃고 쳐다볼 만큼 치카게의 표정은 밝고 부드러워 보였다. 이런 천진한 모습은 학교에서는 보여주지 않아서 상당히 귀중하게 느껴졌다.

"평소에도 그러면 좋을 텐데."

"그건 좀……."

치카게는 사쿠토 쪽를 쳐다보며 수줍은 미소를 지었다.

"가족과 친구…… 마음을 허락할 수 있는 사람이 아니면, 부끄러워서 보여줄 수가 없어요……."

그런 말을 들으니 어쩐지 낯간지러워졌다.

마음을 허락할 수 있는 사람에 자신도 포함해주는 거구나, 싶어서.

"존댓말은? 히카리한테는 평범하게 말하는 것 같던데, 나한테도 편하게 말해도 돼."

"이건 '버릇' 같은 건데, 사쿠토 군이 그렇게 하길 바란다면 고칠게요."

"아아, 아니, 천천히 해도 돼."

치카게의 존댓말은 거리를 두는 듯한 말투라기보다는 부드러운 인상을 주는 효과가 있다. 듣고 있으면 기분 좋고, 그녀가 가진 매력 중 일부이기도 하다.

본인이 억지로 쓰고 있는 게 아니라면 바꿀 필요는 없을 거다. 강요는 하지 않겠지만 언젠가 히카리처럼 편하게 말해준다면, 그건 그것대로 기쁠 것 같다.

"맞아. 궁금했던 게 있는데, 어째서 나를 좋아하게 된 거야?"

치카게는 갑자기 수줍은 듯한 표정을 지었다.

"학원에는…… 제가 먼저 다녔고, 사쿠토 군은 나중에 들어왔죠?"

"응. 나는 여름 특강부터 다녔으니까."

"그때는 별로 의식하고 있지 않았어요. 기분 나쁘다면 죄송해요."

"아, 아니…… 그래서, 이유가 뭐야?"

"그건 여름 특강 종반에 있었던 일이에요──."

＊　＊　＊

——저는 수학을 잘 못하는 편이에요. 생각해서 답을 내기까지 시간이 걸려서 실력 시험에서는 중반 이후의 응용 문제를 풀다가 시간이 다 되기도 했죠.

그날은 학원 수업이 끝나고 교실에서 나머지 공부를 하고 있었어요.

도저히 안 풀리는 기출문제가 있어서 끙끙대고 있었죠. 수심과 공간도형 문제였어요.

하필 그때 수학 선생님이 안 계셔서 이과 선생님한테 여쭤봤지만 잘 이해가 안 돼서—— 이해가 될 때까지 해보자는 생각에 혼자서 풀고 있었는데, 역시 잘 안 됐어요.

수학 앱을 띄워서 볼까도 했지만, 일단 화장실에 다녀와서 생각하기로 했죠.

그러고서 돌아와 보니, 화이트보드에 제가 못 풀었던 문제의 해답과 해설이 적혀 있었어요. 그 몇 분 사이에 누가 풀어서 적어준 걸까?

일단 감사인사를 하러 선생님들이 있는 대기실에 갔는데, 다들 고개만 갸웃거리셨어요. 다들 모르는 일이라는 거예요. 그러던 중에 사회 선생님이 툭하고 이런 말을 하셨어요.

"그러고 보니, 좀 전에 타카야시키가 나갔지……."

"타카야시키, 씨……?"

"키타중 남학생이야. 요즘 남아서 공부를 하고 있거든.
──뭐, 그 녀석이라면 그럴 수 있지……."

"네? 어째서요?"

그 말을 들은 다른 선생님들도 납득한 듯 고개를 끄덕이
고 있었어요.

사회 선생님은 이렇게 말씀하셨어요.

"──그 애는, 진짜 천재거든."

공부를 잘한다는 의미로 그렇게 말한 줄 알았어요.

그 후, 어쩐지 신경이 쓰여서 그 남자애를 눈으로 좇기
시작했죠.

늘 한가해 보였어요. 졸려 보였어요. 늘어지게 하품도
했고요. 의욕이 없는 걸까 싶었지만, 알고 보니 모두가 문
제를 푸는 동안 그 사람만 다 푼 거였어요.

여름 특강이 끝난 후, 한 번 옆자리에 앉았던 적이 있는
데 기억하세요?

저는 꼭 확인하고 싶었어요. 정말로 천재인지.

그러고는 정말 깜짝 놀랐죠. 마치 정답지를 배기는 것처
럼, 문제를 술술 풀어냈어요. 전혀 따라갈 수가 없었어요.

그러고서 얼마 후── 처음으로 사쿠토 군한테 말을 걸
었던 날의 일이에요.

이제야 하는 말이지만, 그때는 정말 많은 용기가 필요했어요──.

"저, 저기……."

"응?"

"우, 우사미라고 해요……."

"아아, 네…… 타카야시키입니다."

갑자기 말을 걸었더니 놀란 표정을 지었죠? 그때의 표정이 인상적이라 지금도 기억해요. 저는 솔직히 말해서 엄청 긴장해서, 얼굴이 뜨거웠어요, 네…….

아무튼 그러고는 한번 물어보고 싶었던 걸 물어봤어요──.

"어째서 이 학원에? 키타중에서는 멀잖아요? 키타중 근처에도 같은 계열 학원이 있었던 것 같은데……."

"……그건 그렇지."

"그러면, 어째서……?"

"……딱히 이유는 없어. 평범하게 다른 사람들처럼 학원에서 공부하고 싶었어. 하지만 여기 오길 잘했다고 생각해. 마음이 편하고, 우사미 양처럼 성실하게 노력하는 사람이 있어서 자극을 받을 수 있거든."

그때의 말과 표정이 인상적이었어요.

쓸쓸한 듯한, 체념한 듯한, 안심한 듯한, 그런 표정이었어요.

하지만 그때의 저는, 나를 봐주는 사람이 있구나, 하는 생각에 기뻤고, 부끄러웠고, 자극을 받고 있다는 말에 들

뜨고 말았어요. 사쿠토 군한테는 한참 못 미친다고 생각했
었거든요——.

하지만 나중에 냉정하게 생각해 보니—— 타카야시키
군한테는 동네에 있는 학원에 다닐 수 없는 이유가 있는
게 아닐까? ……그런 억측이 떠올랐어요.

타카야시키 군이 말하는 '평범하게'라는 게 무슨 뜻일까?
다른 사람들처럼, 이라는 건 무슨 뜻일까. 평범함이라는
걸 동경하는 사람을, 저는 처음 봤어요.

이전에 수학 문제의 해답과 해설을 화이트보드에 적었
냐고 묻자——.

"——뭐? 글쎄? 선생님이 적은 거 아닐까?"

그렇게 대답해서 얼버무리려 했지만, 저는 알고 있었어요.
타카야시키 군은, 거짓말을 할 때의 버릇이 있거든요——.

* * *

"——그 문제를 푼 건 사쿠토 군이죠? 이제 답을 알려주
세요."

치카게가 미소를 띤 채 묻자, 사쿠토는 쑥스러운 듯이
고개를 홱 돌렸다.

"……뭐어, 살짝 주제넘은 짓을 하기는 했지만……."

"어째서 문제를 풀어준 거예요?"

"뭐라고 해야 할지, 우사미 양이 어려워하는 것 같아서,

그게…… 내버려 둘 수가 없었어……."

치카게는 쿡, 하고 웃었다.

"사쿠토 군은, 늘 그렇게 말하면서 저를 도와주네요."

"아니, 정말로 괜한 참견이라는 건 알지만……."

"아뇨, 정말 고마워요. 그런 면이에요…… 제가 사쿠토
군을 좋아하게 된 이유는. 괜한 참견이었다고 하면서도 겸
허하고…… 그런 자연스러운 다정함도, 힘이 되어주는 점
도, 저는 전부 좋아요."

치카게는 뺨이 발그레해진 채 눈웃음을 지어 보였다.

그 무렵부터 치카게는 나를 의식하고 있었구나. 대단할
게 없는 일을 특별한 추억처럼 말해주다니── 게다가 그
런 사소한 일을 계기로 지금 이렇게 나를 좋아한다고 해주
다니.

(너무 착한 애잖아…….)

이런 애랑 사귀게 되어 쑥스럽다고 해야 할지, 기쁘다고
해야 할지.

"하지만 그래서 더욱, 요전의 중간고사 결과를 보고 아
쉽다는 생각이 들어서……."

"아아…… 그래서, 그렇게 씩씩…… 화를 냈던 거구나?"

치카게는 반성하는 듯한 얼굴로 "네" 하고 고개를 끄덕
였다.

"저는 사쿠토 군이 진짜 실력을 숨긴 거라고 생각했어
요. 학원에서 자극을 받고 있다고 말해준 건 뭐였을까……

자기중심적이라고 생각할지도 모르지만, 저는 사쿠토 군을 따라잡고 싶어서 노력해왔거든요."

"나를······?"

"네. ······저는 천재가 아니라, 노력밖에 못 해요. 그래서, 그 결과를 보고, 갑자기 배신당한 듯한 기분이 들었어요······. 사쿠토 군을 따라잡고 싶어서 노력해왔는데, 어째서 진심을 다하지 않은 걸까, 싶어서······."

멋대로 대항의식을 불태운 결과── 사쿠토에게 자극을 줄 수 있는 존재가 되고 싶어서 노력해온 결과, 치카게는 현재 학년 1위의 성적을 거둘 수 있게 된 것이다.

그런데 실력을 숨긴 것처럼 보였으니 화가 날 만도 했다.

"그때는, 무례하게 굴어서 죄송해요······. 하지만 이유를 확실하게 알았어요. 사쿠토 군은 눈에 띄고 싶지 않았던 거죠? 튀어나온 못이 되고 싶지 않았던 거예요."

"응······."

치카게는 한층 더 진지한 표정으로 말을 이었다.

"그건······ 저를 만나기 전에, 무슨 일이 있었기 때문인가요······?"

"······뭐어, 이런저런 일이 있었어."

미소를 띤 채 그렇게 말해서 얼버무렸지만, 치카게는 뭔가 짐작한 듯 "그렇군요"라면서 고개를 푹 숙였다.

"그런데 거짓말을 할 때의 내 버릇이 뭔데?"

"그건······ 비밀이에요."

"뭐? 어째서?"

"왜냐하면…… 바람을 피우면 금방 알아챌 수 있게 해둬
야 하니까요. 버릇을 고쳐버리면, 거짓말인지 아닌지 알기
힘들잖아요."

치카게는 그렇게 말하며 장난스러운 미소를 지어 보였
다. 무거워진 분위기를 바꾸고 싶었던 것이리라.

"아~ 바람 같은 거 안 피운대도…… 아닌 게 아니라 치
카게랑 히카리, 여친이 두 명 있는 시점에서 이미 허용량
을 넘어섰거든?"

그렇게 말하며 사쿠토도 장난스럽게 웃어 보였다.

* * *

가볍게 점심을 때운 후, 회전목마나 귀신의 집, 커피 컵
등, 이런저런 놀이기구를 즐겼다.

놀이기구를 탈 때보다 기다리는 시간이 더 길었지만, 잡
담을 나누다 보니 기다리는 시간도 지루하지 않았다.

그러다 보니 저녁이 되었다. 놀이공원 안이 노을로 물들
었다.

어느샌가 가로등이 켜져 있어서, 놀이공원은 밤의 얼굴
을 조금씩 보이기 시작했다. 이제 곧 퍼레이드가 시작될
시간이다.

"마지막으로, 저걸 타고 싶어요."

치카게가 가리킨 것은 조명이 밝혀진 대관람차였다.

두 사람은 30분 동안 줄을 서 있다가 겨우 자신들의 차
례가 되어 곤돌라에 올라탔다.

"관람차는 난생 처음 타 봐."

"엄청 경치가 좋아요. 기대되네요."

곤돌라는 천천히 돌았다. 시계로 예를 들자면 9시 방향
에 접어들었을 즈음, 사쿠토가 있는 곳에서 바다가 보이기
시작했다.

"석양이 비춰서 예뻐. 정말 엄청 경치가 좋네."

"다행이에요. 저도 그쪽에 앉아도 될까요?"

"그럼, 물론이지."

치카게는 사쿠토의 옆에 앉았다.

그리고 두 사람은 한동안 석양에 물든 바다를 가만히 바
라보았다.

"예쁘네요……."

"그러게. 이러고 있으니까 오늘 하루가 끝난 듯한 느낌
이 들어."

"그러게요…… 사쿠토 군은 오늘 데이트, 즐거웠어요?"

"응, 물론이지."

사쿠토에게는 귀중한 하루였다. 학교 밖에서의 치카게
는, 평온해서 몸을 맡기고 싶은 안심감을 준다는 것을 알
게 되었다.

"치카게와 함께 있으면, 마음이 평온해진다고 해야 할

지, 안심이 돼.”

솔직하게 말하자 치카게는 살며시 쓴웃음을 지었다.

“그렇게 말해주니 기쁘지만, 개인적으로는 좀 더 가슴 설레어 주셨으면 했어요.”

“미안, 그런 뜻으로 한 말은…….”

“괜찮아요……— 아, 잠깐만 기다려주세요……—.”

순간, 치카게는 오른쪽 귀에 손을 대고서 “에엑?!”이라고 외치더니 또 갑자기 얼굴이 새빨개졌다.

“네거티브! 네거티브!”

(무, 무슨 뜻이지……? 네거티브……?)

사쿠토는 옆에서 허둥대는 치카게를 보고 어이없어 하며 기다렸다. 어째서인지 혼자 방치된 듯한 기분이다.

잠시 후, 치카게는 양쪽 뺨을 가린 채 눈을 꼭 감았다.

“라, 라저…… 하아~~…….”

“왜, 왜 그래?”

“……네? 아아, 아무 것도 아니에요!”

아무 것도 아닌 게 아닌 것 같다.

치카게는 어째서인지 매우 초조한 듯이 주변을 두리번 거렸다. 보고 있는 이쪽이 조마조마해질 정도다.

“어, 저~기…… 사쿠토 군, 뭔가 잊지 않으셨는지요?”

“……않으셨는지요? 어? 뭘……?”

“그, 그러니까, 그게~…… 히, 히이짱한테 하고, 저한테는 아직 안 한 거 말이에요…….”

"아, 아아, 그렇구나……. 근데, 괜찮겠어?"

"네, 네! 해주세요……!"

문득 치카게가 긴장한 듯 눈을 감았다. 사쿠토는 살며시 손을 뻗어——.

"히야아악……?! 귀이이이이~……?!"

왼쪽 귓불에 손이 닿자 치카게가 몸을 비틀며 사쿠토의 손에서 달아났다.

"뭐, 뭐 하는 거예요……!"

"아니, 그러니까…… 주문? 뭔가, 사람을 착각하지 않기 위한 거라던데……."

"주문……? 아, 아하…… 어제 그건 그런 거였구나…….."

치카게는 무언가를 떠올리더니 납득했다. 어제 히카리 에게 뭔가 이야기를 들은 걸지도 모르겠다.

한편, 사쿠토도 납득하고 있었다.

히카리가 말했던 주문—— 자매라 해도, 쌍둥이라 해도, 귓불의 부드러운 정도는 다른 것이다. 히카리와 처음 만났 을 때, 그녀의 귓불을 만지게 했던 건 쌍둥이라는 걸 알아 채게 하기 위한 힌트였을지도 모른다.

아니, 힌트치고는 난이도가 너무 높지 않나? 치카게의 귓불을 만질 걸 전제로 낸 힌트는 힌트라고 할 수도 없다. 너무 악랄하다.

어쨌든 이건 아닌가 보다.

그렇다면 히카리에게는 했지만 치카게에게는 하지 않은

것은——

"이, 이거 말고, 안 한 게 있죠?"

"어? 뭐, 뭘 말하는 거야?"

"아, 그 표정은 알아챈 거죠? 거짓말을 할 때의 버릇이 나왔거든요?"

"으윽……?!"

"그, 그럼 제가 말할게요…… 쪼옥이에요! 아직, 저한테는 안 해주셨잖아요!"

치카게는 조용히 일어나, 앉아있는 사쿠토의 다리를 깔고 앉았다. 본인은 다리를 벌리는 자세가 됐다. 미니스커트 속 팬티가 훤히 보인다는 걸 알기는 할까.

그러더니 사쿠토의 얼굴 옆으로 두 팔을 뻗어 뒤에 있는 창문을 짚는 자세를 취했다. 다시 말해서, 현재 사쿠토의 눈앞에는 치카게의 풍만한 가슴이 있다.

이건 좋지 않다. 일어나고 싶어도 못 일어난다.

사쿠토는 눈 둘 곳이 없어서 치카게의 새빨개진 얼굴을 쳐다보았다.

"저기, 치, 치카게 양……?! 이 자세는, 대체……?!"

"사, 상부의 지시예요!"

"상부가 누군데?! 어떤 명령이 떨어진 건데?!"

"자, 자자자, 자빠뜨리라고……!"

"잠깐 기다려! 그 책임자 나오라고 해!"

"그, 그럼……—— 우사미 치카게, 가, 갑니다!"

치카게가 입술을 내밀었지만,

"자, 잠깐 타임! 역시 이건 안 되겠어!"

사쿠토는 치카게의 입술이 닿기 전에 막았다.

"……안, 해주시는 거예요?"

"아니, 할게…… 하지만, 이렇게 말고, 좀 더, 그게…… 치카게답게 하자!"

그렇게 말하며 치카게를 원래 위치로 돌려놓고 그녀의 어깨에 손을 얹었다.

사쿠토는 못 말리겠다며 한숨을 내쉬었다.

"그렇게까지 적극적으로 애쓸 필요는 없지 않아?"

"하지만 그러면…… 히이짱한테 지니까요……."

"이기고 지고의 문제가 아니야. 나는 둘 다 좋아하게 됐고, 거기에 우열을 매길 생각은 없어. ……마음은 기쁘지만 치카게는 치카게의 속도로 하면 돼. 이런 거 말고 다른 데서 승부욕을 발휘하는 게 좋을 것 같아."

"사쿠토 군……."

사쿠토는 치카게를 안심시키듯 미소를 지어보였다.

"내가, 남친으로서, 어떻게든 리드해 볼게……."

"……알겠어요. 그럼, 믿을게요──."

그렇게 말하더니 치카게는 조용히 사쿠토의 목에 팔을 둘렀다. 사쿠토는 그녀를 가만히 끌어당긴다.

곤돌라는 11시 방향을 지났다.

까마득한 지상에서 조명이 꺼져 깜깜해졌다 싶었더니,

갑자기 화려한 조명이 비추었다. 퍼레이드가 시작된 모양이다. 떠들썩한 음악이 곤돌라 아래에서 울렸다.

폭죽이 쏘아 올려졌다. 빨강, 파랑, 초록, 노랑, 주황──. 상공은 점차 여러 가지 색과 소리가 터지는 환상적인 세계가 되었다. 그런 마법의 시간이 시작되었을 즈음──.

두 사람은 조용히 키스를 하고 있었다.

길고도, 부드러운, 다정한 시간이 조용히 지나간다. 곤돌라가 3시 방향을 지났다. 천천히 떨어진 두 사람은 달아오른 얼굴로 서로를 쳐다보았다.

"다시 한번 말할게요…… 저랑 사귀어주세요."

"응…… 앞으로도, 잘 부탁해──."

그렇게 두 사람은 다시 한번 키스했다.

* * *

놀이공원에서 나와 열차를 타러 걷는 동안, 사쿠토와 치카게는 자연스럽게 팔짱을 끼고 있었다.

들떠서 돌아다니느라 지치기도 했지만, 데이트의 여운이 컸다. 오늘 하루 동안 치카게와의 거리가 확 줄어든 듯한 기분이다.

"오늘 데이트 중에, 사쿠토 군은 히이짱 얘기를 전혀 안 했네요."

"데이트 중에 다른 여자애 이야기를 하는 건 매너가 아닌 것 같아서."

"그거 누구한테 배운 거예요? 상황에 따라서는 화낼 거예요."

"……일반 상식?"

사쿠토는 이모인 미츠미에게 배웠다고 말할까 했지만, 그보다 치카게의 입에서 히카리의 이름이 나왔다는 게 더 신경 쓰였다.

"사쿠토 군, 사실은 신경 쓰이시죠, 히이짱이……?"

"뭐?"

"아마, 평소…… 학교에 관한 것 때문에요."

데이트 중에는 묻지 않으려 했지만 아무래도 꿰뚫어 본 모양이다.

"……뭐, 학교를 쉬고 있는 게 신경 쓰여서, 물어도 될지 고민하고 있었어."

치카게는 문득 무릎으로 시선을 떨구었다.

"……요즘 계속 결석하고 있는데, 사실 요전에 히이짱의 담임선생님과 이야기를 했어요. 이대로 가면 상당히 위험하다고 하셨어요……."

"결석을 하고 있는 이유는?"

"모르겠어요. 부모님한테도 말을 안 해서……."

"그렇구나……. 중학교나 초등학교 때는 어땠어?"

"초등학교 4학년 즈음부터 종종 쉬었어요. 중학생이 되고서 빈도가 확 늘었는데, 그때도 이유는 딱히 말해주지 않았고요…….”

“등교 거부인가…….”

사쿠토는 일단 납득했다.

어째서 히카리에 관한 이야기가 학교에서 나오지 않은 것인지.

나오지 않은 게 아니라 아무도 입 밖에 내지 않으려 한 것이다.

등교 거부를 하는 학생은 요즘 드물지 않다. 사쿠토가 중학생일 때도 반에 한 명씩은 있었다. 사회적으로 보아도 초등학교부터 중학교에 걸쳐 등교 거부를 하는 인원수는 부쩍 증가하는 경향을 보인다고 한다.

이유는 제각각인데 본인도 이유를 모르는 경우도 있다는 모양이다. 대부분은 본인의 ‘무기력, 불안’에서 비롯된다고 하지만, ‘부모와의 관계’나 ‘학업 부진’ 등, 다른 이유와 겹칠 때도 있다. 그래서 단적으로 이유를 판별하기가 어려운 것이다.

반을 맡은 담임교사는—— 사쿠토가 알기로는 등교거부 학생에 관한 이야기를 하지 않는 식으로 대응했다.

하지만 결코 문제를 외면하고 있는 게 아니라 굳이 건드리지 않는 것뿐이다.

만약 반에서 그 이야기가 나오면 중상비방을 하는 사람을 엄하게 꾸짖고, 웃는 얼굴로 배려하고 공감해주는 것이 일반적이었다.

그러한 일이 여러 해 계속되면 어떻게 될까. 학생들 사이에서도 규칙이 형성된다. 교사와 마찬가지로 등교 거부를 하는 반 친구는 되도록 건드리지 말자는 암묵적인 규칙이.

무시하는 게 아니라 건드리지 않는 거다.

등교거부를 하는 학생 본인도 누가 자신을 건드리지 말았으면 할지도 모르고, 주변 사람들은 어떻게 하면 좋을지 몰라서 결국 건드려서는 안 된다는 쪽으로 생각이 흘러가는 것이리라.

지금까지 학교에서 히카리에 관한 소문을 듣지 못한 것은 그런 이유 때문일 거라고 사쿠토는 생각했다.

"부모님은? 난처해하셔?"

"아뇨, 히이짱이 하고 싶은 대로 하게 두자는 게 우사미 가에서 내린 결론이에요."

사쿠토는 골치가 아파왔다.

"그게…… 방임주의 같은 거야?"

"그에 가까울지도 몰라요. 하지만 아마 히이짱을 믿는 걸 거예요."

"믿는다고? 뭘?"

치카게는 한층 더 진지해진 눈빛으로 사쿠토를 바라보았다.

"사실 히이짱은…… 아, 잠깐만 기다려주세요……——."

치카게는 오른쪽 귀에 손을 댄 채 "에엑?!"이라고 외치더니 또다시 얼굴이 새빨갛게——또 이 패턴인가.

"네거티브! 네거티브! ——어? 그럼 포지티브?"

(왜 갑자기 긍정적인 대답을 하는 거지……?)

혼잣말(?)을 마친 치카게가 갑자기 힘을 쭉 빼더니 "어머나" 하고 사쿠토의 어깨에 머리를 기대었다.

"저기…… 오늘은 너무 피곤해서, 도저히 집까지 못 갈 것 같은데……."

"그, 그래……? 갑자기 왜 그래?"

"조금 쉬지 않으면 못 돌아갈 것 같으니, 쉬었다 가지 않을래요?"

"아니, 곧장 돌아갈 수 있을 것 같은데……."

"저 모퉁이를 돌아서 쉬어가고 싶다고 부탁 말씀을 드리는 바이니, 부디……."

치카게는 머리를 사쿠토의 어깨에 비비적거렸다. 어쩐지 말투도 이상하고 걷기 힘들다.

"저기, 치카게——."

어깨로 치카게의 머리를 되밀자, 반동으로 툭, 하고 무언가가 땅바닥에 떨어졌다.

"아앗……?!"

"응? ……이어폰?"

사쿠토는 주워서 자신의 귀에 넣어 보았다.

『그대로 숙박 코스! 나도 나중에 갈 테니까, 장소를——.』

"……히카리?"

『아…….』

사쿠토는 주변을 두리번거렸다. 도로를 사이에 낀 맞은편 인도로 시선을 옮기자, 선글라스와 마스크를 한 수상한 인물과 눈이 마주쳤다. 하지만 금방 누구인지 알 수 있었다. 저쪽도 발각됐다는 사실을 알자마자 살며시 손을 들어 보였다.

『아하하하…… 안녕?』

"치카게한테 이상한 지시를 내린 게 너야? 계속 따라다닌 거야?"

『그게~……—— 긴급 탈출! 바이바이!——.』

그 수상한 인물은 역이 있는 방향으로 달려갔다.

사쿠토는 어이없어하며 이어폰을 빼서 땀을 뻘뻘 흘리고 있는 치카게의 손에 살며시 쥐여주었다.

"그게, 뭐랄까…… 자기 자신과 정체성은 지켜야지?"

"…………네에에~…….."

사쿠토는 어이없기 그지없었지만 한편으로 히카리는 굉장한 녀석이 아닐까 생각했다.

표현이 이상할지도 모르지만, 어떻게 보면 '고지식한' 치카게가 이렇게까지 조종당할 줄은 생각도 못했다. 정말이지 터무니없는 언니다.

그럼에도 치카게가 귀엽다는 데에는 변함이 없지만.

제9화 : 우사미 히카리는 천재……?

치카게와 데이트를 한 날 밤, 사쿠토는 피곤할 텐데도 좀처럼 잠을 이루지 못하고 있었다.

데이트의 여운이 가시지 않았다기보다는 돌아오는 열차에서 치카게가 했던 말이 매우 신경 쓰였기 때문이다.

"——히카리가 천재라고……?"

어슴푸레한 천장을 쳐다보고 있자, 미소를 지은 히카리의 얼굴이 희미하게 떠올랐다——.

——오늘 돌아오는 열차에서 치카게와 이런 이야기를 했다.

"사실, 히이짱은 천재예요."

"천재? 그건 공부를 잘한다는 뜻이야?"

"네에…… 그것도, 엄청난 재능을 지녔어요——."

치카게의 말에 따르면 이랬다.

히카리는 집에서 물리화학 공부를 하고 있다. 중학교 때는 일본 중학생 과학 대상이나 그밖의 공익 재단 법인이 운영하는 콩쿠르에서 표창을 받기도 했다는 모양이다. 독자적으로 여러 가지 분야의 연구를 하고 있다는데, 그 지식은 여러 분야를 아우른다고 한다.

참고로 히카리는 전국 중학교 3학년 통일시험에서 1위——

다시 말해서 사쿠토와 동점이었다.

천재의 정의를 어떻게 하느냐에 따라 다르겠지만, 히카리는 틀림없이 비범한 재능을 지녔다. 치카게의 설명을 들으니 그녀가 가끔씩 통찰력이 있거나 감이 좋은 면을 보여주는 것이 어느 정도 납득이 되었다.

하지만 사쿠토는 그녀와 자신이 동등하다고 생각지 않았다. 경력을 비교해보면 자연히 알 수 있지만, 애초에 사쿠토는 자신을 천재라고 생각하지 않는다.

(비교할 것도 없지…… 나는 기억력이 좋은 모브에 불과하니까…….)

사쿠토는 학교 성적, 학력이라는 결과를 남겼을 뿐이다. 굳이 말하자면 기억을 정리하는 재능이 있는 정도다.

애초에 필기시험과 전국에서 동시에 치르는 시험으로는 학력이 뛰어난지 어떤지는 측정할 수 있지만, 천재인지 어떤지를 판가름하는 잣대는 되지 못한다고 생각했다.

한편, 히카리는 지금까지 여러 가지 성과를 내놓았다.

틀림없이 천재라 부르기에 걸맞은 애일 거다──.

(──그나저나 히카리는 어째서 학교에 가지 않는 걸까…….)

천재와 등교거부라는 단어가 도저히 연결이 안 됐다. 학습 수준이 자신에게 맞지 않아서일까, 다른 이유가 있다면 무엇일까.

(기대 받는 사람의 괴로움인가……?)

히카리의 천진난만하고 순수한 언동. 게임 센터에 가서 놀거나 하는 자유분방한 모습.

만약 주변 사람들이 그녀에게 과도한 기대를 했다면── 압박감으로 인한 도피, 혹은 반항일 가능성도 있지만──.

(결석하기 시작한 건 초등학교 4학년부터였댔지…… 내일 본인한테 물어봐야 하려나…….)

사쿠토는 그렇게 생각을 바꾸고는 조용히 눈을 감았다.

* * *

약속시간은 11시이고 장소는 어제와 같은 유우키사쿠라 노역이었다.

15분 전에 도착한 사쿠토는 '아리스 동상' 앞에 서서 히카리가 오기를 기다렸다. 어제보다 사람이 많은 건 일요일 점심시간 전이기 때문일 거다.

날씨는 별로 좋지 않았다. 일기예보에 오후부터 비 그림이 떠 있었으니, 아마 오늘 데이트는 실내에서 하게 될 듯하다.

그런 생각을 하며 기다리고 있자, 등 뒤에서 슬그머니 다가오는 낌새가 느껴졌다.

(왔구나…….)

사쿠토가 뒤를 돌아보려 하자, 갑자기 뒤에서 손이 뻗어

와서 두 눈을 가렸다.

"누구~게?"

사쿠토는 금방 알아챘다.

"……목소리는 히카리가 냈고, 눈을 가린 건 치카게?"

손을 떼어 눈앞의 풍경이 돌아왔다. 돌아보니 역시 그곳에는 놀란 얼굴을 한 두 사람이 있었다.

"우와! 어떻게 안 거야?!"

"어떻게 아셨어요?!"

"뭐어, 남친이니까?"

목소리가 미묘하게 다른 데다, 바로 뒤가 아니라 약간 떨어진 곳에서 들려온 듯했다. 냉정하게 생각해 보면 충분히 알아챌 수 있었다.

""처음에는 쌍둥이라는 것도 몰랐으면서?!""

"스테레오로 태클 걸지 마……."

모노럴이라면 모를까, 스테레오로 그러면 귀가 아프다.

"그나저나 치카게는 어제랑 복장이 다르네. 이쪽이 평소 복장이야?"

"네…… 어제 건 아무래도 좀…… 아하하하……."

치카게는 검은 베레모를 쓰고 흰색 긴소매 블라우스에 체크무늬 하이웨스트 플리츠스커트를 입고, 캐주얼한 로퍼 구두를 신었다.

귀여운 건 물론이고 치카게의 어른스러운 분위기와 기품이 두드러졌다.

"나는 어때?"

히카리는 베이지색 캔디 슬리브 니트를, 사다리꼴 모양의 검은 미니스커트 안으로 넣어 입었다. 거기에 심플한 디자인의 목걸이와 우플 워치를 걸쳤다. 굽이 높은 가죽 부츠를 신고 있어서 치카게보다 약간 키가 커 보였다.

"응, 엄청 잘 어울리는 것 같아."

"에헤헤헤, 하지만 오늘은 그나마 어른스럽게 입은 거야."

(그나저나 어제보다 더 주변 사람들의 시선이 따갑네······.)

사쿠토도 조금 전부터 남성들이 이쪽을 주목하고 있다는 사실을 알아챘다.

한 명만 있어도 세련되고 귀여운데, 그런 여자애가 둘이나 눈앞에 있다. 쌍둥이가 신기해서 더 그런 걸지도 모른다.

"그래서, 오늘은 치카게도 같이 다니는 거야?"

"아뇨, 저는 쇼핑하러 갈 예정이라 히이짱을 따라온 거예요."

"아하, 나는 덤으로 보러 온 거구나······."

사쿠토가 장난을 치려고 아쉽다는 투로 말하자.

"아, 아니에요! 사쿠토 군을 만나고 싶어서······ 아니, 무슨 소릴 하게 하는 거예요!"

치카게는 혼자서 당황하고 혼자서 태클을 걸었다.

대충 예상했던 반응이라 사쿠토는 쿡, 하고 웃어 보였다. 치카게는 쑥스러운 듯이 "정말이지"라고 하며 파닥파닥 손으로 부채질을 해서 얼굴의 열기를 식혔다.

문득 어제 대관람차에서 있었던 일이 떠올라서 어쩐지 쑥스러웠다. 치카게에게 그렇게나 대담한 행동을 하게 만든 장본인은 생글생글, 아무 일도 없었다는 듯이 미소를 짓고 있었다.

　"치이짱, 오늘은 내 차례거든?"

　"알았다니깐……!"

　"후흐~응. 사쿠토 군이랑 이~런 짓이나, 그~런 짓을 잔뜩 해버려야지이."

　그렇게 말하며 히카리는 사쿠토의 왼팔에 매달렸다. 그대로 어리광을 부리듯 몸을 밀착시키고 사쿠토의 어깨에 자신의 머리를 기댄다.

　"아와와왓! 잠깐! 순수하고 올바른 교제를 지향해야 한다고 생각합니다~!"

　"응. 그래서 같이 놀고 밥 먹고 할 건데?"

　"크윽————……?!"

　김을 내뿜는 주전자처럼 치카게의 얼굴이 새빨개졌다.

　"그런고로 사쿠토 군, 슬슬 갈까?"

　"으, 응……."

　히카리는 팔짱을 낀 채 어색하게 걸음을 뗀 사쿠토를 유도하듯이 걸었다. 걸을 때마다 히카리의 가슴 감촉이 팔에 전해져서, 사쿠토는 필사적으로 평상심을 유지하고자 애를 써야 했다.

　"그럼 갈게, 치이짱…… 안녕!"

"그, 그럼 치카게…… 잘 있어!"

"아니, 어디까지 갈 셈이에요?!"

새빨간 얼굴로 허둥대는 치카게를 곁눈질하며, 사쿠토는 생글생글 웃는 히카리의 유도에 따랐다.

* * *

햄버거 가게에서 가볍게 점심을 때우고 나자, 결국 하늘에서 비가 쏟아지기 시작했다.

"비, 비가 오네?"

"뭐, 실내에 있으니 상관없지만."

"아, 아니, 실내는 실내지만 말야……."

이곳이 어딘가 하면, 우사미 가의 2층에 자리한 히카리의 방이다.

햄버거 가게를 나선 후, 안내를 받아 찾은 곳은 영화관도 수족관도 아닌 쇼핑몰도 주택가였다. 설마 느닷없이 여자 친구의 집을 방문하게 될 줄은 몰랐던 사쿠토는 아무렇지 않은 척하고는 있어도 매우 당황한 상태였다.

히카리의 방은 의외로 물건들이 깔끔하게 정리되어 있었다. 미니멀리스트라고 할 정도까지는 아니지만 물건이 없는 만큼 넓어 보인다. 하지만 곳곳에서 여자애 특유의 향기가 은은히 나서 자꾸만 마음이 들썽거렸다.

벽에 붙은 코르크보드에는 치카게와 함께 찍은 사진과

뭔지 모를 상을 받았을 때의 사진이 꽂혀 있다.

"사쿠토 군, 혹시 긴장했어?"

"그야 당연하지……."

"괜찮아. 느닷없이 아빠엄마랑 만나게 하지도 않을 거고, 둘 다 오늘은 밤까지 안 올 테니까 편하게 있어도 돼."

일부러 저러는 걸까. 방금 말을 듣고 나니 더더욱 긴장되는데.

부모님은 없고 치카게도 외출해서 집에 없다. 다시 말해서 히카리의 방에 단 둘이 있는 상황인 것이다. 이런 상황에서 긴장하지 말라는 게 무리다.

"——영차……."

느닷없이 히카리가 캔디 슬리브 니트를 벗고 반팔 차림이 되었다.

"사쿠토 군도 재킷 벗어. 주름지잖아."

"아니, 괜찮아……."

"하지만 땀나는데?"

"이건, 그게…… 마음의 눈물이야."

"무, 무슨 뜻일까……?"

쓴웃음을 띤 히카리가 재킷을 벗으라고 재촉하는 바람에 사쿠토도 어쩔 수 없이 티셔츠 차림이 되었다. 그러자 히카리는 재킷을 행거에 거는가 싶었더니, 거기에 얼굴을 갖다 댔다.

"킁킁…… 에헤헤헤~ 사쿠토 군의 땀 냄새가 나~……."

히카리는 황홀한 표정을 지었다.

"잠깐……?! 나 창피하거든?!"

"그래? 난 좋은데, 사쿠토 군의 땀 냄새……."

히카리는 생글생글 웃으며 행거에 걸었다.

그나저나 이제 뭘 할까. 히카리는 게임을 즐기니 둘이서 게임이라도 하게 될까? 오히려 게임 말고는 아무것도 안 떠오른다. 안 떠오르지만, 굳이 떠올리자면 연인끼리 하는 이런저런 것들이 있겠지만, 아무리 그래도 그건——.

"사쿠토 군, 침대에 누워 있어."

"……뭐?"

"난 준비 좀 할게——."

* * *

15분 후, 사쿠토와 히카리는 침대에 누워 있었다.

히카리는 사쿠토의 왼팔을 베고 누워 있다. 그렇게 커튼을 쳐서 어둑해진 방에서 두 사람은 천장을 올려보고 있었다.

BGM으로 틀어둔 음악과 에어컨 바람 소리, 창문과 지붕을 때리는 빗소리가 들려왔다. 그리고 사쿠토의 팔을 베고 누운 히카리의 희미한 숨소리와 누구의 것인지 모를, 힘차게 뛰는 심장소리도——.

"……사쿠토 군, 그럼 시작할게. 괜찮지……?"

"으, 응……."

"그럼…… 스위치 온——."

히카리가 리모컨을 조작하자 천장에 별이 총총히 떠올랐다.

창백한 빛으로 물든 천장이 일루미네이션처럼 반짝거렸다. 천천히 별하늘이 회전한다. 이윽고 별과 별이 선으로 이어지고, 도형을 이루어, 인위적인 밤하늘에 별자리가 떠올랐다.

"어때? 이 가정용 플라네타륨. 아빠한테 선물로 받은 거야~."

"괴, 굉장하네……."

"이렇게 해서, 별을 보면서 자는 걸 좋아하거든~."

"헤, 헤에……."

사쿠토는 15분 전의 자신을 두들겨 패주고 싶어졌다.

(내가 대체 무슨 망상을 한 거람…….)

무심결에 야시시한 망상을 하고 만 것은 건전한 남자로서 자연스러운 일일지도 모르지만, 히카리의 순진한 부분을 더럽히는 거나 다름없는 짓을 하고 말았다.

평소의 태도도 그렇고 어제 치카게에게 상당한 수위의 지시를 한 탓에 기대를 하지 말라는 게 더 무리였을지도 모르지만.

"……그래서, 왜 플라네타륨이야?"

"별을 보고 있으면 즐겁지 않아? 게다가 이러면 둘이서 느긋하게 쉴 수 있고, 계속 붙어 있을 수 있잖아…… 후훗."

"뭐, 그건 그렇지……."

히카리는 몸을 꼬물꼬물 움직이더니—— 사쿠토의 뺨에 가볍게 입술을 갖다 대었다.

"갑자기 왜 그래……?!"

"음~? 뺨이 귀여워 보여서. 쬐그만 애들의 뺨은 귀여워서 쪼옥~ 하고 싶지 않아?"

"아니, 난 그럭저럭 큰 애인데……?!"

"신경 쓰지 마."

"아니, 쓰이거든?! 수행승도 아닌데 어떻게 신경을 안 써?!"

"아, 그렇구나, 아하…… 키득."

사쿠토가 당황하자 히카리는 몇 번이나 입술을 가져다 댔다. 고의가 맞는 것 같다. 아무래도 사쿠토의 반응을 보고 즐기는 것 같다.

그러다가 이번에는 사쿠토의 가슴 위에 둘째손가락과 셋째손가락을 대고 걸어가듯이 움직였다. 그러다 심장이 있는 곳에 도달하자, 그 위에 살며시 손을 올렸다.

그러더니 머리를 그쪽으로 미끄러뜨렸다. 더욱 밀착되었다.

어떻게 저항해야 할까. 사쿠토가 무척 당황한 가운데—— 끝내 그녀가 사쿠토의 심장에 귀를 딱 갖다 댔다.

심장소리를 듣고 있다. 굳이 듣지 않아도 명백하게 쿵쾅거리고 있다.

사쿠토는 히카리가 고의적으로 밀착했다는 것을 확신했다.

"긴장했네…… 심장이 엄청 빨리 뛰어."

"히, 히카리는 긴장 안 했어……?"

"아니, 나도 했어……. 확인해 볼래?"

사쿠토의 비어있는 손을 살며시 잡더니, 서서히 자신 쪽으로 끌어당긴다. 이대로 가면 히카리의 가슴에 닿고 말거다.

이건 안 된다. 사쿠토는 그녀의 가슴에 손이 닿기 직전에 온몸에 힘을 확 줘서 일어났다. 빙글 몸을 굴려 침대 위에 손을 짚고 엎드린 자세가 됐다.

그러자 이번에는 히카리가 사쿠토의 아래에 깔리는 모양새가 되었다.

사쿠토의 눈앞에, 새빨개진 얼굴로 눈을 동그랗게 뜬 히카리의 얼굴이 있다. 유리 세공품처럼 예쁜 눈에는 긴장감과 놀란 기색이 가득했다. 흥분한 사쿠토를 보고 조금 불안해진 걸까. 두 사람이 똑바로 마주본 가운데——.

"사, 사쿠토 군……?"

"화……."

"……? 화……?"

"화장실이, 어디야……?"

"이, 1층 복도, 끄, 끝에……."

"아, 알았어……——."

사쿠토는 히카리에게서 조심히 떨어져 문 쪽으로 향했다.

문에서 나가려다가 히카리의 모습을 흘끔 쳐다보았다. 자신의 심장이 있는 곳에 두 손을 댄 채, 침대에 누워 천장을 올려다보고 있었다.

＊　＊　＊

(저건 위험해…… 위험하지만, 안 위험한가? 아니, 위험하잖아…….)

이상한 자문자답을 반복하며 사쿠토는 계단을 내려와 화장실로 향했다.

히카리의 적극적인 태도는 싫지 않고, 처음 만났을 때부터 거리가 가까웠던 것도, 스킨십이 많은 편인 것도 싫지 않다. 오히려 당황스럽기는 해도 좋았다.

하지만 어둑한 방에서 단 둘이―― 조금 짓궂은 장난을 칠 생각이었을지도 모르지만, 평소보다 밀착도도 높은 데다 브레이크가 없다.

그대로 분위기에 휩쓸렸으면―― 아니, 휩쓸릴 걸 그랬나.

머릿속이 혼란스럽다.

이따가 어떤 얼굴로 히카리를 봐야 할까.

모르겠다. 모르겠지만, 치카게에 관해 생각해 보자. 치카게가 알면 역시 혼날까. 먼저 진도를 나갔다는 데에 대항의식을 불사를까. 둘을 같이 사귀고 있으니, 이런 것도

둘이 같이——.

　(……아니, 내가 지금 무슨 생각을 하는 거야……!)

　역시 혼란에 빠진 것 같다. 일단 냉정하게——.

　"——어? 사쿠토 군……?"

　사쿠토는 목소리가 들려온 쪽을 보았다. 마침 목욕탕 탈의실 문이 열려 있었고, 그곳에 있던 치카게와 눈이 마주쳤다.

　아니, 지금의 경우에는 어째서 치카게와 눈이 마주쳤는지를 먼저 생각해야 한다.

　치카게는 옷을 입은 채 샤워라도 한 듯이 머리끝부터 발끝까지 젖어 있었다. 그렇구나, 비가 왔으니까—— 같은 느긋한 소리를 할 때가 아니다.

　그녀는 마침 옷을 벗고 있었던 것이다.

　스커트는 이미 바닥에 떨어져 있고, 비에 젖어 비쳐 보이는 하얀 블라우스에 달린 단추 중 마지막 하나를 푼 참이다. 거의 속옷 차림에 간신히 걸쳐져 있기만 한 블라우스가—— 같은 소릴 하며 느긋하게 보고 있을 때도 아니다.

　"끼…… 끼야아아아아악~~~~~~~……?!"

　치카게는 온몸을 가리려는 듯이 그 자리에 웅크려 앉았다.

새빨개진 얼굴로 반쯤 울상이 되어서. 사쿠토는 허둥지둥 시선을 돌렸지만, 이미 그녀의 아름다운 맨살을 본 뒤였다.

"미, 미미미미안!"

"어, 어어어어째서 우리집에?!"

"히, 히카리가 집으로 데려와서⋯⋯!"

"히, 히이짜아아아아앙⋯⋯!"

매우 난감해졌다.

　설마 치카게가 집으로 돌아와 있을 줄은 몰랐다. 치카게도 히카리와 사쿠토가 집에 있을 줄은 몰랐을 거다. 세차게 내리는 비를 맞은 탓에 현관에 있던 신발을 볼 여유가 없었던 걸지도 모른다. ――하지만 사고는 일어났다. 일어나고 만 것이다.

"아, 아무튼 미안⋯⋯!"

"가, 갈아입을 테니, 고개 돌려주세요!"

"아, 알았어! 화장실 좀 쓸게!"

"그러세요오――!"

　정신이 없었지만 사쿠토는 어찌어찌 화장실로 뛰어들었다.

　(아아아아아아~~~ 저질러버렸어어~~~⋯⋯!)

　우사미 가의 화장실에서 있는 힘껏 소리칠 뻔했다.

　얼마쯤 지나 문을 두드리는 소리가 들렸다.

"사, 사쿠토 군…… 옷 다 갈아입었어요……."

곧이어 치카게의 목소리가 들려왔다.

조심스럽게 문을 열어보니, 실내복으로 갈아입은 치카게가 부끄러운 듯 시선을 떨구고 있었다.

"조, 좀 전의 일은, 사, 사고였던 거 맞죠……?"

"으, 응…… 고의는 아니었지만…… 미안해……."

순순히 사과하자 치카게는 부끄러운 듯이 몸을 꼬물거렸다.

"이, 이제 진정이 된 데다, 저도 문을 연 채로 그러고 있어서 죄송해요……."

큰 문제로 발전하지 않아 다행이다.

하지만 이 일에 따른 여파는 한동안 계속될 듯했다.

＊　＊　＊

"──아하, 히이짱이 집 데이트를…… 피이~……."

치카게에게 사정을 설명하자, 불만스럽게 뺨을 볼록 부풀린 채 그런 소리를 했다.

"미안해, 멋대로 집에 들어와서……."

"그건 괜찮지만…… 야시시~한 일을 한 건 아니죠?"

사쿠토는 "윽……" 하고 신음했지만 그런 사태는 아슬아슬하게 회피했다는 걸 기억해 냈다.

"맞아, 히카리……."

"아, 지금 얼버무리신 거죠?"

"어, 얼버무린 적 없어, 아하하……."

그렇게 웃음으로 때우자 치카게는 부루퉁한 얼굴이 되었지만, 이내 갑자기 표정을 풀었다.

"뭐 하지만, 사쿠토 군은 색기에 넘어갈 타입이 아니잖아요?"

"그, 그야 그렇지……."

그에 관해서는 단언을 못 하겠지만.

"히이짱한테 무슨 짓을 당할 것 같으면 도망치세요."

"아, 알았어……."

이미 도망쳐온 건데.

두 사람은 그런 이야기를 하며 2층으로 올라갔다. 계단을 올라가면 바로 보이는, '치이짱의 방'이라고 적힌 귀여운 목제 표찰이 걸려 있는 이곳이 치카게의 방이리라.

참고로 그 옆에 있는 히카리의 방 앞에는 '히이짱의 방'이라고 적혀 있다.

"그러면 저는 옆방에 있을 게요."

"알았어."

"훔쳐듣지는 않을 테니 안심하세요."

"그런 말은 한 적 없는데……."

치카게는 자신의 방으로 들어갔지만, 복도에 남은 사쿠토는 복잡한 심경이었다.

(좀 전에 이런저런 일들이 있었으니까…….)

히카리와 얼굴을 마주치기가 매우 거북하다.

하지만 그 후 이래저래 10분 정도가 지났으니, 이 이상 기다리게 할 수는 없다.

(어쨌든 치카게도 돌아왔으니, 그렇게 말해둘까…….)

그런 생각을 하며 사쿠토는 문을 열었다.

"아, 어서 와."

"다녀왔……——."

말을 끝맺지 못한 것은, 문을 열자마자 터무니없는 광경이 눈으로 날아들었기 때문이다.

불을 다시 켜서 방 안은 밝았다.

조금 전에는 플라네타륨의 창백한 빛이 방을 은은히 밝히고 있었지만, 천장 조명이 환하게 켜져 있다. 그 빛을 받아 반짝이는 듯한, 히카리의 새하얀 맨살이 보였다.

옷을 안 입고 있다.

속옷 차림이다.

왜—— 어째서, 히카리는 이런 상태에서 태연하게 인사를 해온 걸까.

확실히 인사는 중요하다고 생각한다. 하지만 옷을 입지 않은 상태라도 인사는 해야 한다는 사회통념이라도 있는 걸까. 사쿠토는 매우 혼란스러워졌다.

"히, 히히히히카리……?!"

"미안미안. 아직 옷 갈아입는 중이었거든."

어째서 치카게처럼 가리려는 노력을 하지 않는 걸까. 애초에 가릴 생각이 없는 걸까. 사쿠토는 더더욱 혼란스러워져서 허둥지둥 등을 돌렸다.

"아, 알았으니까 옷을 입어줘!"

"응. 입을 테니까 잠깐만 기다려—— 근데, 그 전에……에잇♪"

그러더니 그 차림새 그대로 뒤에서 사쿠토를 끌어안았다.

"뭐 하는 거야?!"

"으~음…… 잠깐 쓸쓸했으니까, 포옹?"

"아니아니아니, 그건 옷을 입은 다음에 해도 되잖아!"

"그치만 사쿠토 군, 방금 전에는 도망쳤잖아."

"지금도 도망치고 싶은 기분이거든?!"

"그럼 꼭 잡아둬야지. 에잇에잇♪"

히카리는 일부러 그러듯이 끌어안았다.

"히카리, 잠깐……?! 옆에! 옆방에 치카게가 있다고……!"

"치이짱은 저녁까지 안 돌아올 텐데? 나한테서 도망치려 해봐야 소용없거든~?"

"아니, 진짜라니까! 비가 거세져서 중간에——."

"히, 히이짜아아앙?! 뭐야?! 왜 그런 꼴을 하고 있는 거야아——?!"

그렇게 방에서 나온 치카게에게 발각되고 말았다.

설명하지 않아도 알겠지만, 그 후 히카리는 한참이나 설교를 들었다.

＊ ＊ ＊

잠시 후, 세 사람은 우사미 가 1층의 거실에 위치한 3인용 소파에 나란히 앉아 있었다. 사이에 사쿠토가 앉고 좌우에 히카리와 치카게가 앉는 모양새로.

"히이짱, 사쿠토 군의 마음도 헤아려줬어야지."

"으~음…… 그 부분은 살짝 잘못한 것 같달까……."

쌍둥이 자매는 사쿠토를 사이에 낀 채 대화를 나눴다.

"저기, 얘들아……."

"왜?" "왜요?"

"그러니까, 그게…… 왜 바니걸인 건데~~~……."

사쿠토의 입에서 의문과 어이없음이 섞인 말이 튀어나왔다.

"에헤헤헤~ 나는 사쿠토 군을 기쁘게 해주고 싶어서."

히카리는 새하얀 바니걸 복장을 입고 생글생글 웃어 보였다. 위에는 튜브톱, 아래는 쇼트 팬츠 타입으로, 위아래가 분리된 녀석이다. 머리띠, 암 커버, 레그 커버도 세트인 듯 보인다.

복슬복슬한 타입으로, 만질 용기는 없지만 아마도 부드러울 것 같다.

"저, 저는…… 그냥요……! 히이짱이 입어서요!"

쑥스러워하며 말한 치카게는 검은색의 정통파 바니걸 복장을 입었다. 하이레그 타입으로 그물 타이츠까지 착용했다. 와이셔츠의 소매에 있는 것 같은 흰색 커프스도 걸쳤다.

토끼 귀를 단 두 사람 사이에 낀 사쿠토는 좌우간 거북했다. 그런 계열의 가게라도 되냐고 태클을 걸고 싶은 상황이다.

"아니, 왜 갖고 있는 건데……?"

"작년 핼러윈 때 샀거든."

"제, 제가 사자고 한 거 아니에요……!"

아하, 하고 사쿠토는 혼자 납득했다.

히카리가 액셀이라면 치카게는 브레이크다. 히카리만 있으면 지나치게 속도를 내게 되어서, 가끔씩 치카게가 브레이크를 밟아주어야만 한다.

그런데 그 브레이크가 가끔씩 오작동을 한다. 그게 지금의 상황일 것이다.

"그런고로 지금부터 게임 대회가 있겠습니다!"

"그 차림새로?!"

"아, 그럼 저는 먹을 걸 준비할게요."

"그 차림새로?!"

그야말로 제어 불능의 상태가 따로 없다.

서서히 속도를 내고 싶은 사쿠토는 마음속의 이성이라는 브레이크가 망가지지 않도록 하자고 새삼 다짐했다.

트윈 토~크! ④ : 내일부터……

6시가 지나 사쿠토가 돌아간 후——

"히이짱…… 오늘은 좀 과하지 않았어?"

냉정해진 치카게는 바니걸(흑) 복장으로 팔짱을 낀 채 말했다.

"으~음…… 재밌었는데, 이럼 안 되는 거였나아?"

히카리는 바니걸(백) 복장으로 위를 올려다보며 생각에 잠겼다.

"어, 얼마나 사쿠토 군한테 들이댔어……?!"

"그게~…… 니시시시 ♪"

"우, 웃지만 말고 알려줘!"

"어제의 치이짱 만큼은 아니었을걸? 아마도?"

치카게는 씩씩 화를 내고, 히카리는 생글생글 웃는 대조적인 모습을 보였지만, 결국 자신들의 현재 복장에 관해서는 태클을 걸지 않았다.

"아무튼 내일부터 말인데……."

"내일부터?"

"그러니까, 그게…… 히이짱은 학교 안 갈 거야?"

"으~음…… 가야겠다고 생각은 하는데……."

"아직 마음이 안 내켜?"

히카리는 응, 하고 고개를 끄덕였다.

"치이짱도 있고, 사쿠토 군도 있으니 즐거울 것 같기는 한데……."

"그런데, 왜?"

히카리는 그 이상 아무 말도 하지 않고 얼버무리듯이 웃었다. 그런 언니를 보고 치카게는 "후우" 하고 한숨을 내쉬었다.

"출석 일수, 슬슬 위험하거든……?"

"역시 유급하려나?"

"응, 슬슬…… 사쿠토 군하고 오늘, 그런 이야기는 했어?"

"아니…… 사쿠토 군은 걱정해줄까?"

"응. 어제 잠깐 얘기했는데, 걱정하는 눈치였어."

치카게가 솔직하게 그렇게 말하자 히카리는 쓴웃음을 지은 채 "그렇구나" 하고 말했다.

"그건, 내가 여친이라서일까?"

"여친이 아니라도 걱정할 거야. 사쿠토 군은, 그런 사람이니까."

"그렇구나, 그렇겠지…… 하아~ 정말 사귀게 되어 다행이야~."

"나, 나도 사귀고 있다는 거 잊지 마!"

그 후 두 사람은 오랜만에 함께 목욕을 하기로 했다.

"그러고 보니 히이짱, 내 샴푸랑 린스 가끔씩 쓰고 있지?"

"응. 엄청 냄새가 좋아서. 미안해."

"어쩐지 빨리 줄더라니."

치카게가 머리를 감으려 하자, 히카리가 뒤에서 대신 감겨주었다. 옛날에는 이렇게 둘이서 자주 씻었지만, 중학생이 된 이후로는 잘 하지 않게 되었다.

"가려운 데는 없으신가요~?"

"귀 근처는 건드리지 마."

"처음 들어보는 주문이네……."

히카리는 점원 흉내를 내며 치카게의 머리를 정성껏 감겨주었다.

샤워기로 다 헹구고 난 후, 히카리는 갑자기 무슨 생각이 난 듯 키득, 하고 웃었다.

"그러고 보니 오늘 사쿠토 군이 당황하는 모습…… 귀여웠어."

"적극적으로 들이대면 남자애들은…… 아니, 속옷 차림으로 끌어안는 건 아웃이라고!"

"치이짱도 속옷 차림으로 들이댔잖아?"

"그, 그런 적 없어! 오늘 건, 그게…… 불가항력이야!"

"그렇게 우연 같은 느낌을 사쿠토 군은 더 좋아할까? 으~음……."

진지하게 고민할 문제는 그게 아닐 텐데, 싶어서 치카게는 어이가 없었다.

교대해서 이번에는 히카리의 등을 치카게가 밀어주기 시작했다.

"그러고 보니 어제 데이트의 감상을 듣고 싶은데에."

"그건, 뭐어…… 히이짱 덕분에 잘 됐달까? 사쿠토 군도 설레어해 준 것 같고, 좋았던 것 같아."

"그렇구나. 그럼 언니로서 도움이 된 거지?"

"응. 고마워, 히이짱."

"에헤헤헤, 또 상담하러 와, 치이짱."

그 후에도 두 사람은 어쩐지 잠이 안 와서 치카게의 방에서 오랜만에 이불을 나란히 깔고 자기로 했다. 주로 사쿠토의 이야기가 화제에 올랐다. 데이트에 관한 이야기며 평소 모습. 지금까지 있었던 일과 앞으로의 일――.

그렇게 두 사람은 어느샌가 잠에 들었다.

같은 사람을 좋아하게 되면 자매 사이에 불화가 일어날 듯하지만 그렇지도 않아서, 두 자매는 이전보다 더욱 사이가 좋아졌다.

제10화 : 이건 운명……?

쌍둥이 자매와 데이트를 한 다음 주부터 사쿠토의 모브스러운 학교생활이 일변했다.

점심시간에는 평소처럼 학교식당에 갔지만, 그곳에는 치카게의 모습도 있었다——.

"근데 치카게는 도시락을 가져오지 않았어?"

"남친이랑 같이 밥을 먹고 싶어 하면 안 되나요?"

"안 될 건 없지만…… 처음에는 주변 사람들이 오해할 거라며 안 된다고 했으면서?"

"저, 저는 오해를 받아도 상관없었어요! 사쿠토 군의 각오를 시험한 거죠!"

퉁퉁 부어서 그런 소리를 하는 치카게가 귀여워 죽겠다. 가시를 세우지 않고 화를 낸다고 해야 할지—— 애초에 그녀는 화가 난 게 아니라 쑥스러운 것이다.

"하지만 주변에 들키지 않도록 해야지."

"후흐~응, 대책은 다 짜뒀어요."

"……어떤?"

"아~앙은 안 할 거예요. 참으면 돼요."

"아니아니아니아니……."

그런 문제가 아니잖아, 라고 생각하며 사쿠토는 주변을 둘러보았다. 우사미 치카게의 이름값은 예상했던 만큼 커서, 사쿠토는 자신까지 눈에 띄고 있다는 사실을 알아챘다.

"역시 눈에 띄네……."

"사귀고 있다고 말하고 다니지만 않으면 괜찮겠죠."

"멘탈도 튼튼하네에……. 사귀는 사이냐고 물어보면 뭐라고 대답하려고?"

"그때는 '으, 으음…… 그건~ 비, 비밀?'…… 같은 느낌으로 대답하려고요."

"들켜들켜들킨다고…… 아닌 게 아니라 그건 퍼뜨릴 생각이 그득한 사람이나 할 말이잖아."

뺨을 붉힌 채 몸을 꼬물거리며 해서는 안 될 말이다.

"뭐, 그렇게 신경 쓸 것 없어요. 옛말에 '남의 말도 75일*'이라는 게 있잖아요? 다시 말해서 소문이 나더라도 75일 후면 다들 관심을 안 보이게 될 거예요."

그 논리(?)대로라면 두 달 반은 주변 사람들의 시선과 소문을 신경 써야 한다는 소리인데.

하지만 오히려 지나치게 신경 쓰는 게 더 좋지 않을 거라는 치카게의 말에 사쿠토는 반신반의하며 당당해져 보기로 했다.

그리고 방과 후——.

"기다리고 있었어, 사쿠토 군!"

귀갓길, 역에서 히카리가 갑자기 팔을 낚아채더니 눈을

---

*일본 속담으로 우리나라의 '남의 말도 석 달'과 같은 의미.

흡뜨고 사쿠토를 쳐다보았다.

그녀는 여전히 결석 중이라 학교까지는 올 수가 없다. 다만 치카게의 말로는, 교복을 입고 있을 때는 본인도 갈 생각이 있는 거라고 한다.

"히카리, 있잖아……."

"있지있지, 배고프지 않아?"

"뭐, 그럭저럭…… 아니, 이게 아니고, 있잖아……."

"나, 뭔가 달달한 걸 먹고 싶은데에…… 그럼, 방과 후 데이트 개시!"

평소처럼 밝고 자유분방한 모습이었지만 그런 성격의 히카리 때문에 치카게는 늘 고민이 많다고 했다. 그 치카게로 말하자면——.

"잠깐, 치이짱……."

조금 전부터 계속 곁에 있었지만 히카리가 보란 듯이 사쿠토에게 딱 달라붙은 게 못 마땅한 모양이었다.

"사, 사쿠토 군한테 너무 달라붙는 거 아냐……?"

"치이짱은 학교에서 달라붙어 다니지 않아?"

"아, 안 그래! 아니, 이게 아니고 그렇게까지 붙어 있는 걸 아는 사람이 보면, 사귄다는 걸 들킬 거라고!!"

"아는 사람 정도라면 '비밀스러운 관계야'라고 말하면 되지 않을까?"

"들켜들켜들킨다고! 그건 퍼뜨릴 생각이 그득한 사람이나 할 말이잖아."

그 말을 그대로 치카게에게 돌려주고 싶다는 생각에 사쿠토는 머리를 싸쥐었다.

하지만 치카게의 말도 일리는 있다. 히카리는 아무리 생각해도 사람들 앞에서 너무 달라붙는다. 이런 모습을 보면 주변 사람들이 과연 친한 이성 친구라고 받아들여줄까?

"그럼 있지, 치이짱도 달라붙으면 되지 않아? 나만 그래서 사귀는 거처럼 보이는 거야."

"아, 그렇구나! 그렇게 하면 균형이——."

"아니, 잠깐! 치카게, 납득하지 마! 그리고 히카리, 그런 유혹도 하면 안 돼!"

결국 치카게도 사쿠토의 오른팔에 매달리는 모양새가 되었다.

하지만 이건 이것대로 좀 그렇지 않나? 사이좋은 쌍둥이 자매와 그사이에 낀 모브—— 사람들 눈에 친한 세 친구의 모습처럼 보일까?

"그럼 셋 다 모였으니 다음주 토요일 데이트에 대한 계획을 세우러 가자~!"

"우왁! 히, 히카리!"

"잠깐…… 히이짱?!"

히카리에게 끌려가자 매달려 있던 치카게까지 끌려갔다.

그대로 근처에 위치한 햄버거 가게로 간 세 사람은 다음주 토요일에 멀리 나들이를 갈 계획을 세웠다.

"온천에 가서 족탕에 발만 담그면 좀 허전하지 않을까?"

"하지만 1박 2일로 하면…… 아와와와……! 안 돼요……!"

"……치카게? 무슨 망상을 한 거야……?"

"아마 치이짱은, 나랑 사쿠토 군이 셋이서──."

"히카리, 잠깐 입 좀 다물까……?"

이런 식으로 사쿠토의 모브스러운 일상은 일변했다.

우당탕탕, 조마조마 두근두근한 일도 있지만, 마음이 힐링될 때도 있다. 한마디로 표현하자면 '즐겁다'가 될지도 모르겠다.

물론 세 사람이 사귀는 사이라는 건 주변 사람들에게 비밀이지만, 두 사람에게서 보내오는 호의와 언동은 점차 열기를 더해갔다.

사쿠토도 그걸 받아들일 수밖에 없었다. 좌우간 이 쌍둥이 자매는 융통성이 있어 보이지만, 사실은 고집이 세다는 점도 닮았기 때문이다. 참고로 자매가 한데 모이면 더욱 고집이 세진다.

히카리와 치카게는 협력 관계이지만 어떻게 보면 라이벌이라 그 불똥은 두 사람 사이에 낀 사쿠토에게 인정사정 없이 쏟아지고는 했다.

하지만 쌍둥이 자매라서인지── 셋이서 함께 팔짱을 끼고 걸어 다니면 주변 사람들이 그럭저럭 질투 어린 시선을 보내오기는 해도, 이상하게도 '연인들'이라고 생각하지는 않았다. 사이좋은 쌍둥이 자매와 남자애라고만 생각하고, 셋이서 사귀고 있을 거라고 생각하는 사람은 아무도 없었던 것이다.

이 쌍둥이 자매에게 끌려 다니는 모양새로 사쿠토는 이렇듯 조마조마 두근두근한 나날을 만끽하고 있었다.

——하지만 모든 게 다 즐거울 수만은 없다는 듯, 사건은 그러던 중에 일어났다.

6월 7일 화요일, 장마가 시작되고 며칠이 지난 후——

"죄송해요…… 다음 주 토요일 데이트…… 저는 못 가게 됐어요……."

"뭐……?"

——먹구름이 끼기 시작했다.

* * *

"아리스야마 유치원의 '수국제'? 치이짱이 참가해?"

6월 7일 화요일—— 그날 방과 후, 서양 다이닝 카논에서 히카리와 합류해 셋이서 이야기를 하게 되었다.

히카리도 갑작스러운 일에 놀랐는지, 다소 당황한 표정이다.

"응……. 우리 아리스야마 학원 계열 유치원의 합동 이벤트래……."

"어째서 치이짱이?"

"타치바나 선생님이 간절하게 부탁을 하셔서……."

치카게는 쓴웃음을 지어 보였다.

"어째서 치카게를? 학생회 같은 데의 임원도 아닌데."

"원래 이 합동 이벤트는 각 고교에서 뜻 있는 사람들이 모여 시작한 연계 프로젝트였다고 해요. 학생회는 예산만 내주고, 기획과 운영은 수국제 실행위원이라는 조직이 맡아서 했대요."

"연계라면…… 기획과 운영을 다른 학교와 합동으로 한다는 거야?"

"네. 처음에는 수평적인 모임을 만들자는 프로젝트였다고 하니까요."

"아아, 그렇구나……."

허세충들이었다는 뜻이구나. 처음에는, 이라는 표현을 들으니 현재의 상황도 대충 짐작이 됐다.

"하지만 점점 규모가 축소되어서, 유치원 행사를 돕는 프로젝트가 되었다고 해요. ——뭐, 자원봉사 삼아 돕는 느낌이랄까요."

애초에는 뜻 있는 사람들—— 다시 말해서 그런 허세충들이 시작한 연계 프로젝트, 합동 이벤트였을 거다. 하지만 시간이 갈수록 의욕이 약해져서, 최종적으로는 유치원 행사를 돕는 정도까지 규모가 줄어든 것이리라.

——흔한 이야기다.

처음에는 의욕이 넘쳐도, 시간이 흘러 사람이 바뀌면 점차 의욕이 떨어지는 거다.

그대로 그만둘 수도 없어서 올해까지 질질 끌고 온 끝에, 품행방정하고 성적도 우수한 치카게에게 차례가 돌아온 것이리라.

"⋯⋯이유는 알겠지만, 치이짱이 아니어도 상관없지 않아?"

"하지만 타치바나 선생님도 난감해 보이셨고, 나는 한 번 하기로 한 일은 열심히 하니까."

"치이짱은 그럴지도 모르지만⋯⋯. 그리고 다른 학교는 어디인데?"

"유우키 학원이야. 회의는 우리 학교에서 하자고 했어."

그 순간, 사쿠토의 안색이 바뀌었다.

유우키 학원── 아니, 설마. 그렇게 생각하면서도 신경 쓰이는 점이 있어 물어보았다.

"그나저나 치카게인 건 그렇다 쳐도 왜 1학년이? 2, 3학년은?"

"이 시기에 2, 3학년은 공부 때문에 바쁘대요. ⋯⋯대놓고 말은 못 하겠지만, 1학년 담당인 타치바나 선생님한테 일이 떨어져서, 뭐, 그렇게 됐다나 봐요⋯⋯."

말하기 껄끄러워하는 걸 보면 타치바나도 억지로 떠맡은 일인가 보다. 치카게가 보다 못해 받아들인 것은 그런 사정 때문일지도 모른다.

요전에 마찰이 있기는 했지만 역시 타치바나는 치카게를 인정하고 있다. 치카게도 타치바나의 사정을 어느 정도 알기에 부탁을 거절할 수가 없었던 거다.

　"그렇구나…… 뭐, 받아들였다면 어쩔 수 없지만……."

　"그렇게 된 거니까, 두 사람은 저는 신경 쓰지 말고 데이트를 하고 와주세요."

　""………….""

　"그 대신 저랑 사쿠토 군이 단 둘이 외출하는 날이 있었으면 하는데…… 그건 괜찮죠? 지금 당장 예약해둘게요!"

　그런 농담을 하며 웃는 치카게를 보고, 사쿠토는 고개를 저으며 한숨을 내쉬고 싶은 걸 겨우 참았다.

　그건 히카리도 마찬가지였는지, 사쿠토와 히카리는 떨떠름한 얼굴로 서로를 쳐다보았다.

＊　＊　＊

　다음 날 점심시간, 사쿠토는 치카게에게 이번 연계 프로젝트를 맡긴 장본인을 찾았다.

　타치바나는 교원용 주차장으로 이어진 교사 옆의 조용한 장소에 있었다. 별로 온 적은 없지만, 길옆에는 파란색이나 보라색을 띤 수국이 피어 있다. 타치바나는 거기물을 주고 있었다.

　"타치바나 선생님, 시간 좀 있으신가요."

"……우사미 치카게 일 때문이지?"

"윽…… 아직 아무 말도 안 했는데요?"

"아니냐?"

"맞지만요……."

설명을 안 해도 되는 건 좋지만 뭔가 껄끄럽다. 설마 사귀고 있다는 걸 알아챈 걸까. 괜히 사생활을 폭로당하고 있는 듯한 기분이다.

그런 사쿠토를 곁눈질하며 타치바나는 온화한 얼굴로 계속 꽃에 물을 주고 있었다.

"우사미 치카게를 이번 연계 프로젝트를 맡기려 하자 문득 네 이름을 입밖에 내더군. 뭔가 예정이 있는 듯하던데. 게다가 교내에서도 가끔씩 같이 있는 걸 보기도 했고."

사쿠토는 순간적으로 가슴이 철렁했다.

"이번에 여자 친구랑 어디 놀러 가나 보지?"

"……뭐어, 치카게하고만 가는 건 아니지만요."

만약을 위해 그렇게 말하자 타치바나는 무언가에 관해 생각하듯 턱에 손을 댄 채 말을 받았다.

"흐음……. 그럼 내 생각이 과했던 건가……. 아니, 그보다 나한테 할 말이 뭐지?"

"아아, 네…… 어째서 치카게한테 맡기기로 한 거죠?"

타치바나는 훗, 하고 미소를 지은 채 수국을 바라보았다.

"성실한 성격에 우등생, 성적은 톱클래스── 게다가 그애는 타고 난 노력가니까."

"네?"

"그 애의 중학교 3학년 봄 당시의 성적은 그럭저럭 좋았던 것 같지만, 지금만큼은 아니었지……."

"저기, 무슨 말씀을 하시는 거죠……?"

타치바나는 다시 꽃에 물을 주기 시작했다.

"뭐, 들어봐라. ──그런데 그 애는 중3 여름 무렵부터 성적이 눈에 띄게 올랐다. 상당히 좋은 학원에 다녔거나── 아니면 그곳에서 누군가와 만난 게, 그 애의 의욕으로 이어진 거겠지."

"윽……."

"사람은 다른 사람과의 만남으로 변하기 마련. 중3의 그 애에게는 확고한 목표가 생긴 거겠지. ──너에게도, 그런 만남은 있었을 걸?"

문득 타치바나가 시선을 보내오기에 사쿠토는 시선을 피했다.

"……뭐, 아마도, 있었겠죠."

"그래서야. 이번에 우사미 치카게에게 일을 맡기기로 한 건, 그 애를 한 단계 위로 밀어 올리기 위해서지. 그 애는 한 가지에 지나치게 집착하는 경향도 있어. 폭넓게, 많은 것들을 보고, 많은 것들을 경험하고, 보다 유연한 자세로 위를 바라봐 줬으면 한다. 그게 이유야──."

그 말에는 사람을 믿게 하는 무언가가 있었다.

교사이기 때문인지, 어른이기 때문인지, 아니면 그녀의

인생 경험이 말에 무게를 더해주고 있는 건지는 모르겠지만, 사쿠토를 납득시키기에는 충분한 설득력이 있었다.

"자신을 위해서…… 치카게가 성실한 우등생이라는 이유 때문은 아니라는 뜻이군요?"

"성실한 우등생이라면 그 애 말고도 있으니까. ――다만 나 자신을 위한 것이라는 말은 맞아. 애초에 2, 3학년 담당 교사들이 떠맡긴 일이거든, 나 원……."

타치바나는 지나가는 말처럼 중얼거린 후, 쿡 하고 웃으며 다시 수국을 바라보았다.

사쿠토는 구실이라는 걸 알아챘다. 다른 교사들이 떠맡긴 일이라고 하면 치카게가 하겠다고 말하리라고 기대하고서 한 말일 거다. 치카게는 착하니까――.

그리고 거기에는 사적인 감정이 섞여 있다. 하지만 그것은 악감정이 아니다.

교사 특유의 '학생을 위한' 마음―― 꿍꿍이속 같은 건 없는, 아이의 성장을 지켜보는 어른의 다정함이 그녀의 태도에서는 느껴졌다.

그렇다면 어쩔 수 없다는 생각에 납득하며 사쿠토는 그 자리를 뜨려 했다. 그때――

"――쿠사나기 유즈키와 마츠카제 슌."

뜬금없이 타치바나가 그 이름을 입 밖에 낸 순간, 발작이라도 일어난 듯이 심장이 쿵쾅거렸다.

"……이라는 이름의 두 명이 저쪽, 유우키 학원의 대표 자로 올 거다."

"네……?"

"분명 두 사람 모두 너와 같은 키타중 출신이라고 들었다만. 아는 사이냐?"

"……네에, 뭐, 동급생이었어요."

사쿠토는 애매하게 대꾸하려 했지만, 목 안쪽에 무언가가 걸린 듯한 목소리가 나오고 말았다.

"내일부터 그 둘이 올 거다."

"저기, 선생님…… 왜 그 얘길 저한테 하시죠?"

"……별 뜻 없어. 신경 쓸 것 없다──."

타치바나는 그렇게 말하더니 "후우" 하고 한숨을 내쉬었다. 역시 그렇군, 이라고 말하는 듯한 표정이었다.

＊　＊　＊

타치바나와 마지막으로 말을 나누고서 이틀이 지난 후. 식당으로 향하던 치카게가 어쩐 일로 "하아~" 하고 요란하게 한숨을 내쉬었다. 뭔가 고민이 있는 모양이다.

"왜 그래"

"아, 아뇨…… 그냥 이런저런 일들이 있어서요."

"이런저런 일들?"

"어제 회의에서…… 아, 하지만 괜찮아요! 신경 안 쓰셔도 돼요!"

치카게는 다시 미소를 지었지만, 아무리 봐도 무리를 하고 있는 듯했다.

그 외에도 사쿠토는 신경 쓰이는 게 있었다. 쿠사나기 유즈키와 마츠카제 슌—— 중학교 때의 동급생들은 지금 어떤 모습일까. 하지만, 긁어 부스럼을 만들고 싶지는 않았다.

사쿠토는 괜찮다고 주장하는 치카게에게 그 이상 아무것도 묻지 않았지만, 그럼에도 평소보다 어두운 치카게의 모습이 영 신경이 쓰였다.

그렇게 토요일을 맞이했다.

오늘부터 일주일에 걸쳐 비가 내릴 거라니 외출하기가 꺼려졌다.

그러는 동안에도 히카리에게서 LIME 메시지가 몇 개나 왔다. 치카게는 자기 방에 틀어박혀서 수국제와 관련된 무언가를 하고 있다는 모양이다. 생각보다 더 고전 중인 모양이라 이대로 내버려둬도 괜찮을지 걱정이라는 메시지였다.

치카게는 딱히 메시지를 보내오지 않았다.

몇 번인가 보내봤지만 답장도 느리고 수국제에 관해서 물으면 말을 얼버무렸다.

치카게는 정말 괜찮은 걸까.

걱정되는 한편, 유우키 학원에서 온다는 두 사람의 이름이 자꾸 머리에 떠올랐다——.

　——쿠사나기 유즈키, 마츠카제 슌.

별로 떠올리고 싶지 않은 기억이 되살아난다.
빗발이 더욱 거세져 지붕과 창문을 세차게 두드렸다.

＊　＊　＊

주말이 지나 6월 13일 월요일. 오늘도 아침부터 비가 내렸다.
　치카게는 점심시간에도 무슨 일을 해야 한다고 해서 사쿠토는 혼자 학생 식당에 와 있었다.
　오늘의 메뉴는 돼지고기 생강구이 정식이었다. 맛은 있지만, 뭔가 부족한 느낌이다——.

『**남친이랑 같이 밥을 먹고 싶어 하면 안 되나요?**』

　——아아, 그렇구나.
　사쿠토는 조금 쓸쓸하다고 느끼고 있었다. 처음 학생 식당에 같이 가자고 했던 날——
『**그러니까, 그게…… 타, 타카야시키 군은 저랑 커플이**

되고 싶은 마음이 있다는 건가요?!』

그런 소리를 하던 치카게는 이제 여자 친구가 되었다.

애초에 커플이 되고 싶은 마음이 있는 건 치카게 쪽이었다. 그건 기쁜 반면, 지금은 남자 친구로서 아무 것도 못 해주는 자신이 한심하다는 생각이 들었다.

그리고 치카게가 혼자서 노력하고 있는 모습이 어렴풋이 상상되었다——.

『지는 게 싫거든요. '지나치게 튀어나온 못은 얻어맞지 않는다'는 이야기를 옛날에 들은 적이 있기 때문일까요?』

치카게는 그런 성격이라고 했지만, 그런 반면 '무섭다'고도 했다——.

『뭐, 원래 그런 성격인 탓도 있지만——.』

옆머리를 묶은 리본 끄트머리를 지분거리는 치카게의 모습이 떠올랐다.

『지금은, 제가 노력하는 모습을 봐줬으면 하는 사람이 있거든요.』

사쿠토는 조용히 젓가락을 내려놓았다.

여자 친구를 위해 뭔가 할 수 있는 일은 없을까. 좀 더 가까이서 그녀가 노력하는 모습을, 남자 친구로서, 한 사람의 남자로서 지켜봐 줘야 하는 건 아닐까.

주제넘은 짓일지도 모르지만—— 치카게를 위해, 자신

도 어떻게든 과거와 마주해서——.

　머릿속에서 그런 생각을 하다 보니, 어느샌가 식당에서 사람이 거의 사라진 상태였다.

제11화 : 옛날과 지금은……?

6월 14일 화요일. 토요일부터 계속 비가 내리고 있다.

치카게는 오늘도 회의가 있다고 해서, 사쿠토는 혼자서 역으로 왔다. 미리 와서 기다리고 있던 히카리가 사쿠토를 발견하더니 손을 흔들어 자신의 위치를 알려주었다.

히카리의 표정은 다소 어두웠다. 치카게에게 무슨 일이 있었던 걸까.

"어제 있지, 치이짱이 늦게 들어왔는데, 뭔가 평소랑 분위기가 달랐어. 어둡다고 해야 할지, 화가 난 것 같다고 해야 할지…… 이번 합동 이벤트 때문일지도 몰라."

"그렇구나……. 나는 어제부터 못 만났어. 쉬는 시간도 바쁜 것 같아서……. 그래서, 얘기는 좀 해봤어?"

"아니…… 하지만 그 표정은 뭔가 안 좋은 일이 있었을 때의 표정이었어……."

사쿠토는 "그렇구나" 하고 고개를 푹 숙였지만, 대충 예상은 되었다.

아마도 유우키 학원에서 온 그 두 사람 때문일 거다――. 치카게가 아무 말도 하지 않으니 단정을 하기에는 아직 이르지만.

"사쿠토 군, 어쩌지? 치이짱은 그럴 때, 대부분 혼자서 어떻게든 해결하려고 해버리거든……."

"치카게가 걱정돼?"

"응……. 치이짱은 옛날부터 혼자 고민거리를 떠안고 있
는 타입이라서…… 혼자 끙끙 앓고 있는 게 아니어야 할
텐데……."

히카리가 어쩐 일로 표정이 어두워져서 이야기했다. 사
쿠토도 점차 걱정이 되기 시작했다.

"……히카리, 잠깐 게임 센터에 들르지 않을래?"

"어? 하지만 그러면 안 된다면서……."

"히카리도 기분 전환이 필요하잖아? 표정이 어두워."

"어? 그, 그런가……? 그럴지도……."

사쿠토는 애써 미소를 지어 보인 후, 히카리를 데리고
게임 센터로 향했다.

* * *

게임 센터에 온 건 좋았지만, 뭘 하면 좋을지 모르겠어
서 1층과 2층을 어슬렁거렸다.

오늘은 엔드사무를 할 의욕도 없었다. 히카리도 그런 기
분이 아닌 듯했다. 결국, 1층으로 내려와 인형 뽑기 기기
근처를 돌아다니며 둘이서 케이스 너머에 있는 봉제 인형
을 구경했다.

"……이거, 귀엽다아."

히카리가 '깡총토끼'라는 토끼 캐릭터를 보고 나직하게

중얼거렸다. 케이스에는 흰색과 검은색을 띤 다소 작은 크기의 키홀더가 들어있었다.

사쿠토는 문득 지난주 우사미 가에 갔을 때의 일이 떠올랐다. 그날은 바니걸이었는데, 히카리는 토끼를 좋아하는 걸까.

"토끼, 좋아해?"

"응. 그게, 나랑 치이짱은 성이 '우사미'*라서, 옛날부터 어쩐지 마음이 가더라고."

그렇게 말하며 히카리는 동전을 넣고 크레인을 조작하기 시작했다.

"──어휴~ 빗나갔네……."

아하하, 하고 웃으며 한 번 만에 포기한 히카리는 역시나 기운이 없어 보였다.

"흰색이랑 검은색 중 어느 쪽을 노렸는데?"

"검은색. 치이짱한테 주려고. 치이짱도 깡총토끼 좋아하거든."

"그렇구나…… 역시 사이가 좋네."

"응. 지금까지 싸워본 적도 거의 없을 정도랄까."

어쩐지 상상이 되었다. 치카게가 어쩌다 화를 내더라도 히카리는 성격이 이렇다 보니, 자매 싸움이 벌어지지는 않을지도 모른다.

"히카리는…… 치카게랑 같이 학교에 가고 싶다고 생각

_____

*일본어로 '토끼'는 '우사기'

한 적 없어?"

"있어. 초등학교 때는 매일…… 아니, 매일은 아닌가……."

"응?"

히카리는 짓궂은 장난을 생각해낸 어린애처럼 웃으며 말했다.

"나 있지, 초등학교 4학년 때, 같은 반에 친한 여자애가 둘 있었어."

그렇게 히카리는 갑자기 옛날이야기를 시작했다.

하지만 과거를 그리워하는 듯 보이는 그 미소는, 어째서 인지 쓸쓸해 보였다.

'둘 있었다'는 건, 지금은 그 두 사람이 없다는 뜻일 거다.

"하지만 뭐가 계기였는지…… 갑자기 그 둘이 나를 두고 싸우고 시작했어. 저쪽으로 가서 놀자. 히이짱은 나랑 같이 갈 거지? 같은 식으로."

"사이에 낀 거야?"

"응…… 그게 뭔가 엄청 괴로워서, 어째서 친하게 못 지내는 걸까 생각했어."

히카리는 쓴웃음을 지은 채 고개를 푹 숙였다.

"그래서, 그 둘의 사이가 안 좋아진 건, 나 때문이 아닐까 하는 생각이 들어서……. 엄청 고민하다가 선생님한테 상의했더니 '인기인은 괴롭구나'라고만 하고 진지하게 들어주질 않았어……. 그래서 학교에 가지 않는 게 좋지 않을까 싶어졌고……."

그게 학교에 가지 않게 된 원인일까.

싸움을 말리기 위해서—— 아니, 이 경우에는 말린다고 할 수 있을지 모르겠다. 다만 당시의 히카리에게는 문제를 해결할 방법이 그것밖에 없었던 것이리라.

"그때는 이틀 쉬었는데, 그리고 나서 학교에 갔더니 그 둘이 같이 걱정해줬어. 히이짱, 괜찮아? 하고. 그걸 보고, 알게 됐어……."

"……뭘?"

"애들이 친하게 지내려면, 나는 없는 게 낫겠구나. 나를 걱정하는 상황이 애들을 다시 이어준 거라면, 내가 학교를 쉴 필요가 있겠구나, 라는 걸……"

사쿠토는 히카리가 무슨 말을 하는 건지 이해하고 싶었지만, 도통 이해가 되지 않았다. 지금까지 '학교를 쉴 필요가 있다'는 생각 자체를 해본 적이 없기 때문이다.

학교에 가야 한다는, 등교의 목적이나 이유는 많지만——.

"하지만 학교에 안 갔더니 치이짱이랑 아빠, 엄마가 걱정해서 이것저것 알아서 공부하기 시작했어. 지금은 물리화학에 흥미가 있지만, 그 전에는 생물이랑 인간공학이었어."

"그런 건 어떻게 공부했는데?"

"책이나 인터넷도 있지만 YouTube는 진짜 굉장해! 온 세계의 여러 사람들이 여러 가지 분야의 연구를 하고 있고, 번역 기능도 있잖아. 그 자막이 가끔씩 이상하기는 하지만."

사쿠토는 쓴웃음을 지은 채 "그건 그렇지"라고 대꾸했다.

"천문학이랑 로봇 공학도…… 스쿨 카운슬러 분이랑 이야기하다 보니 임상심리학 같은 것도 재미있겠다 싶었거든."

그것도 어쩌면 일종의 도피일지 모른다.

그녀는 어쩐지 자신과 닮은 듯해서, 이해가 될 듯했다.

"그래서 히카리는…… 학교에 가는 게 무서워진 거야?"

"……응. 분명 무서운 거야, 학교에 가는 게…… 나 때문에 분위기가 망가지는 게……."

거품처럼 꺼져버리는 게 아닐까 싶을 정도로 히카리는 몸을 잔뜩 움츠렸다. 그러고는 가볍게 사쿠토의 소매를 잡았다. 이 팔을 뿌리치면 히카리는 눈앞에서 사라져 버릴 것만 같았다.

"나에 비해 치이짱은 대단해……. 혼자서도 꼿꼿하고…… 나한테는 너무 눈이 부셔서, 같이 학교에 가고 싶지만 어느샌가 다리가 뻣뻣하게 굳어버려……."

"히카리…… 내 생각을 말해도 될까?"

"어……?"

사쿠토는 히카리를 잡아당겨 일으켰다.

"치카게는 무섭다고 했어. 눈에 띄는 건 나쁘지 않다고 생각하는 것 같지만, 치카게도 무서울 때가 있대. 그러니까 히카리랑 똑같아. 누구나 무서운 건 있다고."

"하지만 같은 무거움은 아니야……. 질이라고 해야 할지, 입장도 상황도 다른걸……."

"그래. 모두 다른 문제를 떠안고 있어."

히카리는 고개를 갸웃했다.

"하지만 언젠가 그 무서움과 마주하기 위해, 누군가와 힘을 합쳐야만 할 때가 있는 게 아닐까? 그야 히어로처럼 혼자 맞서면 멋있을지도 모르지만, 히어로도 가끔은 아군이랑 서로 협력하잖아? 애초에 우리는 평범한 사람이기도 하고."

그러자 히카리는 무언가를 납득한 듯 "그렇구나"라고 말했다.

"사쿠토 군은 나를, 평범한 사람으로 봐주는 거구나?"

"아, 방금 건 실례였나? 천재라고 해주는 게 더 좋아?"

"천재라니…… 사쿠토 군이 그러면, 조금 비아냥거리는 걸로 들리는데에."

"어째서?"

히카리는 대답하지 않고 후훗, 하고 웃었다.

"나 있지, 사쿠토 군이랑 만나고, 좋아하게 되고, 키스하고…… 그러고서야 답을 찾았어."

"……답? 무슨 답?"

"쌍둥이라는 걸 알고 나서 '둘 다 좋아'라고 해줬잖아?"

"윽……! 지, 지금 생각해 보니 최악의 발언이었던 것 같네……."

"아니, 나한테는 최고의 발언이었어. 그때의 사쿠토 군은 인간관계를 끊자는 식으로 말하지 않았잖아?"

"그건 뭐, 이러니저러니 해도 두 사람 모두 좋았고, 사귀지는 못하더라도 친해지고 싶었던 건 사실이니까……. 그렇게 생각했다면 역시 쓰레기 같을까? 너무 자기중심적이야?"

히카리는 기쁜 듯이 미소 지었다.

"아니, 최고야. 사쿠토 군이 그때 해준 말은, 긍정적인 말이었어."

"그런가……?"

"응. 애매하게 얼버무리지 않고, 똑바로 좋아한다고 해 줬잖아. 게다가 나랑 치이짱, 둘 다 배려해 줬고. 친구로 있으려 해줬어. ──그건 내가 초등학교 4학년 때 하지 못했던 말이거든."

"뭐……?"

"둘 다 너무 좋으니까 싸우지 말고, 다 같이 친하게 지내고 싶어……. 그때 그렇게 말할 수 있었으면 좋았을 텐데, 라는 걸 사쿠토 군의 말을 듣고서야 깨달았다고."

그 부분에서 히카리의 과거와 이어진 걸까. 사쿠토는 그 순간 한 가지 사실을 더 알아챘다.

"그런 거였구나…… 그래서 내가 두 사람의 고백을 거절했을 때……."

"맞아. '쌍둥이 둘 다 여자 친구 삼아줄래?'라고 제안한 거야. 그때 내가 하지 못했던, 최고의 답을 발견한 느낌이 들어서."

사쿠토는 납득함과 동시에 감복했다.

히카리는 그 상황에서 자신의 과거와 대조해 새로운 길을 선택했다. 다른 사람들에게는 비상식적으로 보여도, 이건 세 사람 모두의 마음을 하나로 모은 새로운 길이다. 누구도 희생되지 않고, 누구도 슬퍼하지 않아도 될 듯한 길이다.

과거에는 다툰 두 친구를 위해 자신이 학교에 가지 않는다는 선택지를 취했지만—— 등교거부의 나날을 거쳐 나와 만난 히카리는 그런 길을 새로이 개척한 것이다.

"히카리…… 너 역시 천재구나?"

"에헤헤헤~ 브이!"

생글생글 웃으며 V사인을 해 보이는 여자 친구를 보니, 사쿠토는 자연스럽게 웃음이 났다.

"하지만 그런 발상에 다다른 건, 역시 사쿠토 군 덕분이야. 내가 하고 싶었던 말—— 나 자신이 계속 고민해왔던 문제의 답을 파헤쳐서 찾아준 거라고."

탄식하며 쓴웃음을 지었다.

"아아, 아니…… 그 최악의 발언으로 거기 다다를 줄은 몰랐는데……."

"후훗, 그치만 최고의 고백이었어."

하지만 아직이다. 아직 히카리의 근본적인 문제는 해결되지 않았다.

"히카리, 잠깐 좀 비켜줘——."

사쿠토는 동전을 넣고 크레인을 조작하기 시작했다.

"둘 중 하나만 골라야 하는 건 당연한 선택지일지 모르고, 상식적으로 생각하면 그게 옳을지도 몰라."

"뭐?"

"하지만 나도 히카리 덕분에 드디어 깨달았어——."

크레인에 달린 팔은 흰색과 검은색 깡총토끼를 동시에 잡았다. 그리고 그대로 들어 올려, 떨어뜨리는 곳까지 옮겨왔다. 히카리가 "아" 하고 탄성을 흘린 순간, 발랄한 음악이 흘러나왔다.

사쿠토는 떨어진 그것들을 꺼내는 곳에서 꺼내, 히카리에게 건네며 말했다.

"나는, 히카리랑 치카게를 만나서, 사귀게 되어서 기뻐. 어느 한쪽이 아니라 두 사람의 기쁨을 모두 차지할 수 있어서, 매일 즐겁고 최고의 기분이야."

"사쿠토 군……."

"그러니까 어느 한 명도 빠져서는 안 돼. 우리는 직소 퍼즐의 조각처럼, 셋이 함께 있어야 맞는 거야."

"……응!"

히카리는 기쁜 듯이 눈웃음을 지었다.

"그러니까 히카리, 부탁이 있어."

"부탁? 뭔데?"

"나도 히카리랑 같아. 지금 학교에 가는 게 무서워……."

순간적으로 중학교 시절의 광경이 되살아나려 했지만, 사쿠토는 견뎌냈다.

"사쿠토 군도? 지금……?"

"지금, 저쪽 학교에서 와 있는 두 사람은, 나랑 중학교 시절에 이런저런 일이 있었던 사람들인데…… 그럼에도 치카게를 좋아하니까, 어떻게든 하고 싶어. ──히카리가 같이 가준다면, 안 무서울 것 같아. 그러니까 나랑 학교에 가 줘."

"그치만, 나는……."

히카리는 가슴 앞에서 오른손을 꽉 움켜쥐었다. 망설이고 있는 것이리라.

사쿠토는 얼굴이 뻣뻣하게 굳었지만, 입가에는 미소가 떠올라 있었다.

"히카리가 무섭다면 내가 손을 잡아줄게. 함께 있으면 무섭지 않을 거야. 그러니까──."

생각해 보니 히카리와의 관계는 여기서 시작되었다──.

『……? 왜 그래? 악수가 불편해?』
『아……── 아니, 아무것도 아냐…….』

그때는, 두려웠다. 같은 일이 반복되는 건 아닐까 싶어서──.

하지만 더는 망설이지 않을 거다. 사쿠토는 히카리에게 오른손을 내밀었다──.

"그러니까 나랑 같이…… 히카리를 도우러 가자?"

* * *

──그런데.

타카야시키 사쿠토가 '무서움'을 느끼는 원인은 무엇일까.
그 이야기는 아직 이 세계가 색을 띠기 전, 한 소녀와의
만남까지 거슬러 올라간다──.

그것은 사쿠토가 아직 초등학교 4학년이었을 적.

교실 한구석에서 그는 늘 탈것 도감을 읽으며 혼자 지내
고 있었다.

주변에서는 그를 별난 아이 취급했다. 무표정하고 무뚝
뚝하다. 추상적인 것을 잘 언어화하지 못하고 타인의 감정
에도 둔감하다. 그런 그를 비웃으며 '로봇'이라고 부르는
사람도 있었다.

담임교사는 사쿠토가 다른 애들에 비해 어딘가, 무언가
가 다르다고 느끼고 있었다.

공부와 운동도 평균 이상으로 해내고, 그렇다고 손재주
가 야무지지 못한가 하면 그렇지도 않다. 그저 모든 일을
조용히, 담담하게 해낸다. 활발한 아이에 비하면 어른스럽
고 문제 행동을 하지도 않을뿐더러 우수하다. 너무 우수하
다고 표현해도 될 만큼 뭐든 잘 해낸다.

감정 표현을 전혀 하지 않는 탓에 주변 아이들의 눈에는 그 모습이 오히려 기분 나빠 보일 거다.

하지만 딱히 본인은 신경 쓰는 것 같지도 않고, 곤란해하는 눈치도 아니라 담임교사는 돕지도 못하고 그저 지켜볼 수밖에 없었다.

하지만 그에게도 마음이 있었다.

감정을 잘 표출하지 못할 뿐, 어른들이 자신에게 신경을 쓰고 있다는 것도, 자기 자신이 주변에 적응하지 못하는 인간이라는 것도 알고 있었다.

하지만 어떻게 하면 좋을지 모르겠다.

공부도 운동도 평균 이상으로 해냈고, 혼자 시간을 보내도 딱히 곤란할 건 없다.

집단행동을 해야 할 때, 같은 장소에 있거나 함께 행동하기만 하면 된다. 따로 의견을 묻거나 말을 걸 때가 아니면, 공기처럼 주변에 영향을 미치지 않고 지내면 그만이었다.

그래서 그때의 사쿠토는 '곤란하다'는 느낌조차 몰랐다.

그러던 어느 날, 사쿠토에게 전환기가 찾아왔다.

"저기, 같이 놀자."

점심시간, 교실에서 책을 읽고 있었더니 같은 반 여자애가 말을 걸어온 것이다.

──그 소녀가 바로 쿠사나기 유즈키였다.

대화를 한 적은 별로 없지만, 같은 반이라 이름 정도는 알았다. 그녀는 하얗고 작은 손을 내밀었다. 지금, 자신은 같이 놀자는 권유를 받은 거다.

그 그늘 없는 미소를 본 사쿠토는 처음으로 곤란하다는 생각을 했다.

이럴 때는, 어떤 표정을 지어야 할까——.

그 후로도 유즈키는 사쿠토에게 같이 놀자고 권유를 해왔다.

그녀는 자신이 보고 들은 여러 가지 이야기를 해주었고, 여러 가지 것들을 사쿠토에게 보여주었다.

유즈키는 어째서 함께 놀아주는 걸까, 하고 사쿠토는 생각했다. 자신은 딱히 재미있는 이야기도 할 줄 모르고, 남을 즐겁게 해주지도 못하는데. 그런데 어째서——.

호기심을 느낀 사쿠토는 어느 날 물어보았다.

"——응? 사쿠토 군하고 친해지고 싶은 것뿐인데?"

의아하다는 듯이 고개를 갸웃한 그녀를 보니, 사쿠토도 의아해졌다.

"어째서?"

"어째서…… 어째서일까? ……집이 가까워서?"

자신에게 결여되어 있는 게 무엇인지 그제야 알 것 같았다.

그래서 사쿠토는 어느 날, 어머니에게 상담했다——.

"나, 평범한 사람이 되고 싶어."

사쿠토가 말한 '평범함'. 다른 사람과 같이 평범하게 친구가 있고, 평범하게 마음을 표현하고, 평범하게 생활하는 것. 지극히 당연하게, 다른 사람들과 똑같이.

어머니는 연줄을 통해 어느 아동심리학과의 의사를 만났다.

그곳에서 사쿠토가 타고 난 '특성'에 관해 알게 되었다——.

IQ와 기억력이 남들보다 높은 데다 정보를 과도하게, 고통스러울 만큼 받아들임으로써 발생하는 스트레스 때문에 그는 감정 표현을 잘하지 못하는 상태라고 한다.

의사에게서 정보를 정리하는 방법을 배우기 시작한 그는 어머니와 함께 여러 가지 전문 기관을 찾아, 자신에게 결여된 퍼즐 조각을 모으기 시작했다.

상대가 즐거워할 때와 슬퍼할 때 취해야 할 올바른 반응은 무엇인가.

자신이 즐거울 때나 슬플 때는 어떻게 반응하는 것이 올바른가——.

하지만 그의 무표정한 얼굴과 무뚝뚝한 성격은 전혀 고쳐지지 않았다.

훈련을 시작한지 1년이 지나, 사쿠토는 초등학교 5학년이 되었다. 계속해서 유즈키와 시간을 함께 보내던 가운데, 사쿠토에게 또다시 전환기가 찾아온다.

어느 날, 사쿠토와 유즈키는 우연히 자동차 사고가 나는 순간을 목격했다. 이유는 모르겠지만 차선을 이탈한 차가 전봇대에 충돌했고, 부러진 전봇대가 차의 보닛 쪽으로 쓰러졌다.

안에 사람이 남아있는 게 보였다. 여성이 축 늘어져 있다.

그때, 사쿠토의 귀는 타닥타닥, 무언가가 튀는 희미한 소리를 포착했다.

순간, 사쿠토의 머릿속에 자동차의 구조와 TV뉴스에서 보았던 영상이 떠올랐다——.

전선 합선, 연료 누출, 엔진룸 내 발화, 국내에서의 차량 화재 연간 약 4000건······.

——지금부터 일어날지도 모르는 시나리오가 사쿠토의 머릿속에 그려졌다.

사쿠토는 냉정하게 유즈키에게 어른을 불러오라고 했다.

유즈키가 떠나간 후, 사쿠토는 혼자서 연기가 오르는 차량으로 향했다——.

유즈키가 남성 어른을 데려와 보니, 차량에서 연기가 치솟고 있었다.

사쿠토가 축 늘어진 여성을 등 뒤에서 안은 채 아스팔트 위로 질질 끌고 나왔다.

남성 어른은 사쿠토와 교대해 여성을 안고 차량에서 거리를 벌렸다.

느닷없이 운전석에서 불길이 치솟았다.

조금만 늦었으면 여성은 목숨을 건지지 못했을 거라고 누군가가 말했지만——. 뒷좌석의 유리창이 부자연스럽게 깨져 있었던 것은 아무도 신경 쓰지 않았다.

"굉장해! 히어로 같아!"

유즈키만이 들떠서 말했다. 사쿠토가 여성을 끌고 나오는 모습을 본 모양이다.

"난 아무것도 안 했어."

사쿠토는 어떻게 해서 여성이 차에서 나왔는지는 숨겼다.

"아니! 사쿠토가 아니었으면 저 사람은——."

"아니, 유즈키가 어른을 데려온 덕이야……."

그런 대화를 나눈 후, 사쿠토는 잠시 '히어로'라는 것에 관해 생각했다.

TV속 히어로는 싫었다. 정의를 위해서라고는 해도 그들은 모든 일을 폭력으로 해결한다.

결과적으로 하는 짓은 악당과 다를 게 없지 않은가. 대의명분이 있다고 정의의 이름 아래서 폭력을 휘두르는 건 좀 그렇지 않나?

사쿠토는 이해가 안 됐지만, 곤경에 처한 사람을 구하는 게 히어로라면 그것도 괜찮겠다 싶었다.

로봇에서 '평범한 사람'을 목표로 했지만, 히어로로 노선을 변경하는 것도 나쁘지 않으려나.

그렇다, '평범한 사람'이 될 수 없다면 히어로를 목표로 하면 된다. 히어로가 되려면 꾸준한 노력이 중요하다. 열심히 노력해서 히어로가 되자.

그렇게 사쿠토는 이전보다 세 배는 노력하자고 결심했다.

사쿠토는 초등학교를 졸업하고 중학교로 진학했다.

이즈음부터 유즈키와의 관계는 사쿠토의 마음과 달리 서서히 멀어졌다.

초등학교와 중학교의 시험은 명백하게 다르다. 넓은 시험 범위, 문제의 수, 자잘한 배점——그전까지는 백 점을 맞았던 사람도 갑자기 점수가 떨어진다.

그런 가운데, 사쿠토는 언제나 백 점이었다. 그것도 전과목 백 점.

시험에서 백 점을 맞는 건 당연하다고 생각했고, 평균점이나 주변 아이들의 점수를 듣고도 아무런 위화감을 느끼지 못했다. 남들보다 세 배 노력하고 있다는 자부심이 있었다.

하지만 사쿠토의 명석함을 주변 아이들은 거꾸로 '이상하다' '별나다' '특이하다'고 느끼고 있었다. 유즈키 역시 그쪽에 속했다. 그녀는 사쿠토 앞에서는 결코 그런 말을 하지 않았지만, 그 대신 억지 미소를 지은 채 "굉장해"라고만 말했다.

하지만 유즈키의 대응은 그나마 나은 편이었다.

어느 날 방과 후 교실, 같은 반인 마츠카제 슌이 친구들과 이야기를 하고 있었다——.

"타카야시키 쟤, 뭔가 로봇 같지 않냐?"

"맞아~. AI 같은 거 탑재되어 있을 듯~?"

"어둡고 아싸에 시키는 대로만 움직이잖아, 진짜 이상하다니까."

로봇 같고 어둡고 아싸에 이상하다──. 그게 사쿠토에 대한 평가였다.

그 마츠카제 일행의 그룹에는 유즈키도 끼어 있었다.

마음 약한 그녀는 주변 아이들에 맞춰 쓴웃음을 짓고 있었다. 사쿠토가 무슨 말을 들어도 부정하지 않고, 가만히 참듯이 쓴웃음으로만 답했다.

사쿠토는 그런 유즈키가 걱정되었다. 중학교에 들어온 후부터 그녀는 주변 사람들의 분위기에 맞춰주기 시작했고, 어딘가 피곤해 보였다.

분명 저런 그룹에 있으려니 힘든 걸 거다.

마츠카제 일행의 그룹에 있는 것은 그녀의 의지니, 그걸 부정하지는 않았다.

하지만 그녀의 저 쓴웃음 뒤에는 말하고 싶지만 할 수 없는 말이 있고, 그것은 자신을 옹호하는 말일 것이라고 사쿠토는 생각했다.

그래서 사쿠토는 누구에게 무슨 말을 들어도 괜찮았다.

히어로 같다고 말해준 유즈키만 이해해주면 된다.

이해해주는 사람이 있다──. 그렇게 믿었기에.

설령 튀어나온 못이 된다 해도, 얻어맞아도 상관없다.

이해해주는 사람이 있으니까——. 그렇게 믿어 마지않기에.

제대로 만나 대화하지 못하는 나날이 이어지고 있지만, 그만큼 자신도 노력을 하자.

그렇게 결심한 사쿠토는 그 후에도 조용히 담담하게 노력을 계속했다.

하지만 이후, 그가 현실은 생각보다 만만치 않다는 사실을 깨닫게 되는 날이 왔다——.

* * *

——아리스야마 학원 소회의실.

치카게는 혼자 분주하게 키보드를 두드리고 있었다.

"역시 말이야, 이렇게 진지하게 이것저것 생각하는 건 청춘스럽지 않아?"

"아하하하, 그러네~……."

눈앞에서 태평하게 입을 연 것은 마츠카제 슌, 그 옆에서 장단을 치며 웃고 있는 것은 쿠사나기 유즈키다. 이 두 사람은 유우키 학원의 1학년으로, 이 합동 이벤트에 참가하게 된 멤버다.

당초에 슌은 이런 이벤트 계열은 자신 있다고 했었다. 커뮤니케이션 능력은 높아 보이지만 다른 학교의 소회의실에서도 당당하게 교복을 흐트러지게 입고 있는 등, 제멋대로 굴고 있다.

명백하게 치카게가 불편해 하는 타입의 남학생이다.

한편, 유즈키는 슌과 같은 중학교 출신이기도 해서 친근하게 대화하고 있다. 하지만 볼수록 친근한 사이가 아니라 그저 그에게 맞춰주고 있을 뿐이라는 게 치카게의 눈에는 보이기 시작했다.

나쁜 애는 아닌 것 같지만, 마음이 약한 타입일지도 모르겠다──.

그런 두 사람 앞에서 치카게는 한숨을 내쉬고 싶은 걸 참고 있었다. 합동 이벤트가 이번 주 토요일, 나흘 후로 다가왔다.

당초에는 치카게가 작년처럼 하자는 방안을 제시했다.

한정된 인원수로 할 수 있는 일은 제한적이다. 작년의 성과와 과제를 염두에 두고, 올해도 작년처럼 과제를 해치우며 진행하는 편이 건설적이다.

그런데 이 마츠카제 슌이라는 남학생이 "그건 재미없잖아"라는 소리를 하기 시작한 것이다. 이왕 하기로 했으니 고등학생 셋이서 유치원생들에게 뭔가 추억에 남을 만한 일을 해주자고 했다.

치카게는 마지못해 그의 의욕을 인정해, 일단 승낙하기로 했다. 그렇게 그가 시키는 대로 기획의 아이디어를 내놓았다.

하지만 슌은 치카게가 아이디어를 내놓으면 부정적인 평가만 했다. 이유는 "그건 재미없잖아"였다.

게다가 회의 장소가 아리스야마 학원이니 자신들을 대접하는 건 당연하다는 듯이 굴었다. 그들이 먹고 마시는 과자와 음료는 치카게가 준비한 것이다. 백 보 양보해서 그건 그냥 넘어간다 해도, 저 여유는 어디서 나오는 걸까.

이대로는 안 된다. 불안과 초조함과 짜증이 치카게를 몰아붙였다.

그리고 겨우 오늘이 되어 기획이 진전되었다. 그런데——.

"저기…… 확인 좀 해도 될까요?"

"어? 뭘?"

"준비 기간이 짧은데, 이걸 전부 우리 아리스야마 학원이 준비하는 건가요?"

명백하게 업무량이 많다. 더불어 모두 다 혼자 하기에는 벅찬 일들이다.

"하기 싫다는 거야?"

이런 식으로 묻는 슌의 태도도 치카게를 짜증 나게 했다.

"우리 학교만으로는 어려워요. 도구 준비는 저희 쪽에서도 할 수 있을 것 같지만, 유치원 측에 전화해서 교섭하는 등, 유우키 학원에서 할 수 있는 일은 부탁하고 싶은데요."

그러자 슌은 입가를 씩 치올리며 답했다.

"합동 이벤트라도 이렇게 회의를 하고 있는 건 아리스야마 학원이니까, 준비 전반을 맡는 건 당연한 일이잖아?"

"합동 이벤트이기 때문이에요. 당일에도 이쪽이 할 일이 많은데, 이대로는 어려워요."

"그건 의욕의 문제 아냐?"

"의욕?"

의욕만으로 명백하게 부조리한 양의 일을 다 해결할 수 있을 리 없다.

"애초에 합동 이벤트는 재미있을 것 같아서 참가했는데…… 우리는 이렇게 두 명이나 왔는데, 그쪽은 한 명뿐이잖아. ──뭐, 우사미 양 잘못은 아니겠지만, 의욕이 있다는 것 정도는 보여줘야 하지 않겠어?"

논리적으로 말하고 있는 것처럼 보이지만, 요컨대 자신들은 의욕이 없어도 잘못이 없고, 의욕이 일지 않는 건 아리스야마 학원 때문이니, 성의를 보이라는 거다.

치카게로서는 지금 이 상황에서 의욕이 없다는 소릴 들으니 탐탁지가 않았다.

이렇게 두 사람이 잡담을 하는 동안에도 기획서를 준비하고, 자료를 준비하는 등, 분주하게 일을 했다. ──아니, 정확히 말하자면 억지로 한 것이지만 그럼에도 불구하고 성의를 보이라고 하다니.

유즈키가 걱정스러운 얼굴로 지켜보는 가운데, 치카게는 머리에 피가 오르려는 걸 간신히 참아냈다.

"그러니까아, 우리가 아이디어를 낼 테니까 시키는 대로 움직이라고."

치카게가 끝내 한계에 도달하려던 순간, 유즈키가 조심스럽게 끼어들었다.

"저기, 슌 군…… 그러면 합동으로 하는 의미가 없지 않을까?"

"에이, 괜찮다니까. 결국 둘 중 어느 쪽은 주도적으로 이끌어나가야 하잖아. 그럼 당연히 인원수가 많은 이쪽에 따라야지."

"그, 그렇지~……? 그럴지도 모르지만……."

유즈키는 쓴웃음을 지은 채 슌에게 맞장구를 쳤다.

"아니면 뭐. 우사미 양이 주도권을 잡을래? 지금부터라도 할 수 있다면, 우리는 기꺼이 따라줄게."

명백하게 못 할 걸 알면서 하는 소리다. 도발이 아니라 복종하라는 뜻이다. 남은 기일과 이렇듯 일손이 부족한 상황을 감안하자, 치카게는 목구멍까지 올라왔던 말을 다시 집어넣을 수밖에 없었다.

그나저나 어째서 같은 세 명인데 사쿠토, 히카리와 셋일 때와 이렇게나 다른 걸까. 이렇게 될 줄 알았다면 처음에 타치바나에게 부탁을 받았을 때 거절했을 텐데——.

점점 화가 치밀어 올랐다. 한심하다는 생각 때문이다.

생각대로 일이 되지 않아서가 아니다. 이런 상황에 자신은 사쿠토, 히카리와 셋이서 있을 때가 즐거웠다는 생각을 할 만큼 마음이 약해져 버렸다. ——그런, 한심한 자신에게 화가 난 것이다.

(나는, 이렇게 약한 인간이었구나⋯⋯.)

그렇게 생각한 순간, 믿을 수 없는 일이 일어났다.

갑자기 문을 두드리는 소리가 들리더니 천천히, 활짝 열렸다.

치카게는 눈이 휘둥그레졌다. 그곳에서 지금 가장 이곳에 있어주었으면 했던 사람이 나타났기 때문이다──.

눈물이 스멀스멀 차올랐다.

"실례합니다⋯⋯ 아, 치카게? 괜찮아?"

제12화 : 못을 거꾸로 뒤집으면……?

"사쿠토 군…… 어? 어째서……?!"

사쿠토가 회의실 문을 활짝 열자 치카게는 몹시 놀랐다. 어렴풋이 눈에 눈물이 고인 게 보였다. 치카게가 어떤 상황에 처했는지 짐작이 되어서 가슴이 아파왔지만, 그녀를 안심시키기 위해 미소를 지어 보였다.

"일단 들어가도 될까?"

치카게가 '들어오세요'라고 하기도 전에.

"어? 타카야시키?!" "사쿠토……?!"

사쿠토의 모습을 본 슌과 유즈키가 동시에 놀랐다.

그들과도 오랜만에 만난 것이었지만, 사쿠토는 가볍게 고개만 숙여 인사했다. 그렇게 치카게의 곁으로 가자마자 치카게가 귓속말을 했다.

"……왜 온 거예요?"

"진심을 다할 때인 것 같았거든."

"……네?"

"치카게, 힘들잖아? 그래서 왔어. ……늦게 와서 미안해."

사쿠토는 그늘 없는 미소를 치카게에게 보내며 말했다.

"그, 그건, 기쁘지만, 기쁘긴 하지만……!"

치카게는 새빨개진 얼굴을 숨기려 했지만 완전히 숨기지는 못했다. 놀라움과 기쁨이 한꺼번에 밀려와서 뭐라 표

현하기 어려운 표정이 되어 있었다. 하지만 아직 기뻐하기
에는 이르다——.

"그리고 도와줄 사람을 한 명 더 데려왔어."

"도와줄 사람…… 누군데요?"

활짝 열어둔 문에서 빼꼼 고개를 내민 것은——

"여어, 치이짱."

히카리였다. 짓궂은 장난을 생각해낸 어린애 같은, 겸연
쩍은 듯한 미소를 띠고 있었다.

"히이짱……?! 어째서……?"

"치이짱을 구해주러 왔지~…… 라고나 할까? 나도 들어
가도 돼?"

히카리는 그렇게 말하며 치카게의 곁으로 오자마자.

"아, 맞아, 치이짱한테 줄 선물이 있어——."

주머니에서 깡총토끼를 두 개 꺼내, 검은 쪽을 치카게의
손에 쥐여주었다.

"깡총토끼……?"

"나랑 커플템……——인 건 둘째 치고, 지금까지 걱정
끼쳐서 미안해. 잔뜩 민폐를 끼쳤으니, 이번에는 내가 치
이짱을 위해 힘낼 차례야!"

치카게의 눈에서 눈물이 왈칵 쏟아졌다.

히카리가 자신을 위해 학교에 온 것이 어지간히도 기뻤

던 것이리라.

"——오랜만이다. 타카야시키? 외부인이 뭐 하러 왔냐?"

순은 히죽거리며 사쿠토를 쳐다보았다.

"넌 '공부 로봇' 아니었던가? 지금은 필요 없으니까 나가."

그 순간, 치카게의 눈빛이 바뀌었다.

"무슨 뜻이에요, 방금, 한 말은……?"

"치카게, 나중에 설명할게……. 그건 둘째 치고—— 마츠카제, 미안하지만 나랑 히카리는 외부인이 아냐. 좀 전에 타치바나 선생님한테 이야기해서 정식으로 참가하기로 했거든."

"뭐어? 그래?"

순은 척 봐도 불쾌함이 느껴질 정도로 얼굴을 찌푸렸다.

"근데, 거기 있는 애는……?"

"에헤헤헤~ 치이짱의 언니인 히카리랍니다. 잘 부탁해, **마츠다** 군."

"마츠카제거든?!"

"그랬지, 미안미안."

히카리는 당당하게 말했다. 방금 전 건 누가 봐도 일부러 그런 거다.

"……그런데 마츠카제 군, 공부 로봇이라는 게 무슨 뜻일까?"

"······히카리?!"

히카리는—— 화가 나 있었다. 얼굴은 생글생글 웃고 있지만, 온몸에서 분노가 넘쳐났다.

사쿠토의 앞에서 히카리가 화를 내는 모습을 보이는 건 이번이 처음이었다. 아마도 사쿠토와 치카게를 위해 화를 내고 있는 것이겠지만——.

"그게, 그 녀석은 할 줄 아는 게 공부뿐인 로봇이거든······ 그치, 유즈키?"

"어······ 저기, 그게······."

유즈키가 말을 머뭇거리자, 히카리는 납득한 듯이 빙긋 웃어 보였다.

"아하, 질투하는 거구나?"

"뭐? 지금, 뭐라고 했냐······?"

"네가 느끼는 감정은 질투라고 했는데?"

슌이 날카롭게 노려보자 히카리는 진지한 얼굴로 대꾸했다.

"너, 자기보다 명백하게 위에 있는 사람을 깔아뭉개고 안심감을 느끼는 타입이지? 우월감에 젖어있어야만 해서 자기보다 입장이 약한 사람, 마음 약한 사람을 주변에 두고 싶어 하고. 다른 사람들이 자기보다 못해야 만족이 되지?"

"뭐······?!"

"사쿠토 군이 좋은 예잖아. 공부 로봇이라는 별명······ 자기는 공부도 못하는 깡통이라고 떠들고 다니는 거라는 걸 자각하는 게 좋지 않을까?"

"히카리, 잠깐…… 말이 지나쳐!"

사쿠토는 허둥지둥 히카리를 말렸다.

지금부터 함께 합동 이벤트를 진행해 나갈 상대에게 그렇게까지 말할 필요는 없을 텐데.

"뭐냐, 너? 그리고 좀 전부터 뭘 안다고 나불거려…… 이쪽은 타카야시키랑 같은 중학교였다고. 너보다 오래 알고 지냈으니까, 우리 관계에 참견하지 마시지?"

"당연히 참견해야지. 지금은 우리랑 '깊은' 관계니까. ── 그나저나 같은 중학교였다면서 사쿠토 군을 전혀 모르네."

"뭐?"

"아니, 아는 게 무서운 거지? 아냐, 이미 아는 거야. 무서워서 헐뜯는 거지? 근데 어째서일까~? 자꾸 사쿠토 군을 이겨 먹으려고 하는 이유는──."

히카리는 속을 떠보는 듯한 눈으로 슌과 유즈키를 번갈아 쳐다보았다. 두 사람은 거북한 표정이다.

여전한 통찰력에 사쿠토까지 오싹해졌다.

정말이지, 어디까지 꿰뚫어 보고 있는 걸까, 히카리는──.

"히카리, 이제 그쯤 해둬……."

"……뭐, 사쿠토 군이 그렇다면."

* * *

잠시 후, 분위기가 좀 진정되었을 즈음에 사쿠토는 치카게에게 지금까지의 경위에 관한 설명을 들었다.

"――여기까지가 지금까지 결정된 사항들이에요."

"다시 말해서, 뭘 어떻게 할지 전~부 우리 귀한 치이짱한테 떠맡겼다고 해석해도 되는 거지……?"

히카리가 빙긋 웃자, 슌과 유즈키는 압도되는 듯한 느낌이 들었다.

"히카리, 화낼 것 없어……."

슌은 여전한 모양이다. 어정쩡한 리더십으로 상대에게 이런저런 일들을 떠맡기던 중학교 때와 아무 것도 변하지 않았다.

"그나저나 이 기획, 제정신인가……?"

사쿠토는 어이가 없었다.

"불만 있냐? 우리는 유치원생들이 기뻐해 줄 것 같아서――."

"나쁘다고는 안 했어. 문제는 배치할 수 있는 인원이 한정적이라는 거지. 작년 수국제 정도였다면 셋이서 할 수 있었겠지만, 인형극에 게임 대회에 이것저것 추가하다니…… 하고 싶은 것과 할 수 있는 것은 다르다고."

"노력하면 어떻게든 될 거라고……!"

"그것도 다섯 명이 있을 경우의 이야기야. 셋이서 뭘 어쩌려고? ……설마 치카게에게 이것저것 다 떠맡길 생각이었던 건 아니겠지?"

날카롭게 노려보자 슌은 순간적으로 위축되었지만 마주 노려보며 대꾸했다.

"너, 뭐냐? 나한테 그딴 식으로 말할 수 있는 녀석이었냐?"

순간적으로 사쿠토는 놀랐다. 슌이 직접적으로 그런 소리를 할 줄은 몰랐기 때문이다. 늘 사쿠토를 얕잡아 보았을 때는 굳이 말을 할 필요도 없었을 거다.

어쩌면 슌도 의외로 여유가 없는 상태일지도 모른다.

"흥…… 거기 있는 쌍둥이 마음에 들었다고 우쭐해졌냐? 로봇 주제에……."

순간, 그 말에 움츠러들 뻔했다.

하지만 겁먹을 것 없다. 그때와는 다르다. 지금은, 두 사람이 있다.

그래서 사쿠토는 자신감 있게 말을 내뱉었다.

"나는 네 뜻대로 움직이는 로봇이 아니야."

"뭐, 뭐야, 갑자기……?"

"치카게와 히카리도 마찬가지고."

낮은 목소리로 말하자 일어나려 했던 쌍둥이가 힘을 풀었다. 자, 그럼──.

"아리스야마 학원은 한 명밖에 참가하지 않았으니 두 명이 온 유우키 학원이 시키는 대로 하라고 했던가? 이제 이쪽은 셋이야. 네 논리대로라면 그쪽이 따라야겠지?"

"윽…… 난 그런 뜻으로 한 말이……."

"그런 바보 같은 논리라도 소수파와 다수파로 의견이 갈리면, 확실히 다수파가 강하겠지. 게다가 치카게가 주도권을 쥐어도 상관없다고 했잖아?"

"윽……?!"

"좋아, 우리가 주도해주겠어. 이쪽이 하자는 대로 할 거지?"

슌은 반박도 못 하고 분한 듯이 이를 악물었다.

"……장난이야. 애초에 합동 이벤트에서 그렇게 수준 낮은 주도권 싸움을 해서 뭐 하겠어. 이쪽이 주도하기는 하겠지만 부담은 두 학교가 공평하게 나누는 거야. 그렇게 하겠어?"

그러자 유즈키가 슌의 소매를 잡아당기며 말했다.

"슌 군, 이번엔 사쿠토네한테 맞추는 게 좋겠어……."

"유즈키가 그렇다면, 뭐……."

설득에 못 이겨 따르는 모양새가 되었지만, 슌은 동의했다. 혀라도 차고 싶은 심정일 거다.

하지만 재미없으니 돌아가겠다는 전개로 번지지는 않았다. 그렇게까지 제멋대로인 녀석은 아닌 모양이다.

"그럼, 이쪽의 치카게와 히카리를 중심으로 움직이자. 지시는 치카게가 내리고. 히카리는 자유롭게 움직여. 마츠카제와 유즈키는 나랑 치카게의 지시에 따라 움직이고. 이렇게 해도 될까?"

"알겠어요!" "응, 맡겨만 줘!"

치카게와 히카리가 미소를 띤 채 동의하자.

"알았어……."

슌은 동의할 수밖에 없었다.

하지만 그때, "저기" 하고 유즈키가 살짝 눈살을 찌푸린 채 손을 들었다.

"방금 전 말에는 동의하지만, 정말 괜찮겠어? 저 둘한테 맡겨도……."

사쿠토는 자신감 있게 고개를 끄덕였다.

"응, 맡겨도 돼. 안 될 것 같으면 내가 전부 책임질게."

""사쿠토 군…….""

두 사람은 새빨개진 얼굴로 사쿠토를 바라보았다. 참고로 책상 밑으로 몰래 손을 잡아왔다. 사쿠토는 여러모로 들킬 것 같으니 하지 말라고 말하고 싶어졌다.

"너, 방금 한 말 잊지 마라. 실패하면 네 책임이야."

"당연하지."

슌은 재미없다는 듯이 콧방귀를 뀌었고, 유즈키도 풀이 죽어 고개를 푹 숙였다.

"상당히, 저 둘을…… 아니, 역시, 아무것도 아니야."

유즈키가 무슨 말을 하려는 것인지 짐작이 되어서 사쿠토는 미소를 지었다.

"이 둘은 굉장해. 그래서 누구보다도 믿는 거고——."

——남자 친구로서, 라는 말은 아무래도 좀 그래서 하지

않았다.

"그럼, 시작할까——."

사쿠토가 그렇게 말하자 치카게는 자리에서 일어나 칠판 앞에 섰고, 히카리는 눈앞에 있는 노트북을 활짝 펼쳤다.

——그 후로는 놀라울 만큼 빠르게 일이 진행되었다.

치카게가 전체적으로 정확한 지시를 날렸고, 히카리가 압도적인 작업 속도로 사무적인 일을 진행했으며, 사쿠토는 뒤에서 두 사람을 받쳐주며 유우키 학원의 두 사람과 분담해서 일을 했다.

사쿠토는 쌍둥이 자매의 새로운 일면을 보았다.

치카게에게는 평소 보이지 않던 통솔력이 있어서, 눈에 띄게 리더십을 발휘했다. 이런 일에 적성이 있는 것 같다.

한편 히카리는 두 수, 세 수, 네 수 앞을 내다보고 행동했다. 먼저 나서서 이런저런 일들을 해줘서 모두에게 큰 도움이 되었다.

참고로 이 합동 이벤트 참가를 계기로 히카리는 아침부터 학교에 등교하게 되었다. 치카게는 치카게대로 평소보다 더 활기 넘치는 표정으로 생활했다.

그렇게 쌍둥이 자매가 함께 등하교하고, 사이좋게 지내는 모습이 학교에서 목격되기 시작하자 그녀들에 대한 주변의 평가도 좋은 쪽으로 변해가는 듯했다.

사쿠토는 그런 두 사람 사이에 끼어 즐겁게 생활했다.

학생 식당에 갔을 때나 방과 후에는 조마조마한 일들도 있었지만, 기본적으로는 사이가 워낙 좋다 보니 주변 사람들의 눈에는 쌍둥이 자매의 장난에 어울려주는 것으로만 보인 모양이다.

한편, 방과 후 아리스야마 학원에 오던 슌과 유즈키도 쌍둥이 자매의 능력과 인품을 인정하기 시작했다.

하지만 슌은 아직 인정하고 싶지 않은 마음이 한구석에 남아 있는지, 유즈키와 이야기할 때가 아니면 시시하다는 듯이 행동했다. 가끔씩 참견을 해올 때도 있었지만, 치카게와 히카리가 아주 친절하게 설명을 해서 설득—— 바꿔 말하자면 슌이 반론할 수 없을 정도로 철저하게 때려눕히고는 했다.

그럼에도 슌이 땡땡이를 피우지는 않아서 사쿠토는 조금 안심했다.

"그럼 나는 교무실에 좀 다녀올게——."

사쿠토가 교무실로 향한 후, 회의실에 네 사람만 남자 이런 이야기가 나왔다——.

"저기, 치카게 양, 히카리 양…….."

유즈키가 조심스럽게 입을 열었다.

"사쿠토 군을 처음 봤을 때, 별난 사람이라고 생각하지 않았어……?"

""응?""

"그, 그게…… 중학교 때, 겉돌아서……."

그 말에 모멸하려는 뉘앙스는 없었다. 굳이 말하자면 걱정하는 듯했고, 무언가를 확인하고 싶은 듯한 말투로도 들렸다.

"별나다고……? 글쎄? 나는 별나다기보다는, 처음부터 굉장한 사람이라고 생각했는데? 으~음…… 세계를 바꿀 것 같은 사람? 히어로처럼 말야."

"히어로……."

유즈키가 무의식중에 그 단어에 반응한 직후, 더 깊이 생각하기도 전에 이번에는 치카게가 입을 열었다.

"사쿠토 군은 저희를 소중히 여겨줘요. 그래서 신뢰할 수 있고, 함께 있으면 안심돼요. 그래서 우리에게는 히어로인 거고요. 그치?"

"응응!"

쌍둥이는 생글생글 웃으며, 마치 소중한 사람에 관해 이야기하듯 말했다.

유즈키는 사쿠토와 이 쌍둥이는 정말 사이가 좋구나, 하고 생각했다.

"……뭐가 다른 걸까…… 나랑……."

나직하게 중얼거린 말은 쌍둥이 자매의 귀에 들리지 않았지만, 유일하게 옆에서 들은 슌은 복잡한 얼굴로 시선을 떨구었다.

* * *

그 후, 사무적인 작업은 히카리가, 그 이외의 자잘한 일
들은 사쿠토가 해치웠다.

순과 유즈키는 치카게의 지시에 따라 다른 사람들의 일
을 도와, 빠른 속도로 준비 작업이 진행되었다.

사쿠토는 유즈키의 시선을 알아챘지만, 따로 말을 걸지
는 않고 담담히 자신이 해야 할 일을 해나갔다.

또한 의외로 셋이 함께 있으면 사귀고 있다는 걸 들키지
않는다는 사실을 깨달았다.

그리고 사쿠토는 자기 자신의 과거와도 마주했다──.

"──사쿠토……."

수국제까지 하루를 앞두고 준비 작업을 하던 도중, 유즈
키가 슬그머니 말을 걸어왔다.

"응?"

"처음에 만났을 때는 말을 못 했는데…… 잘 지냈어?"

"응? 뭐, 보다시피."

사쿠토는 미소를 지어 보였다.

"그래서, 나한테 할 말이라도 있어?"

"그게, 이것저것, 사과하고 싶어서."

"뭐?"

"미안, 처음 만났을 때, 이상한 태도를 취해서······. 그리고, 중학교 때······ 그때는——."

"아니, 이제 됐어."

굳이 상처를 다시 헤집는 꼴이 될 것 같아서 사쿠토는 미소를 띤 채 말을 가로막았다.

"그런데 그쪽 학교는 어때? 즐거워?"

"으, 응······ 그럭저럭······."

유즈키의 표정이 조금 부드러워졌다.

"나도 이쪽 학교에 와서 즐겁게 지내고 있어."

"그렇구나······ 그건, 저 쌍둥이 덕분이야?"

"응."

자신감을 가지고 말할 수 있는 게 있다.

히카리와 치카게—— 그 두 사람과 만나, 이렇게 지금처럼 셋이서 시간을 보내지 않았다면, 아마 지금도 허세를 부려 모브 라이프를 만끽하고 있다고 말했을 거다.

* * *

수국제 당일.

사쿠토는 슌과 함께 교통정리와 유도를 하고 있었다. 보호자의 수는 의외로 많아서, 혼자였다면 한참 애를 먹었을 거다.

여학생 셋은 유치원 선생님들과 함께 아이들을 상대하고 있었다.

"언니, 이쪽이쪽! 같이 가줘~!"

"히카리 언니! 이쪽도이쪽도."

"아하하, 다들, 좀만 기다려~."

의외라고 할 정도는 아니지만, 히카리는 매우 인기가 많았다. 앞치마를 걸치고 생글생글 웃으며 아이들을 상대하는 모습은 제법 그럴싸했다. 유치원 선생님이 잘 어울릴 것 같다.

한편 치카게는 남자애들에게 인기였다.

"자, 줄 서자~. 똑바로 순서를 지켜야지?"

""""네~에!""""

치카게도 딱 부러지게 지시를 내리며 리더십을 발휘하고 있다. 히카리에 뒤지지 않게 앞치마 차림이 잘 어울렸다.

한편 유즈키는 방구석에 있는 남자애에게 말을 걸고 있었다. 다른 아이들 사이에 끼지 못하는 아이 옆에서, 생글생글 웃으며 말을 걸고 있다. 그런 면도 여전하구나 싶었다.

그런 세 사람의 모습을 보고 있었더니.

"설마 게임 센터에 있었던 게 우사미 히카리였을 줄이야……."

타치바나가 말을 걸어왔다.

"우사미 자매는 인기가 많군. 쿠사나기도 저렇게 애들을 잘 챙기고 있고. 좀 전에 유치원 선생님들이 다음에 또 와

달라고 부탁하더라. 물론 너와 마츠카제도 칭찬했고. 담당자로서 아주 자랑스러워."

"그러신가요. 그것 참 잘됐네요."

"그래서, 넌 왜 그렇게 헤벌쭉해져 있는 거냐?"

"헤, 헤벌쭉해지긴요……."

타치바나는 문득 미소를 지어 보였다.

"그렇군…… 뭐 됐어. 그나저나 덕분에 살았다. 다시 한 번…… 고맙다, 타카야시키."

"아아, 아뇨, 아직 안 끝났잖아요……."

사쿠토는 어쩐지 쑥스러워져서 콧등을 긁적거렸다.

"그나저나, 동생 쪽 우사미한테 들었는데. 이번 이벤트를 도우러 온 것도 모자라, 오랫동안 학교를 쉬고 있었던 언니 쪽 우사미를 다시 끌고 온 것도 너라더군. 눈에 띄고 싶지 않다던 네가 어쩐 일이냐? 심경의 변화라도 있었던 거냐?"

"심경의 변화라기보다는…… 자연스럽게 몸이 움직였어요."

"과연…… 자신의 감정에, 마음에 따랐다는 것이군."

타치바나는 즐거운 듯 쿡, 하고 웃었다.

"……뭐 이상한 점이라도 있나요?"

"아니, 네가 말하는 '평범한' 반응이야. 뭐, 너의 평범함은 나의 평범함과는 다소 다른 것 같지만……."

"네?"

타치바나는 온화한 미소를 지은 채 말을 이었다.

"아니, 아무 것도 아니다…… 그보다 마츠카제와 쿠사나기와는 제대로 대화한 거냐?"

"뭘 말이에요?"

"같은 중학교 출신이라면 쌓인 이야기도 많을 거라고 생각한 것뿐이야. ——뭐, 그 애들과 그렇게까지 친하지 않다면, 이야기할 것도 없겠지만……."

사쿠토는 살며시 한숨을 내쉬고서 주머니에 손을 집어넣었다.

부스럭, 종이의 감촉이 느껴졌다.

* * *

히카리, 치카게, 유즈키의 인형극도 대성황으로 끝나, 아이들이 보호자와 함께 돌아가는 모습을 배웅한 후.

고등학생들도 돌아가게 되었는데, 쌍둥이 자매는 유치원 선생님들에게 붙잡혀서 이런저런 이야기를 듣고 있었다. 그녀들의 활약을 칭찬하는 모습을 보니 사쿠토도 어쩐지 기뻤지만, 한동안 끝날 것 같지가 않았다.

사쿠토는 먼저 문으로 향했다. 그렇게 유치원을 나선 참에.

"——아……! 사쿠토……."

유즈키가 말을 걸어왔다.

"저기…… 그게…….

"……? ……왜 그래?"

말을 머뭇거리는 유즈키 앞에서 사쿠토는 주머니에 손을 집어넣었다. 유즈키에게 줄지 말지 고민했던 편지가 있다. 이 편지를 지금 줘야 할까. 이 타이밍 밖에 없을 듯한데——.

그러자 유즈키가 먼저 입을 열었다.

"저기, 나——."

"——유즈키! ——……응? 타카야시키?"

유즈키가 뭐라 말을 하려던 참에 슌이 다가왔다.

"둘이서 무슨 얘기했어?"

유즈키는 허둥지둥 고개를 숙였다.

"아, 아냐…….

"그래. 별 얘기 안 했어…….

"근데 타카야시키, 너 고등학교 들어가면서 뭐 잘못 먹었냐?"

"뭐? 왜?"

"엄청 바뀌었잖아. 중학교 때랑은 다르다고 해야 할지…….

말을 어물거리는 슌 앞에서 사쿠토는 쓴웃음을 지은 채 답했다.

"그렇게 보인다면, 어쩌면 유즈키랑 마츠카제 덕분일지도 몰라."

"……뭐?"

"아니, 아무것도 아니야……. 많은 일이 있었지만 이번에는 즐거웠어. 고마워."

슌은 "흥" 하고 콧방귀를 뀌었다.

"……유즈키, 슬슬 돌아가자."

"으, 응……."

그렇게 두 사람은 역을 향해 걸어 나갔는데, 문득 유즈키가 걸음을 멈췄다. 그녀는 몸을 돌려 진지한 눈빛으로 사쿠토를 바라보았다.

"사쿠토, 또 만날 수 있을까……?"

사쿠토는 미소로 답했다.

"……기회가 있으면."

중간에 유즈키는 사쿠토가 마음에 걸리는지 몇 번이나 돌아보았다.

그녀와 이야기를 하는 건 이게 마지막일지도 모른다고 생각하며 사쿠토는 주머니에 든 편지를, 더 깊이 밀어 넣었다.

빠안——……——

문득 뒤쪽에서 시선이 느껴졌다. 히카리와 치카게가 의심 어린 눈빛으로 쳐다보고 있었다.

"수, 수고했어……? 뭐, 뭐야? 왜 그래……?"

"유즈키랑, 뭔~가 수상한 분위기던데에~?"

"호, 혹시, 유즈키는 사쿠토 군의 옛날 여자인가요?!"

"아~ 아냐아냐…… 유즈키랑은 집이 가까워서 소꿉친구야. 그나저나 옛날 여자냐니……."

그러자 히카리와 치카게는 서로 얼굴을 마주 보았다.

"어? 소꿉친구였어?"

"응, 이웃집이거든. 초등학교랑 중학교는 같이 다녔고, 처음 말을 해본 건 초등학교 4학년쯤이었어."

"헤에. 그럼 그렇게 친하지는 않았던 거지?"

"아아, 아니…… 예전에는 사이가 좋았지만……. 지금의 내가 있는 건 유즈키 덕분이야."

"무슨 뜻이야?" "무슨 뜻이에요?"

엉뚱한 오해를 사면 큰일 나겠다고 생각한 사쿠토는 유즈키에 관해 이야기하기로 했다.

"그럼, 돌아가는 길에 얘기해줄게——."

그렇게 세 사람은 평소처럼 나란히 걸어, 중간에 어디에 들렀다가 돌아가기로 했다.

역 근처에 위치한 공원의 벤치에 세 사람은 나란히 앉았다.

그리고 사쿠토는 지금까지의 인생, 자신에게 있었던 일을 쌍둥이 자매에게 이야기하기 시작했다——.

* * *

──그런데.

사쿠토가 중학교 3학년이 되었을 즈음.

유즈키와는 완전히 소원해졌지만, 그는 히어로가 되기 위해 노력하고 있었다.

당연히 알고는 있었지만, 히어로라는 직업은 존재하지 않는다.

그를 대신할 무언가── 다른 사람에게 도움이 될 만한 일을 하고 싶었다. 경찰관, 소방관, 변호사, 의사── 그러한 것이 되고 싶다고 생각했다.

유즈키는 기뻐해 줄까.

그때 그 한 마디를 계기로 자신은 이렇게 바뀌었다. 바뀌고자 노력할 수 있었다.

아니, 그 전부터 계속──.

처음으로 손을 내밀어준 날, 미소를 보내왔을 때는 난감했다.

하지만 지금은 어떤 표정을 지어야 할지 안다.

그러고 보니 이제 곧 유즈키의 생일이다. 올해는 무슨 선물을 할까.

그런 생각을 하던 중, 학교에서 그녀가 말을 걸어왔다. 7월 중순, 이제 일주일이면 여름방학에 접어들 시기다.

"있잖아…… 오늘 방과 후에, 사쿠토한테 할 말이 있어……."

어쩐지 거북한 얼굴. 불안한 게 있는 듯한 표정이다.

사쿠토는 무언가를 직감하고 방과 후 교사 뒤로 향했다.

유즈키가 먼저 와서 기다리고 있었다. 그녀는 겸연쩍은 얼굴로 말을 어물거리더니——.

"나 있잖아, 아주 오래전부터 사쿠토를 좋아했어……."

"뭐……?"

"나랑, 그게…… 사귀어줄래?"

"……왜 갑자기 그런 소리를 해?"

그 순간, 어째서인지 심장이 큰소리를 내며 뛰었다.

그녀는 나를 좋아했던 걸까. 아니, 그게 아니다.

사실은 알고 있었다. 그녀는 아주 오래 전에, 자신과 다른 보금자리를 찾았다는 사실을.

그러니 심장이 쿵쾅거리는 건 단지 '놀랐기' 때문이다. 자신한테 유리한 쪽으로 착각해서는 안 된다.

"저기, 그건……——."

그때, 사쿠토의 귀는 희미한 자갈 밟는 소리를 포착했다. 유즈키도 자신도 아닌, 누군가가 근처에서 자갈을 밟은 소리다. 역시, 그렇구나——. 사쿠토는 그 즉시 이해했다.

실은 최근 반에서 자주 들은 말이 있었다——.

"——혹시, 누가 고백하라고 시켰어?"

"어……?"

"그게, 벌칙으로 고백하라고…… 아니야?"

"윽……?!"

놀란 유즈키는 눈이 휘둥그레져서 몸을 움찔 떨었다.

사쿠토는 이해가 안 됐다. 그녀는 무엇 때문에 겁을 먹은 걸까.

친구들끼리 게임 같은 걸 하다가, 가벼운 농담으로 나온 이야기일 거다. 아니면 강요당한 걸까. 그렇다면 강요한 녀석들에게 주의를 줘야겠다.

그러니 유즈키를 나무랄 생각은커녕, 오히려 그녀이기에 용서할 수 있다는 자신감이 본인에게는 있었다.

자신이 나아갈 길을 알려준, 소중한 소꿉친구이기에.

──그런데 어째서 이렇게나 가슴이 아픈 걸까.

이럴 때 그녀에게 보여주어야 할 표정은── 아아, 그렇지.

누군가가 불안해할 때는── 이럴 때 무슨 표정을 지어야 할지 안다. 유즈키가 자신에게 말을 걸어왔던 그 날은 짓지 못했던 표정이다. 그녀처럼 자연스럽게──.

사쿠토는 본인의 기억으로는 처음으로 미소를 지었다. 진심으로 그녀를 배려하고, 용서하고, 격려하며, 지금까지의 감사의 뜻을 전하기 위한 미소였다.

하지만 그 그늘 없는 부드러운 미소는, 유즈키의 가슴을 괴롭게 했다.

"──사쿠토, 저기…… 정말, 미안해……!"

유즈키는 파랗게 질린 얼굴로 몸을 돌려 그 자리를 떠나 갔다.

벽 너머에서 몇몇 남녀의 목소리가 들렸다. 당황한 목소리는 물론이고 웃음소리도 들려왔다.

그 자리에 혼자 남은 사쿠토는 미소를 띤 채, 유즈키가 좀 전까지 있었던 곳을 바라보았다.

갑자기 시야가 흐려졌다. 뚝, 뚝, 사쿠토의 신발 끝에 물방울이 떨어진다.

웃고 있는데, 어째서인지 눈물이 흘러나왔다.

왜, 어째서── 로봇이라 망가져 버린 걸까.

그런 게 아니다.

(아, 그렇구나…… 그래…… 이게──.)

그렇게 이해하고 나자 무척 안심이 됐다. 안심이 되어서, 얼굴이 구겨졌다.

──나는 로봇이 아니게 된 거구나.

이것이 자신이 되고 싶었던 '평범한 사람'의 모습인 것이다.

그러니 이제 히어로를 목표로 할 이유는 없다.

드디어 되고야 만 것이다.

감정이 흘러넘쳐 울고 마는, 그런 게 지극히 당연한, 지극히 '평범한 사람'이.

드디어 나는, 그녀를 위해 되고 싶다고 생각했던 것이 되고 만 거다──.

* * *

──사쿠토가 과거의 이야기를 마치자 쌍둥이 자매는 괴로운 듯 눈살을 찌푸리고 있었다.

"그런, 일이……."

"그건, 너무 괴롭잖아요……."

사쿠토의 표정은 온화했다.

"하지만 유즈키한테 원한 같은 건 없어. 그 일을 계기로 나는 지금 이렇게 자신의 감정을 표출할 수 있게 되었고…… 이상하게 들릴지도 모르지만, 그 벌칙 고백 덕분에 겨우 평범한 인간다워졌으니까."

사쿠토는 매우 좋은 추억에 관한 이야기를 하듯, 평온한 투로 말했다.

"마음은 꺾였지만, 나한테도 꺾일 마음이 있었구나, 하는 실감이 들어서 안심이 됐어."

그렇게 말하더니 이번에는 겸연쩍은 표정을 지어 보였다.

"유즈키가 나한테 벌칙으로 고백을 한 건, 나 때문이었어."

"왜, 그렇게 생각해……? 벌칙을 걸고 게임을 한 사람들이 나쁜 건데……."

사쿠토는 고개를 가로저었다.

"나는 주변 사람들의 눈에 로봇처럼 보였던 것 같으니까……. 놀려보자는 생각을 할 수밖에 없었던 걸지도 몰라. 외톨이였으니까……."

돌이켜 보면 자신이 타깃으로 선택된 건 당연한 일 같기도 했다. 설마 유즈키를 보내올 줄은 몰랐지만.

하지만 사쿠토의 머릿속에서 유즈키는 가해자가 아닌 피해자였다. 마음이 약한 그녀는 분명 주변 아이들의 명령에 따를 수밖에 없었던 걸 거다.

사쿠토는 그 부분을 정성껏 쌍둥이 자매에게 설명한 후, 주머니에서 그 물건을 꺼냈다.

"이건, 유즈키한테 쓴 편지야. 미처 주지 못했지만, 주지 않길 잘한 걸지도 몰라."

"뭐라고 썼는데요?"

"근황과 감사 인사. 유즈키가 없었다면 나는 지금 여기 없었을 테니까. 하지만 이런 걸 받아봐야 난감하기만 할 테고, 이제 필요 없을 것 같아서——."

사쿠토는 편지를 찢으려 했지만.

"그 편지, 이리 줘——."

갑자기 히카리가 낚아채 갔다.

"히카리? 어쩌려고?"

"내가 맡아둘게."

"왜?"

"이건, 사쿠토 군의 소중한 마음이 담긴 편지라고. 언젠가 사쿠토 군이 줘야겠다고 생각할 날까지, 내가 찢게 두지 않을 거야!"

어쩐 일로 언성을 높이는 히카리를 보니 돌려달라는 말이 나오지 않았다.

(뭐, 히카리에게 맡겨두는 것도 괜찮으려나……. 이젠 건네줄 일도 없겠지만——.)

그렇게 사쿠토는 온화한 표정을 지은 채 치카게를 바라보았다.

"치카게와 같은 학원에 다니기 시작한 건, 그 후부터야. 유즈키가 내 얼굴을 보고 힘들어하지 않도록, 조금 떨어진 곳으로 알아봤어."

"그럴 수가……."

"뭐, 결과적으로 이렇게 됐으니 다행이지. 그곳에서 치카게를 만나 사랑을 받게 됐고, 지금은 이렇게 사귀게 됐잖아."

치카게의 눈에서 눈물이 흘러나왔다.

"그러면, 사쿠토 군이 눈에 띄고 싶어 하지 않았던 이유는……."

"튀어나온 못은 얻어맞으니까. 하지만 얻어맞아서 박힌 곳에는, 내가 소중하게 여기는 사람들이 있을 것 같았거든. 나 때문에 슬퍼하는 사람을 만들고 싶지 않았어. 유즈키처럼 말이야."

못의 끄트머리, 뾰족한 쪽의 아래에 있는 사람들을 생각하니, 그 사람들에게 민폐를 끼치고 싶지가 않았다. 자신을 걱정하고 이끌어준 어머니와 이모인 미츠미, 유즈키——그리고 지금은 히카리와 치카게도 있다. 모두 자신에게 소중한 사람들이다.

자신이 남들과 다른 짓을 해서 모두에게, 누군가에게 민폐를 끼칠 수는 없다.

그러니 '평범'한 게 좋다고 생각했다.

주변 사람들의 반응에 벌벌 떨며 마음을, 행동을, 지금까지 계속 억눌러왔다.

그렇게 눈에 띄지 않고 지내는 데에서 안도감을 느끼고, 편한 쪽으로 흘러가려 했다.

그러던 끝에 자신은 계속 그 벌칙 고백을 받은 날로부터 도망치고 있었다는 사실을 알아챈 것이다——.

"나는 치카게를 만나고, 그리고 히카리를 만나고 사고방식이 바뀌었어. 아니, 바뀌고 싶어."

"어떤 식으로……?"

히카리는 촉촉해진 눈으로 말했다.

"못을 뒤집으면 돼. ……발상의 전환이라고 해야 하려나? 못을 뒤집으면 뾰족한 부분이 위로 가잖아. 때리려는 녀석이 없어질 만큼 뾰족해져 버리면 되지 않을까."

"그건, 무슨 뜻일까……?"

히카리는 눈가를 훔쳤다.

아마 무슨 말을 하려는지 알아챈 걸 거다. 그녀는 무시

무시하게 감이 좋다. 그 날카로운 감 때문에 가끔씩 흠칫 놀라기도 했지만, 더는 얼버무릴 필요가 없다.

히카리, 치카게와 똑바로 마주할 거다——.

"히카리랑 치카게가 자랑스러워 할만한 남친을 목표로 할게. 외톨이가 되는 건 무서우니까…… 앞으로도 셋이서 함께 있고 싶어. ……안 될까?"

사쿠토가 미소를 띤 채 그렇게 말하자 히카리와 치카게는 눈에서 눈물을 왈칵 쏟으며.

""우와아아아아아아아아앙~~~~~~……——.""

양쪽에서 끌어안았다.

"가만, 잠깐?! 왜 그래, 둘 다……?!"

어째서 두 사람이 우는 건지 모르겠다.

하물며 둘 다 엉엉 흐느껴 울고 있어서 이유를 물을 수도 없었다.

정말 난감하다.

이럴 땐, 어떤 표정을 지어야 할까.

누군가가 울 때는, 그래—— 이럴 때 어떤 표정을 지어야 하는지 안다.

역시나 유즈키에게 배운 표정이었다.

하지만 그 후에 히카리와 치카게한테도 배운 표정이다.

사쿠토는 미소를 지었다. 진심으로 그녀들을 배려하고, 격려하고, 아끼며, 지금까지의 감사의 뜻과 앞으로의 소망을 전하기 위한 미소였다.

"──둘 다 고마워. 앞으로도 잘 부탁해."

그 그늘 없는 부드러운 미소를 띤 채, 그녀들이 울음을 그칠 때까지 한동안 두 사람의 머리를 계속 쓰다듬어주었다.

최종화 : 사랑해 줄 거지……?

6월 28일 화요일.

이날 점심시간, 일전에 치렀던 교내실력시험의 순위표가 공개되려 하고 있었다.

이번에는 국영수 세 과목을 치렀고, 각 교과의 만점은 100점으로 합계 300점이다.

"당연히 촬영금지, SNS 등에 올리는 것도 금지다! …… 이번에는 특히 부탁 좀 하자……."

학생지도교사인 타치바나가 평소처럼 주의를 하더니, 마지막에 뭐라고 중얼중얼 입속말을 하듯 덧붙였다. 학생들은 "어?" 하고 복잡한 얼굴을 한 타치바나를 쳐다보았다.

드디어 순위표가 펼쳐졌다.

50위, 49위, 48위—— 평소처럼 뒤에서부터 1위가 있는 방향으로, 순서대로 공개되었다.

술렁거리는 소리가 복도 끝까지 울려 퍼졌다.

하지만 3위에서 1위가 공개되기 직전, 술렁거리던 학생들이 쥐 죽은 듯이 조용해졌다. ·

1위 : 1반 우사미 치카게 300점
1위 : 3반 타카야시키 사쿠토 300점
1위 : 5반 우사미 히카리 300점

4위 : ……──

2위와 3위가 없었다. 그리고 같은 점수의 1위가 세 명이다.

순간적으로 뭔가 잘못됐나 생각한 학생들이 일제히 학생지도교사인 타치바나를 쳐다보았다.

"으음…… 신기해도 찍지 마라, 이상……."

그 순간, 주변 학생들의 시선이 1위인 세 명에게 집중되었다.

"점수가 같아도, 이름이 제 앞으로 오진 않네요?"

"반 순서대로 한 것 같으니 어쩔 수 없지 않을까?"

"근데 말야, 사쿠토 군이 한가운데고 우리가 좌우에 있는 건, 지금 이 상태 같지 않아?"

"그건 좋아할 부분이 아닌 것 같은데…… 그럼, 슬슬 학생 식당으로 갈까?"

"응!" "네!"

세 사람은 놀란 학생들 사이를 유유히 지나갔다.

그렇게 세 사람이 모퉁이를 돌고 나자, 복도는 다시 일제히 떠들썩해 졌다.

* * *

"으~음! 맛있어~~~……!"

"글쎄 남의 카라아게를 멋대로 먹지 말라니까, 히카
리……."

"레시피를 물어봤는데, 기업 비밀이래요. 게다가 맞혀보라
고 도발까지 했어요. 이 감칠맛의 정체는 대체 뭘까요……?
흐으으음……."

"치카게, 연구 의욕이 넘치는 건 좋지만…… 내 카라아
게인데…… 저기, 내 말 들려?"

사쿠토는 카라아게를 사수하려 했지만, 쌍둥이에게 손
쉽게 빼앗겨 다섯 개 중 세 개만 남았다.

아무리 여자 친구라도 허락도 없이 남자 친구한테서 빼
앗는 건 안 된다, 절대로.

"그럼 대신 제 햄버그스테이크를 드릴게요."

"어, 어엉…… 고마워."

치카게는 평소처럼 물물교환 전법을 사용했다. 하지만
아직 카라아게 두 개에는 못 미친다.

"그러면 나는~…… 에잇!"

히카리는 사쿠토의 팔에 매달렸다.

"아니, 끌어안지 마!"

"에잇에잇~! 아하하하!"

히카리는 고기만두 두 개(?)를 바쳤으니 넘어가는 수밖에.

"그나저나 우리 관계, 전혀 들키질 않네? 어째설까?"

"그야 너희는 머리가 좋은 데다 귀엽기까지 해서──."

"갑자기 왜 그래?!" "갑자기 왜 그래요?!"

"아~ 아냐아냐……. 스테레오로 새빨개져서 소리치지 마……."

사쿠토는 어휘 선택에 주의하고 싶었지만, 귀여운 걸 표현할 다른 말을 알지 못했다.

"셋이서 사귈 거라 생각할 사람은, 아무도 없기 때문 아닐까?"

"뭐어~? 그런가아? 내가 이렇게 찰싹 달라붙어 있는데?"

"그야 뭐…… 주변 사람들이 그런 발랄한 캐릭터라고 인식하고 있기 때문일 거야."

"사쿠토 군한테만 하는데에~?"

"으윽……!"

히카리의 파괴력 있는 말과 감촉에 사쿠토는 자신도 모르게 얼굴이 붉어졌다.

"어흠…… 하지만 히이짱, 자중하지 않으면 조만간 들킬 거야."

"니시시시~…… 그럼 나랑 교대할래?"

"뭐어, 정 그러고 싶다면 사양은——."

"치카게, 넘어가지 마, 일어나지도 말고……."

그런 대화를 나누고 있자, 복도에서의 지도를 마친 탓에 녹초가 된 듯한 타치바나가 다가왔다.

손에 쟁반이 아니라 호지차가 든 컵만 든 채로.

"하아~~~…… 나 원~……."

타치바나는 목을 축이더니 땅이 꺼지라고 한숨을 내쉬

었다.

"선생님은 왜 그렇게 스트레스가 극에 달하셨나요?"

대충 사정을 알아챈 사쿠토는 어이가 없다는 얼굴로 타치바나에게 물었다.

"이쪽은 말이다, 속이 쓰려 죽을 것 같다고……. 너희의 이번 실력시험 성적 때문에 교무실에서도 난리가 나서, 어제는 교무회의에서까지 그 이야기가 나왔거든. 전례 없는 일이라고……."

"……? 그게 뭐 문제라도 되나요?"

치카게가 고개를 갸웃했다.

"뭐, 문제라기보다는 일거리가 늘었지……. 아닌 게 아니라, 지금의 중등부 애들이 영향을 받게 됐거든."

"중등부? 그건 또 무슨……."

"외부생 세 명이 좋은 결과를 남긴 탓에 이번에는 내부생의 육성에 관한 교무회의가 열렸어. 고등부 교원은 중등부와 좀 더 면밀하게 연계할 수 있도록 하라더군. 나 원 참……."

그게 뭐가 문제인 걸까.

"고등부의 대표, 다시 말해서 이번 중고연계 학력 추진 프로젝트의 주임 교사를 내가 맡게 됐다……. 이게 무슨 뜻인지 알겠냐?"

"아하, 일거리가 늘겠군요……."

"그래……. 수업 참관과 회의를 일주일에 한 번씩 하고, 자료 작성부터 온갖 잡일을 내가 주체적으로 해야만 하게 되었지……."

"기대받는 중견 교사란 뜻이네요. 축하합니다."

"나는 아직 젊은 교사라고! 아직 30대도 안 됐는데……
이제 곧이지만."

젊은 교사와 중견 교사의 경계선은 그렇게 정해지기도
한다는 걸 사쿠토는 처음 알았다.

"어흠……! 그래서 나는 묘안을 생각해냈다. 이번 일은
너희 세 명으로 인해 시작된 거니, 우수한 너희의 힘을 빌
려주었으면 한다. 구체적으로는…… 가만, 어라? 얘들이,
어디 갔지? 어~이, 숨지 말고 나와. 이봐~ 무시하지 말
고. 지금 나오면 당근 주마~."

* * *

방과 후, 평소처럼 셋이서 돌아가려 하자 보슬비가 그치
고 흐린 날씨가 되어 있었다. 일기예보에 따르면 장마는
조금 더 있어야 끝난다지만, 오늘부터 내일까지는 맑을 거
란다.

"실력시험 결과도 나왔으니, 이번 주 토요일에는 셋이서
요전에 못 했던 나들이를 가볼까?"

"멋지네요! 찬성이에요!"

"나도 대찬성이야! 가고싶어가고싶어!"

쌍둥이 자매는 눈을 빛내며 사쿠토의 두 팔에 각각 매달

렸다.

"이, 1박 2일로요⋯⋯?"

치카게는 뺨을 붉힌 채 물었다. 살짝 망상 모드에 돌입한 모양이다.

"아니, 당일치기가 좋을 것 같아, 아마, 분명⋯⋯."

사쿠토가 어이없어 하며 말하자 반대쪽 팔에 무게가 실렸다.

"나는 당일치기라도 상관없지만, 여기저기 돌아다니고 싶어."

"그러면 돌아가는 길에 카논에 들러서 회의할까?"

""찬성!""

사쿠토는 두 사람에게 팔을 붙잡힌 채 하늘을 올려다보았다.

구름 틈새로 빛이 쏟아져, 먼 하늘에 무지개가 떴다.

뭔가 신기한 기분이었다. 가끔씩 봤던 무지개도 이렇게 두 사람과 함께 보니 어쩐지 더 좋은 것 같다.

문득 시선을 두 사람에게로 돌려보니, 그녀들은 히죽히죽 웃고 있었다. 무슨 흉계라도 꾸민 걸까.

"사쿠토 군, 그렇게 되었으니——."

"나랑 치이짱, 쌍둥이 둘 다——."

히카리와 치카게는 한층 더 팔에 힘을 주며 말을 이었다.

"사랑해 줄 거지?"

"사랑해 줄 거죠?"

　못 말리겠다고 생각하면서도 사쿠토의 얼굴에는 미소가
걸려 있었다.
　그것은 결코 억지로 지은 것도, 머리로 생각하고 지은
것도 아닌, 진심에서 비롯된 환한 미소였다.

쌍둥이 둘 다 『여자 친구』 삼아 줄래?

후기

시라이 무쿠라고 합니다. 닌자와 시가라키야키로 유명한 시가현 코가시에서 집필 활동을 하고 있습니다.

판타지아 문고에서 〈실은 여동생이었습니다.〉 시리즈 (이하 '실은여동생'. 소설은 6권, 만화판은 2권까지)가 발간되어 그쪽으로 알고 있었던 분도 계실 줄로 압니다. 이번 작품으로 알게 되신 분도 모쪼록 잘 부탁드립니다.

자아, 본 작품 〈쌍둥이 둘 다 『여자 친구』 삼아줄래?〉(이하 '쌍둥이여친')은 어떠셨나요? 미소녀 쌍둥이 자매와 동시에 사귀게 된 소년의 기쁨과 갈등을 그려보았습니다. 성격이 완전히 다른 쌍둥이, 히카리와 치카게를 그려내는 건 매우 즐거웠고, 계속해서 구애를 받는 주인공 타카야시키 사쿠토의 '부럽고 괘씸한' 모습을 그리는 것도 즐거웠습니다.

튀어나온 못은 얻어맞는다. ——그렇다면 못을 뒤집어보면 어떨까. 사쿠토는 상식을 180도 뒤집어, 뾰족한 못은 얻어맞지 않는다는 식으로 발상을 전환했습니다만, 그렇게 하면 못의 평평한 부분이 아래로 가서 바닥에는 꽂히지 않습니다. 그러면 반드시 지탱해줄 것이 필요해지죠.

지금은 아직 쌍둥이 자매가 사쿠토를 지탱해주고 있지만, 앞으로 세 사람은 어떻게 될까요? 또 사쿠토의 소꿉친구인 쿠사나기 유즈키와는 어떻게 될까요?

그러한 것들을 그려나가고자 하니 〈실은여동생〉 시리즈와 함께 〈쌍둥이여친〉도 모쪼록 응원해주셨으면 감사하겠습니다.

여기서부터는 감사 인사입니다.

담당 편집자이신 타케바야시 님께는 〈실은여동생〉 시리즈 때부터 신세를 지고 있습니다. 매우 바쁘신 와중에 몇 번이나 장시간 회의에 어울려 주셔서 감사합니다. 또 후지미 판타지아 문고 편집부 여러분 및 출판 업계 여러분과 판매점 여러분께도 깊은 감사 말씀을 드리고 싶습니다.

일러스트레이터인 치구사 미노리 님. 이번 작품에서도 함께하게 되어 매우 기쁩니다. 매번 근사한 일러스트를 그려주셔서 감사합니다. 앞으로도 모쪼록 잘 부탁드립니다.

그리고 응원해주고 계신 YouTube 채널 『카논의 연애만화』의 유우키 카논 님, 평소 집필을 도와주는 가족들에게도 감사 인사를 하고 싶습니다. 계속 분발하겠습니다!

그리고 본 작품을 구입해주신 독자 여러분께도 진심 어린 감사 인사를 드림과 동시에 본 작품에 관계하신 모든 분들이 행복하시기를 기도하며, 간단한 감사 인사를 마치도록 하겠습니다.

시가현 코가시에서 사랑을 담아.

시라이 무쿠

쌍둥이 둘 다 『여자 친구』 삼아 줄래?

FUTAGO MATOMETE "KANOJO" NI SHINAI? Vol.1
©Muku Shirai, Minori Chigusa 2023
First published in Japan in 2023 by KADOKAWA CORPORATION, Tokyo.
Korean translation rights arranged with KADOKAWA CORPORATION, Tokyo.

쌍둥이 둘 다 '여자 친구' 삼아줄래? 1

2025년 3월 15일 1판 1쇄 발행

저   자 시라이 무쿠
일 러 스 트 치구사 미노리
옮 긴 이 정대식
발 행 인 유재옥
담 당 편 집 정영길

이   사 조병권
출판본부장 박광운
편 집 1 팀 박광운
편 집 2 팀 정영길 조찬희 박치우
편 집 3 팀 오준영 이소의 권진영 정지원
디자인랩팀 김보라 이민서
디지털사업팀 김경태 김지연 윤희진
콘텐츠기획팀 박상섭 강선화
라이츠사업팀 김정미 이윤서 임지윤
영업마케팅팀 최원석 이다은 윤아림
물 류 팀 허석용 백철기
경영지원팀 최정연
인쇄제작처 ㈜코리아피엔피
발 행 처 ㈜소미미디어
등   록 제2015-000008호
주   소 서울시 마포구 토정로222, 502호 (신수동, 한국출판콘텐츠센터)
판매 및 마케팅 (070) 8822-2301

ISBN 979-11-384-3692-2 04830
ISBN 979-11-384-3691-5 (세트)